キッズライクアス

ヒラリー・レイル
林真紀 訳

サウザンブックス社

Kids Like Us
by Hilary Reyl

キッズライクアス

5月17日
（火）

午後
4時35分

君と母さんと姉のエリザベスは、昨日パリに到着した。君にとっては初めての場所だ。今日、君はフランスの田園地帯を走り抜けていく。君の名前はマーティン、十六歳の少年だ。列車はパリのモンパルナス駅から一時間二分ほどのロワール地方の町に向かっている。その町は古城がたくさんあることで有名だ。例えば、アンボワーズ城、ブロワ城、シャンボール城、シュノンソー城、シノン城、ランジェ城、ヴィランドリー城など。

君が向かっているのは、サン・ピエール・デ・コールという町だ。そこに到着したら、各駅停車に乗り換える。そして四つ目の駅が目的地のシュノンソーだ。シュノンソーには、数ある中で最も美しい城がある。同じ「シュノンソー」でも、町の名前（Chenonceaux）

には末尾に「x」がついていて、城の名前（Chenonceau）には「x」がついていない。つまり、この二つは別物ってことだ。

二号車に乗って、サン・ピエール・デ・コールからシュノンソーまでは二十一分。そして、君たち三人の座席番号はそれぞれ、四十七、四十八、四十九番。四十七番と四十八番は隣り合わせで、テーブルをはさんだ向かい側には四十九番と五十番が隣り合っている。五十番には誰も座っていない。君は四十九番に座っていて、エリザベスと母さんと向かい合っている。君の隣は空席だ。

電車の窓からは見たこともないほどたくさんのひまわりが見える。どのひまわりもみんなそろって太陽のほうを向いている。

君は緊張して、ドキドキしている。フランスで過ごす夏。これは君にとって別の人間になるチャンスだ。君の本来あるべき姿だ。君は父さんとずっとフランス語で会話してきたけれど、フランス自体は空想の中の国にすぎなかった。実際に行ってみたら、君の心は解き放たれるかもしれない。

君は、自分が他の誰かであれば良かったなどと思うべきではない。それは君自身に対する裏切りだ。マーティン、君は君であることを誇りに思うべきなんだ。だから、君は空想を必死に断ち切ろうとしている。でもなかなかうまくできないでいるんだよね。

エリザベスは車窓からひまわりを眺めている。母さんはパソコンのキーをパチパチと打っている。二人とも何もしゃべらない。母さんもエリザベスも、読書している君にそっと目をやるが、すぐに車窓やパソコンの画面に目を移す。君は母さんとエリザベスのことをよく理解しているので、二人の目に君への期待が渦巻いていることもちゃんと分かっている。

5月19日（木）

午後
6時00分

今朝、エリザベスはスカイブルーのスマートカーでリセ（訳注　フランスの高等中学校のこと）まで送ってくれた。母さんによると、十八歳のエリザベスはまだフランスのレンタカーを運転できないため、母さんの映画製作会社が車を購入しなければならなかったらしい。エリザベスはスマートカーを路肩に駐めて、タバコの煙の匂いのする歩道を歩き、僕を学校の前まで送ってくれた。僕は校門をくぐり、中庭を抜け、ディレクトゥール（訳注　校長先生のこと）のいる部屋へ向かった。ディレクトゥールは僕の到着を待ってくれていた。

学校の外壁はコンクリート。床は白いリノリウムで、鮮やかなオレンジ色のドアと金属の階段がある。ひび割れてでこぼこした中庭を通って校舎に入り、リノリウムの廊下を歩く。その間中、僕は自分の靴ばかり見ていた。校長室に着いてからも、僕はずっと自分の靴を見ていた。僕の靴はコンバースの黒いスリッポンだ。友達のレイラがラメ入りのペンで描いてくれた銀色の蛾《シルバー・モス》の絵で飾られている。

ジーンズから出ているデニムの糸とレイラの描いてくれた靴の上の蛾《モス》は、もつれ合って一緒くたになっていた。

僕のジーンズの裾の折り返し部分は擦り切れていた。僕は、このジーンズにすごくこだわりがある。膝の擦り切れた部分には、エリザベスがグレーのコーデュロイで当て布をしてくれていた。僕はレイラの描いた銀色の蛾《シルバー・モス》をじっと見つめながら、膝の当て布を手でなで続けていた。

“Bienvenue《ビアンヴニュ》*, Martin*《マルタン》*,”*（ようこそ、マーティン）

ディレクトゥールが僕に声をかけた。握手をしようと手を差し出してきたが、無理に目を合わせさせようとはしなかった。僕にはそれがとてもありがたかった。僕は膝の当て布を触っていた右手を上げ、ディレクトゥールと握手をした。そしてすぐに手を膝に戻した。ディレクトゥールは「ようこそ」と英語で言った。かなりフランス語訛りのある英語だ。

ディレクトゥールの訛りは、父さんの英語よりもだいぶきつい。でも全くかけ離れているというほどでもない。だからディレクトゥールの声には馴染めそうだ。

エリザベスは丘から町に移動しながら、同じことを四回も繰り返して言った。もう今日は帰りたい、と思ったらいつでも迎えに行くからね、必ずメッセしてね、と。

「必要以上に学校でがんばる必要はないんだからね」

エリザベスは抑えた声で言った。

「マーティンはきっとここでうまくやれるよ」とディレクトゥールは言った。父さん以外の男性がフランス語を話しているのは変な感じだ。そして父さんとはこんなに違う声なのに、自分がちゃんと理解できることに驚いた。

ディレクトゥールは気楽に構えていた。母さんが言うには、僕の顔立ちは彫りが深くて、態度は礼儀正しいし、優しげなほほえみを受かべるものだから、初対面の人はみんな気楽に考えてしまうのだそうだ。だから、その微笑みが人に向けられるのではなく床に向けられていたとしても、周りの人はそれについて特に問題だと思わないらしい。僕の身長はもう百八十センチあって、声変わりもしている。でも母さんが言うには、僕の「妖精のように美しい」容姿のおかげで、みんなが僕を助けたくなってしまうらしい。これはとてもラッキーなことだと母さんは言う。

ディレクトゥールは廊下を通って教室まで僕を連れていき、クラスの生徒たちに紹介した。教室の中は、目と鼻と歯がごちゃまぜになっていた。息が詰まりそうだった。僕の視線はあちこちさまよい、足元を見たり、ポスターを見たり、窓のブラインドを見たり、机の上の傷を見たりした。自分がそれらに飲み込まれてしまいそうな感覚があって、僕は何かにつかまっていたかった。そんなものはどこにもなかったけれど。

みんなの前に立ったまま、僕は固まってしまった。視界に飛び込んできたものに体全体が金縛りにあったようになり、動けなくなった。彼女は後ろから二番目の席に座っていたが、彼女の姿がすぐ目の前に飛び込んできたみたいだった。他の人たちにも彼女の姿がそんな風に見えているのだろうか。

彼女はあの『失われた時』の中で、主人公のマルセルが「フィエットゥ（少女）」と呼んでいた人だ。赤みがかったブロンドの髪で、顔にはそばかすがある。

彼女はどこかを指しているかのように、ペン先を宙に向けている。僕は彼女のブルーの瞳の虜《とりこ》になってしまった。『失われた時』の中では、ブルーの瞳ではなかったけれど。僕は彼女の全てに触れてみたい衝動に駆られたが、身体を動かすことができなかった。まるで白昼夢を見ている銅像のように。

彼女は笑いをこらえながら僕のことを見つめていた。他の人たちと違って、彼女は僕のことをよく分かっているのだ。彼女は僕のことをからかおうとしている。それは僕が「他の人と違っている」からではなく、からかってもいいぐらい彼女は僕のことを分かっているからだ。彼女は僕を知っている、そう感じると同時に僕は緊張した。とにかく彼女に僕のことを印象づけたかったが、ただひたすらジッと見つめることしかできなかった。

彼女の名前はジルベルト。僕は彼女と、『失われた時』と僕が呼んでいる本の中で知り合った。ただし、僕の外側の世界では、『失われた時を求めて』というきちんとしたタイトルがあるようだ。『失われた時』は、百年前に書かれたフランスの小説だが、僕の現在を書いている小説でもある。ジルベルトと今ここで出会えたということが、何よりの証拠だ。ジルベルトは僕と同じように現代的な洋服を着ているが、実は二人は別々の時代の別々の場所からやってきていることを互いに知っている。僕を見つめ返してくれないときも、ジルベルトはペンを使って合図をしてくれている。そうやって、僕が彼女にとって特別な存在だということを、こっそり教えてくれているのだ。

「さあ座って」先生が言った。なじみのない声だ。フランス語を話している。しゃがれた女性の声。一番前の列の小さなテーブルのついた木の椅子のことを言っているようだ。外にバスケットコートが見える大きな窓のそばの席。

なんとか身体を動かすことができて、僕は先生の指示に従った。ジルベルトに背を向けるのは嫌だった。なぜあのとき一言も言葉が出なかったのだろう？　あんなに美しいジルベルトがいるのだから、振り返って「君はブスだ！」と叫んでやれば良かった（訳注　『失われた時を求めて』のなかで、主人公マルセルはジルベルトに対して好意を持っているにも関わらず「君はブスだ」と天邪鬼なことを言ってしまうシーンが出てくる）。

彼女を抱きしめて、僕のほうに引き寄せたかった。でも僕は彼女に背を向けて座り、赤や青や緑で書かれたホワイトボードの文字に集中しようとした。胸がドキドキした。身体を揺らすのをやめるよう言われてからというもの、僕は自分の身体は揺らさずに椅子をガタガタと揺らすようになった。椅子の脚はガッタンガッタンと音を立てて床に当たった。

「ラシーヌにおける仮定法の使い方には興味がないみたいね」先生の靴が僕の椅子の前で止まった。黒いぺたんこのパンプスだ。グレーのスカートはふくらはぎの真ん中ぐらいの長さだ。タバコの匂いがする。

「分かりません」僕は自分の足元に向かって、はっきりと大きな声で答えた。頭で考える必要もなく、フランス語が口を突いて出てきた。

「ラシーヌを読んだことがないので、よく分かりません。僕の一番好きな時制は、条件文です」

「申し訳ないんだけど、ここはアメリカ人の頭の中を学ぶための場所ではありません」

どっと笑い声が起きた。

僕はますます激しく椅子を揺らし、後ろの机に後頭部をぶつけて止まった。笑い声の中にジルベルトの声が混ざっていたのを、僕は聞き逃さなかった。ジルベルトの声は、他の生徒の声よりも高かった。力強く、生命力溢れる声だ。

僕は息を潜めて座り、耳を澄ました。この教室は、僕にとっては拷問だったが、それでもここにいられることが嬉しかった。ここにいなければ、彼女に会えなかったから。だから、今日はがんばって学校に来られて良かったのだ。

実は、僕は昨日から学校に来るはずだったが、昨日は来なかった。知らない人ばかりで吐き気がしてしまうと母さんに訴えたからだ。僕は学校に行くよりも、街でブーランジェリー（パン屋）の窓のところに立ってマドレーヌを眺めていたかった。今日はいいけど、明日からはがんばって行きなさいね、と母さんは言った。この小さなフランスの街で、六週間も一人でブラブラしているのはあまり好ましいことではないから、と。

僕が学校に行きたくないと話している間、母さんはずっと天井を眺めていた。僕らの滞在しているコテージの天井はとても低い。白い漆喰《しっくい》で固められていて、梁が見える。母さんは深く息を吸っては吐いてを繰り返した。これは母さんが、イライラが爆発しないように、気持ちを静めたいときにする動作だ。やがて彼女は言った。

「言い方を変えるわ。今日学校に行きたい？　それとも明日行きたい？」

僕はこう答えるしかなかった。「明日……。〝君〟は明日学校に行きたい。じゃなくてえっと、〝僕〟は、明日行きたい」。「〝あなた〟は、明日行きたいのね？」。「うん、明日行きたい。今日じゃなく。今日はパン屋に行く」。「分かったわ」と母さんは言った。

というわけで、昨日僕は街のブーランジェリーに出かけ、焼きあがったマドレーヌを窓の外から覗き込んでいた。このパン屋は小さな緑の一画に面している。そこには二本のプラタナスが生え、錬鉄製のベンチが置いてある。

マドレーヌは、貝の形の型に入れて焼いた小さなケーキだ。表面がゆるやかに膨らんでいて、黄色く、バターの香りがして、ふっくら柔らかい。僕はマドレーヌを買って、コテージに持って帰った。これを紅茶に浸して食べるのだ。その後はどうなるか想像がつく。

『失われた時』に書いてあった「無意志的記憶」（訳注　香りや音などの「感覚」によって、意志とは関係なくふいに蘇ってくる記憶のことを『失われた時を求めて』の中でこう著述している）を体験するのだ。僕の脳裏に父さんと過ごした日々が蘇ってくる。

『失われた時』の主人公マルセルは、紅茶にマドレーヌを浸しながら食べていると幼少期の記憶が蘇る。田舎で過ごした夏の記憶。マルセルはフランスのコンブレーという村に別荘があった。日曜日に教会のミサに向かう途中、マルセルはいつも病気のレオニー叔母さんを見舞っていた。レオニー叔母さんは、マドレーヌとハーブティーをマルセルに振舞ってくれた。

それから何年も過ぎた寒い日のこと。マルセルに温かいものを、と彼の母親がマドレーヌとハーブティーを出した。マルセルはそのとき不機嫌で、手をつけようとはしなかったが、何かをきっかけに気が変わり、マドレーヌを頬張った。途端に、レオニー叔母さんと過ごしたあの時間を、ありありと思い出したのである。そして、過去の記憶が洪水のように押し寄せてきた。マドレーヌを浸したハーブティーが喉に染みわたると共に、庭に咲いていた花から、村に住んでいた人たちのことまで、コンブレーでの記憶が一気に蘇ってきたのである。

開閉すると鈴が鳴るパン屋のドアの前にはベンチがあり、僕はその周りをぐるぐると回った。十一周ほど回ったところで、他の客のように店に入れる気がしてきた。カウンターにいるピンクの服を着た女性のことなんて気にかける必要はない。ここはフランスだ。僕がどこか変わっているなんて、誰も気づかないはずだ。*Une《ユヌ》 madeleine《マドゥレーヌ》, s'il《シル》 vous《ヴ》 plaît《プレ》*（マドレーヌを一つちょうだい）、この言葉を言うとき、僕は代名詞の変形を気にする必要がない。このフレーズの中には代名詞はない。とても素敵だ。

けれど僕は店の中に入ることができなかった。マドレーヌを買う気持ちの準備ができていなかった。ドアの向こうには明らかに誰かがいた。その人が出てくるのを待たなければならない。ドアを開けて入るわけにはいかなかった。

そして今日、僕は学校に来ていて、教室に座っている。教室の窓からバスケットボールのドリブルの音がダンダンと鳴り響くのが聞こえた。その音を聞いていると僕の気持ちは安らいだ。

ラシーヌの授業でジルベルトに会えたことは、なんて幸せなことだったのだろうと僕は思った。そんな幸せを噛みしめていると、僕は揺れずに静かに座っていることができた。僕は背中に彼女の視線を感じた。

先生は、もう二度とそばに近寄ってはこなかった。ホワイドボードにたくさん文字が書いてある。

終業のベルが鳴った。僕は飛び上がった。そのせいで、僕の椅子はぶっ倒れて、音を立てた。生徒たちが次々に立ち上がった。僕のほうを見て、笑いかけてくる生徒が五人いる。一気に五人全員に笑い返すのは無理そうだったので、僕は彼らに向かって反応することを諦めた。五人の中にジルベルトがいないか探したが、いなかった。

ジルベルトは現れたと思ったら、姿を消してしまった。彼女は亡霊なのだろうか。そうではないという証拠はない。

僕は突如激しい疲れを感じた。この知らない人だらけの建物から逃げ出さなくては。ホールを抜けて校舎の外に飛び出すと、生徒たちの群れがまるで大挙して押し寄せる蟻のように見えた。ジルベルトへの想いを巡らすことができる安全な場所に行かなくては。僕は電話に顔をうずめるようにして、エリザベスにメッセを送った。

5月20日
(金)

午後
5時15分

昨日、僕は一時間しか学校にいられなかった。そこで今日は一日学校にいられるようにと、サポートの生徒がついた。シモンという名の生徒だ。

ディレクトゥールが校庭で僕とシモンを引き合わせると、シモンは“*Ça va?*《サ・ヴァ》”と尋ねてきた。語尾を上げるイントネーションの場合、英語でいう“How are you?”(元気?)の意味になる。疑問形ではなく話した場合は、“I'm fine.”(元気です)の意味になる。つまり、シモンが“*Ça va?*《サ・ヴァ》”と尋ねてきたら、僕は“*Ça va,*《サ・ヴァ》”と答える。さらに、僕はシモンに“*Ça va?*《サ・ヴァ》”と尋ね返す。これに、シモンは“*Oui*《ウイ》*, Ça va*《サ・ヴァ》*.*”と答える。この一連の会話を繰り返せば良いのだ。これがフランス語の良さでもある。その場の雰囲気が落ち着くまで、相手と“*Ça va?*《サ・ヴァ》”

の言い合いっこをしていればいいのだ。

僕にフランス語を教えてくれた父さんは、小さい頃よく一緒にゲームをして遊んでくれた。療育センターの先生が、このゲームを父さんに提案し、父さんはすぐに実践した。相手が“Ça va?”《サ・ヴァ》と尋ねたら、“Ça va.”《サ・ヴァ》と答える。これをお互いに何度も何度も繰り返すのだ。疑問形のときは、「大丈夫?」「まだ生きてる?」「楽しんでる?」などの意味で使える。これに対する答えは、「退屈だよ」「素晴らしい気分だ」「吐き気がするね」などがあり得る。これを全部同じ“Ça va.”《サ・ヴァ》で返さなければならない。意味の違いは、声や顔の表情で表現するしかない。しかも、このゲームをやるには、話している相手の目をしっかり見なければならないのだ。僕も父さんもこのゲームが段々と面白く感じるようになっていった。僕は笑ってしまうことさえあった。父さんも笑ってくれた。このゲームはどれだけ僕の助けになったか分からない。僕がそこまでふざけられる相手は、父さんしかいなかった。エリザベスや母さんがダメというわけではないけれど、父さんのようにはいかなかった。今は、母さんとエリザベスが僕にとっての全てだ。けれど、この二人は僕と隔てられている。この人たちは、僕の世界の住人ではない。

シモンと僕が"Ça va"《サ・ヴァ》の言い合いっこを終えると、シモンは僕に数学の授業へ行くんだよ、と言った。僕は「数学の授業か。ありがとう」と言った。

それは僕の好きな幾何学の授業だった。

僕らは一緒に教室に入り、僕はジルベルトを探して周りを見渡した。彼女が教室にいないことはすぐに分かった。がっかりだった。でも同時に、少しホッとした。

フランス語で数学を勉強するのは、英語とそんなに変わらなかった。幾何学の証明は同じだ。『失われた時』でも書いてあった。習慣が君を抱きしめてくれると。

数学の授業から歴史の授業へホールを移動しながら、母さんがバクスター・ウォルフとグロリア・シーガーの撮影を始めるのはいつなのかとシモンが尋ねてきた。ここの人たちがみんな、僕のことを映画プロデューサーのサマンサ・ミッチェルの息子だと知っていることは、僕も認識している。みんな、母さんの映画について話をしていた。

「来週だよ」

僕はシモンの履いていたドクターマーチンの黒い靴に向かって答えた。この街の靴の四十パーセントはドクターマーチンの靴で、二十五パーセントがコンバースだ。

「いいね。君も彼らに会うのかい?」

「会えるものなら誰にでも会うさ」

これは、父さんが教えてくれた、自分についての軽口だ。こう返すと、ちょっと相手の肩の力が抜けるのだそうだ。

でもシモンにはこのジョークは通じなかったようで、

「どんな映画なんだい？」と聞いてきた。

僕は、母さんの言った概要をそのまま復唱した。

「ルネッサンス期が舞台の時代劇。アンリ二世の時代、シュノンソー城で敵対していた二人の女性の話だ。一人は王妃カトリーヌ・ド・メディシス、もう一人は王の愛妾《あいしょう》であるディアーヌ・ド・ポワチエ」

シモンは僕の説明になかなか反応しなかった。かなりの量の情報を伝えたので、自分が言ったことを全部理解しているように聞こえたかもしれないが、僕自身も自分が何を話しているのか分かっていない。僕のオウム返しは完璧なんだ。

エリザベスは、母さんの映画を理解している一人だ。けれど僕は、レイラと一緒に地下の部屋《ベースメント》のカウチでせめて十回は観なければ、母さんの映画を好きになることはない。ましてや、まだ映画ができる前に理解することは決してできない。

シモンはようやく反応し、"Sympa,"《サンパ》と言った。フランス語の"sympathique"《サンパティーク》を略した言い方らしい。「すげえ」「イイね」みたいな感じだろう。

シモンは続けた。

「俳優の宿泊先とか、恋愛ネタとか、そういうのも知ってるんだろ?」

さらに笑いながら、こう言った。

「俳優が来るパーティーに僕も呼んでもらったりできないかな」

それまでシモンの黒い靴を見ていた僕は、サッとシモンの顔を見た。キリッとした眉毛、上を向いた鼻、高い頬骨。そうだ、シモンは『失われた時』の中に出てくるブロックだ。ブロックはマルセルの友達で、とても頭が良い。マルセルはブロックから、ベルゴットの本をもらった。それ以来、マルセルはベルゴットの文章にハマってしまう。ある日、近所に住んでいたシャルル・スワン氏は、木の下でベルゴットの本を読んでいるマルセルを見かける。その本をどこで手に入れたんだ? とスワン氏は聞いた。マルセルは、ブロックからのプレゼントだと答えた。すると、スワン氏もブロックの友人であることが分かった。スワン氏は、ブロックについて、キリッとした眉毛、上を向いた鼻、高い頬骨であると話した。ブロックは、ベッリーニの描いたメフメト二世の肖像画にそっくりだとスワン氏は言う。「あごひげを生やしたら、メフメトそのものだよ」と。

僕が『失われた時』の中に登場するスワン氏を好きなのは、彼は自分の好きな絵や学んだ絵と照らし合わせながら人の顔を認識しようとするからだ。人を絵と照らし合わせるやり方は、僕にはとても分かりやすい。

そうだ、シモンはブロックに似ているんだ。そしてブロックは、メフメト二世に似ている。それだけで、僕はシモンと仲良くなりたくなった。でも、心の準備ができていない。

オレンジ色のドアを開けて、ホールを歩いていると、不安な気持ちが襲ってきた。僕はエリザベスに助けに来て、とメッセを送りたくなった。けれど、ランチタイムまではできる限りがんばる、とエリザベスと約束していた。仕方がないので、向こうは夜中だと分かっていたけれど、アメリカのレイラにメッセを送った。母さんは僕のために、無制限にメッセが送ることができるプランに入ってくれている。僕にとっては、声を出して話すよりも、文字で会話をするほうがずっとやりやすいのだ。

午前中はずっとシモンという名前の蛾《モス》と一緒だ。

レイラはすぐに返事をくれた。

カラフルな蛾《モス》なの？　それともグレー？

カラフルだと思う。『失われた時』に出てくるブロックみたいな人だ。こんな夜遅くに、何してるの？

マシューの事故を見てるのよ。

マシューは『ダウントン・アビー』というTVドラマに出てくる人物で、作中、車の事故で死んでしまった。マシューはレディ・メアリと結婚していた。彼女は、ダウントン家の三姉妹の長女で、三人の中で一番グラマーだ。マシューは第一次世界大戦で負傷して、身体の麻痺が残るかと思われた。しかし、麻痺は残らなかった。そして結婚して、子どもをもうけた。なのに、くだらない自動車事故で死んでしまった。シーズン三の最終回のラストシーンは、道路の脇に横たわっているマシューの、血だらけの顔だった。この回を、レイラは何度も僕に見せてきた。レイラ自身は、このシーンを百回は見たと言う。レイラは言う。死んだマシューの目は、見るたびに何か違って見えるのだと。

僕はレイラのメッセにすぐに返信しなかった。母さんのシャーロック・ホームズの映画の、主役のピーター・バードに会ったことがあるかと、シモンが聞いてきたからだ。僕は精一杯、丁寧な態度で答えた。

「うん。でも、どんな人だったかはよく分からない」

シモンの隣を歩いていた少年が、僕に尋ねてきた。

「なんでそんなにフランス語が上手なの？」

僕はフランス語を数日でマスターしてしまうとか、精神的にものすごく強い、とんでもない天才だと思われてしまうことがよくある。僕は確かに先週一週間でフランス語をマスターしたかもしれない。でも、僕はいわゆる「サヴァン（訳注　驚異的な記憶力や、暦から曜日を一瞬で計算するなど、特定の分野で突出した能力を持つ人や症状のこと）」ではない。僕が他の人と違うのは、ほとんどの時間を夢想にふけっていることだろうか。数学が得意で、何かの細部についての記憶力は優れているが、特別なことは何もない。誕生日を聞いただけで雨の火曜日に生まれたとか晴れた日曜日に生まれたとか言って、人を驚かせるようなことはできない。それは僕ではない。

質問に答えずにいると、青いコンバースのハイトップ・スニーカーを履いた少年がまた尋ねてきた。

「アメリカ人がそんな風にフランス語しゃべるのって、ヤバくねえか？」

「父さんが、フランス人なんだ」僕はうっかり口を開いてしまった。

シモンが“*Sympa,*”《サンパ》と言い、「君の父さんはフランスに住んでいるの？」と聞いてきた。

「アメリカにいる」真実だ。

「アメリカでやらなきゃいけない仕事があるんだ?」

「まあそんなところ」。僕はシモンに父さんのことを説明するのが億劫だった。

僕はエリザベスに迎えを頼むメッセを打ちたくてたまらなかった。物事がごちゃごちゃとせわしなくなってきたのだ。

「よし、ランチまでの我慢だ」僕は声に出して英語で独り言を言った。老朽化してすり減ったホールの床の白さが視界に広がる。

「靴に何をつけているの」青いコンバースの少年が言った。

「友達が描いてくれた蛾《モス》の絵だよ」

シーンとしてしまった。すると、シモンが"Sympa《サンパ》."と言ってくれた。助かった。

歴史の授業の教室に着いた。


行かなくちゃ……


僕はレイラに泣き顔の絵文字をつけてメッセを送った。僕はそれで、マシューの死の回についてのレイラの悲しみのメッセを無視してはいないということを伝えようとした。

歴史の授業が終わると、僕はランチに向かった。カフェテリアの環境は僕にはきつかった。ジルベルトはそこにはいなかった。列に並んでいたら、「クオータークオーツ」という見慣れたケーキが置いてあるのに気づいた。「クオータークオーツ」とは「四分の一が四つ」という意味だ。このケーキは、四種類の原材料――バター、小麦粉、砂糖、卵――が使われている。パウンドケーキとそう変わらないだろう。僕が食べられそうに思えた唯一のものだった。僕はクオータークオーツを一切れ取り、シモンと一緒にテーブルに座った。

「それだけしか食べないのかい？」シモンが聞いてきた。

「クオータークオーツが好きなんだ」と僕は言った。僕は辛そうな食べ物がのせられたシモンのお皿を見て、それからシモンの顔に目を移した。ああ、ベッリーニの描いたメフメト二世そのままだ。僕はその絵のポストカードをコレクションの一つとして持っている。

「僕もクオータークオーツが好きだよ」シモンは言った。

シモンの言葉は、僕と打ち解けるために言ったものだと理解した。共通の話題を見つけるためのものだろう。「クオータークオーツを食べると、小さい頃の気楽な日々を思い出すんだよね」そして、シモンは話を変え、俳優のグロリア・シーガーについて話し始めた。シモンは僕に、グロリア・シーガーの好きな食べ物を知っているかと聞いてきた。

「彼女は、ライムをかけた刺身とアボカドが好きだよ」と僕は答えた。

僕は思わずシモンに尋ねたくなった。美しい赤みがかったブロンドの髪のジルベルトという少女と友達ではないか、と。だが、トレイを持った人の波がどっと押し寄せ、幼児教育や古典文学などでフランス語を学んだ僕にはほとんど理解できない十代のスラングがワーッと聞こえてきた。僕は、目の前のケーキのためだけにじっと我慢した。このランチタイムが終わるまではがんばらなければならないので、少しずつ口に入れて食べた。

“Ça va?”《サ・ヴァ》シモンが尋ねてきた。

“Ça va.”《サ・ヴァ》僕は引きつった笑いを浮かべ、ゆっくりケーキを噛みつぶし続けた。

このケーキを食べていると、僕も子どもの頃を思い出す。父さんと僕は、いつもクオータークオーツのケーキを一緒に焼いていた。他のケーキにも目を向けて、いろいろと焼いてみるべきだったのだろう。けれど、ルーティーン以外のことをやってしまうと、ろくなことにならなかった。だからもう、敢えて挑戦することはしなくなった。

六歳の頃、言語療法士が、僕の思考は「ケーキの原材料のようなもの」だと父さんに言っていた。キッチンカウンターに材料を一つ一つ整然と並べ、分量を計測して、数を数え、そしてそれを繰り返す作業はできる。でも何か新しいものを作るために、それらを混ぜることはできないのだと。

父さんは、僕が原材料のリストを揃える以上のことはできないということを信じたくなかったようだ。そこで、父さんは僕と一緒にケーキを焼くようになった。父さんと焼いたケーキは、美味しくて、金色で、バターの香りがした。母さんもエリザベスも、初めはこのケーキが大好きだった。僕と父さんも無条件に美味しいと思った。毎日焼いた。

母さんは次第に、小麦粉だらけのキッチンやべとついたボウルにイラつきはじめた。あるとき、母さんが父さんに怒鳴った。

「こんなことをやるために仕事辞めたの⁉」

父さんは母さんに怒鳴り返した。

「ああ、これが俺の大事な仕事だよ‼」

父さんは床に卵を叩きつけた。母さんはこの父さんの行動について、感傷的で嘘くさいと言った。母さんは、ケーキを焼くのはブードゥー教のまじないみたいなものね、と言ったが、すぐに僕を脇に連れていき、そういうつもりで言ったんじゃないの、と言った。

僕はふきんで床に飛び散った卵を拭いた。ふきんで円を描く動きが楽しかった。

父さんと僕のクオータークオーツが懐かしい。父さんと一緒に、材料を計測して、注いで、掻き混ぜていたのが懐かしい。そして何よりもあの味が懐かしいのだ。このカフェテリアのケーキよりも、ずっと美味しかった。

僕が少しずつケーキを食べるのを、カフェテリアにいる生徒たちが、ちらちら見ている。でも、僕はこれ以上大きな口を開けて食べたくない。ランチタイムの間ずっと、僕はケーキを食べ続けていた。

5月21日（土）

午前
11時30分

今朝、母さんはブーランジェリーで買ってきたクロワッサンを食べて興奮気味だ。それは「サクサクの作り立て」で、「バターがフワフワになるように工夫している」らしい。母さんはクロワッサンを食べている間、ずっと幸せそうに目を細めていた。太陽が母さんの髪を照らしている。長くこんもりとウェーブがかかった明るい茶色に、何本かグレーが入っている。太陽に照らされると、それは銀色に輝いた。

僕らは日の当たる石のテラスに座ってクロワッサンを食べた。母さんはニコニコしていた。頬骨が突き出る引きつった笑いではない。母さんが人にやるべきことをやらせるために手を煩わせているときの笑い方とは違う。歯を見せて笑って、目の周りにシワができている。僕は、母さんのこの笑い顔を見るとホッとする。僕は同じように、唇をゆるめ、目の周りにシワを作りながら笑い返した。母さんの顔にうまく似ると嬉しい。

僕ら家族が借りているコテージは丘の上にある。砂目地のでこぼこした石で作られていて、煙突が二本ある。窓は、正面と後ろ側にそれぞれ四枚、両側にそれぞれ二枚ついている。雨戸は赤く塗られている。ファサード（正面）は、真ん中ぐらいまでつたで覆われている。白いライラックの大きな花木がドアのそばにある。ドアは雨戸と同じ赤色だ。コテージの正面にはテラスがあって、緑色の下り坂からは川が見える。僕はこの川を「ビボンヌ」と呼んでいる。『失われた時』のマルセルが、午後の散歩でそういう名の川べりを歩いていたからだ。

今朝の朝食には、フューシャという名の女優が来た。フューシャの胸は大きくてこちらの気が散ってしまう。彼女は小麦とバターは控えていると言っているが、クロワッサンは食べるそうだ。うちのクロワッサンは「特別」感があるからだという。僕には全く意味が分からない。一つ学んだのは、母さんと一緒に仕事をしている人たちは一貫していない人が多いということ。時と場合によって、相手によって、行動を変えてしまうらしい。『失われた時』の登場人物もそういう人たちが多かった。こうやって知ることで、僕は理解し得なかった人たちのことを理解することができる。

母さんは、ルバーブ、アプリコット、梅など、地元で取れたジャムも朝食に出してくれた。

「私は、ルバーブが好きだ！」

僕が言うと、母さんは言った。

「マーティン。ルバーブは〝私〟の好物でしょう。〝あなた〟の好きなものは何？」

母さんの笑顔は消えていた。眉間に何本もシワが寄っている。母さんは僕が代名詞の使い方を混乱するのをとても気にしているのだ。

八歳まで、僕は自分自身のことを「君」と言っていた。他の人たちがみんな、僕のことを「君」と言うからだ。さらに、僕は他の人のことを「私」と呼んでいた。みんなが自分のことを「私」と言うからだ。けれども僕は本を読めるようになると、代名詞の使い方についてほぼ理解できるようになった。とはいえ、今も緊張したりすると代名詞がうまく使えなくなってしまう。僕はフューシャがいることでとても緊張していたのだ。

「分かんないよ。マーティン。ルバーブは〝私〟の好物でしょう。〝あなた〟の好きなものは何？」僕は完璧なオウム返しをしてしまった。

母さんはそっぽを向いてしまった。

「どうやらお勉強の時間のようね、マーティン」エリザベスが言ってきた。

「お勉強の時間」がこの状況でなぜジョークになるのか、僕には理解できなかった。でも、エリザベスは茶化した口調だし、きっと笑えるジョークなのだろう。だから、僕は笑っておいた。

「食べ物当てクイズをやろう。目を閉じて！」エリザベスは言った。

僕は目を閉じた。エリザベスの注意が僕に向いているのが嬉しい。エリザベスが実際にいなくても、僕は彼女の姿を頭の中で完璧に再現できる。目の色はグレー。父さんと僕と同じ。色白だが、そばかすはほとんどない。額はとても広くて、髪の生え際がV字になっている。細面《ほそおもて》で顎がとがったシャープな顔立ち。髪の色は母さんよりも赤く、ポニーテールでまとめなければ肩より長い。

エリザベスは髪をアップにしているので耳が見える。太陽が当たると、透けて金色に透き通る。ロイヤルブルーのバスローブを着ている。まるで僕のコレクションの中にある、中世の絵にいる聖人みたいだ。スワン氏は中世の絵が好きだ。

僕はまだ目を閉じていた。するとフューシャの話し声が聞こえてくる。

「花瓶のゼラニウムの色がまあ美しいこと。この石の花瓶、ゴージャスよねえ。プロヴァンスのお皿も全部レンタル？　この耳みたいな取っ手がついているスープ皿も素敵だわぁ。ゾウの耳って言うんですってね」

フューシャは、「ゾウの耳」を“*Oreille*《オレイユ》 *d'éléphant*《ドゥエレファン》”と、フランス語で言おうとした。でもその発音は全然違っていて、僕は顔をしかめてしまった。

スプーン三杯のジャムが次々と口に放り込まれた。

「目を閉じておいてよ。こっそり見たらダメだからね。味に集中して。甘い？　それとも少し酸っぱいかしら。舌ざわりにも集中して。筋がある？　木の実っぽい？　つぶつぶしてる？　〝あなた〟はどれが好きかしら？」エリザベスが言った。

最初の二杯はものすごく甘い。しかも食べたことのない味だ。好きな味ではなかった。最後の一杯は分かった。食べた途端に、父さんとの思い出が一気に押し寄せてきたからだ。父さんもこの味が好きだった。閉じた目の奥に、あの古びたキッチンが浮かんでくる。僕は十三歳だった。僕と父さんは、朝食のテーブルに一緒に腰かけていて、皿にはパンくずとジャムの跡がついている。僕と父さんは一緒に、バターとジャムをつけたトーストを食べていたのだ。父さんはベージュのナプキンで顎を拭く。父さんは在宅で仕事をしていて、無精ひげを生やしており顎が濃い色になっている。そして、『失われた時』の第一巻『スワン家のほうへ』を父さんがくれたのだ。それは、ペーパーバック版の *Folio Classique*《フォリオ クラシーク》シリーズの一つで、青と白のストライプシャツの上にネイビーのセーラージャケットを着た少年が表紙に載っていた。“*Du côté de chez Swann*《デュ コテ デ シェ スワン》”というフランス語のタイトルがついていた。表紙の少年は、濃い色の髪の毛で、グレーの目をしていた。ちょうど父さんと僕みたいに。

「これがマルセル・プルーストの『失われた時を求めて』の第一巻だ」と父さんは言った。父さんの声は深く沈み込むような感じで、少し震えていた。まるで湖にそよ風が吹いているようだった。家の中には僕と父さん以外は誰もいなかったので静かに話す必要もなかったが、なぜか父さんは静かに話そうとした。

「父さんと話すときは、この本のことは『失われた時』と呼ぼう。個人的に、これはどの読み物よりも素晴らしい本だと思うよ。人生とは、痛みとは、幸せになるためには……、そういったことのほとんどがこの本の中に書かれている」

二年後、父さんは出ていってしまった。僕は、誰よりも、何よりも、父さんに会いたくてたまらなかった。

僕は目を開けて、必死に言った。

「エリザベス、僕は三つ目のジャムが好きだ」

「ね。母さん。分かったでしょ。マーティンもルバーブが好きなのよ。だから、母さんが独り占めしちゃダメよ。マーティンは自分の意思をちゃんと持っているのよ。もっと信用してあげて！」エリザベスは笑った。

「やったね！　マーティン！」フューシャがエリザベスに調子を合わせて言った。

僕は厳密にはフューシャとは初対面ではない。母さんが撮ったヘンリー八世の映画で、彼女を七回も見ていたからだ。彼女は僕の夢想の表面すれすれに浮かぶ程度の存在だった。僕は彼女の顔を見ることはできるけれど、長い時間は無理だ。

映画の中で、彼女の輝く青い瞳と大きな二つの胸が美しかったのは覚えている。彼女は僕を褒めてくれているのだから、彼女の顔を見るのが筋だろう。僕は彼女の顔を見ようとした。でも結局、彼女の胸に視線を落とした。胸元を絞りあげて編み込んである歴史物の衣装と違って、白いTシャツの下だと胸は分かりにくかった。とはいえ、そこに胸があることは分かった。

フューシャはコーヒーを飲まないので、朝食ではレモンバーベナのハーブティーを飲んでいた。僕はフューシャの青い瞳に向かって笑いかけることができたらどんなにいいだろうと思った。でも、それは無理だった。僕は視線を彼女の胸からハーブティーに移そうとした。はじめはなかなか難しかったけれど、やがて、僕の興味はハーブティーに向いた。レモンバーベナの葉が、お湯の中でまるで生命を取り戻したかのように広がっていく。

「春、幾夜にもわたって芳香を漂わせた花弁だ」

僕は『失われた時』のマルセルの言葉をそのまま引用して言った。するとフューシャが母さんに言った。

「すごいわね！　うちの息子は特別な子ってあなた言っていたけど、本当ねえ！」

「特別」という言葉は、具体的な意味がよく分からない。僕の心のどこにも引っかからない言葉だ。人はよく僕のことを「特別」と言うが、僕には理解ができない。「特別」という言葉を聞くと、なんだか心がザワザワする。

僕はフューシャについてあれこれ考えるのはもうやめた。ルバーブのジャムをクロワッサンにつけて、時を越えてパパにウィンクした。

午後
10時15分

この日の午後、僕はジルベルトが後ろから僕を見つめているような気がして、振り返って彼女を探した。

彼女の視線を感じたのは、僕がヴァントゥイユ作曲のソナタを聴きながら、コテージから道を下ったサンザシの茂みをぶらぶらしていたときだった。僕は振り返ったが、そこにあったのは真ん中にかたまって咲いた白い花だけだった。何千もの白い花。けれど少女はいなかった。

たとえ見当たらなくとも、彼女が走り去るときのスタスタという足音を聞き逃さないよう、第二楽章の途中でヘッドフォンを外した。僕は曲の途中で中断するのは嫌いだ。台無しになる。僕が途中で音楽を止めてしまうなんてよほどのことだ。

ヘッドフォンを外すと僕の脳は音楽を剥ぎ取られてバラバラになってしまう。彼女の足音を聞くために、あるいは彼女を一目見るために、僕は苦しい思いをする。彼女が驚いて「こんにちは」と言ってきたら、僕は彼女に注意を向けていることをしっかりと示さなければいけない。僕はサンザシの枝を横によけはじめた。僕が音を立てまくれば、彼女もどうにかして応えてくれるのではないかと思って。僕は彼女に会わなくては。

でも、彼女とは会えなかった。

その代わり、僕はエリザベスと会った。エリザベスといるのは、いつもは楽しい。けれど、今日に限っては楽しくなかった。彼女はジルベルトではないからだ。エリザベスは、サンザシの茂みにいる僕のほうへ歩いてきた。手には大判の科学の本を持っている。カバーの柄は青の分子の絵だ。エリザベスの頭のポニーテールはゆるくなっていて、いつもより低い位置にあった。そのせいか、赤みがかった金色の後れ毛が、顔の周りに美しい光線のようにくっついている。僕はエリザベスの腕、首、足が、いつもより色が薄くないことに気がついた。エリザベスの肌の色は、くすんだ金色になっていた。恐らくテラスやプールサイドで勉強をしていることが多いからだろう。

エリザベスは赤いワンピースを着ていた。エリザベスがそのワンピースを着ているのを八回見たことがある。見るたびに僕はそのワンピースが好きになった。エリザベスが自分で縫ったものだ。サンザシと同じ形の白い花が縫いつけてある。僕はワンピースについている花と、実際のサンザシの花を交互に見た。エリザベスはそんな僕をじっと見ていた。僕はパターンの繰り返しに安心するのだ。

「風景をワンピースに混ぜ込んでみたのが分かる？」

エリザベスは笑った。エリザベスは大きな口を開けて笑うと、唇が上がって歯茎が見えてしまう。これはどうしようもないらしい。百年以上前のフランスの小説にこだわったり、言ったことをオウム返ししたりする弟がいるというのに、エリザベスは大体いつも幸せそうだ。

「私が花を愛でることを、あなたは誰よりも感謝すべきよ」

「花を愛でる……」僕はこの言葉を繰り返した。美しい響きだったからだ。

エリザベスは本当に頭が良い。将来は、マエヴァのような精神科医になるのだそうだ。彼女は高校を一学期まるまる早く修了したので、こうして一緒にフランスに来たのだ。この休暇が終わったら病院での夏季インターンシップに参加して、その後はスタンフォード大学に進学する。スタンフォードを卒業したら、メディカルスクールに行くらしい。僕はエリザベスが家を出ていってしまうのは嫌だった。エリザベスが僕と母さんと一緒にフランスに来たのは、僕にさよならを言うためというのもあった。

僕は療育センターでの一年をまだ終えていないので、教科書と宿題をここに持参して、メールで課題を提出している。僕は今も療育センターに通っているのだ。療育センターは、スペシャルニーズのある子どもたちのための小規模な学校で、僕は幼稚園からずっとそこに通っている。母さんは学校の活動に熱心に関わっていて、仕事で付き合いのある有名人を学校に呼んで資金集めの寄付を募ったりしている。父さんも一時は熱心に関わってくれて、火曜日と木曜日の午前中は図書館でボランティアをやっていた。

シュノンソーのリセは、僕の本当の学校ではない。フランス語を勉強するため、そしてあわよくば友達が何人か作れれば、という感じで通っているだけの場所だ。僕はリセで、ぜんぜん勉強できていない。僕は「普通の学校」の教育を受けるにはいろいろ難しい。

サンザシの茂みのところでエリザベスは言った。

「あなたにはお得意の夢想があるじゃない。夢想の中で私のこともそばに置いておけばいいのよ。夢想の中の私はどこへも行かないわよ！」

エリザベスは冗談のつもりで言っている。僕から離れない、と。それが冗談ではないことを、彼女は分かっていない。冗談ではなく、僕はものすごく強烈な夢想を作り出す。エリザベスは僕の夢想に閉じ込められて、どこへも出られない。スタンフォードへも、メディカルスクールへも、どこへも行けない。

「家に戻る？　それとも一緒に散歩する？」エリザベスは聞いてきた。

「ありがとう。でも散歩はしたくない。もう少し、待っていないと……」

僕は言った。

「待つって何を？」

「待つって何を？　とにかく待つんだよ」

「分かったわ」エリザベスは微笑んだ。

僕はさっき止めてしまった音楽をまた聴きたくなり、ヘッドフォンを手でいじくり始めた。

「何を聴いているのか、私に当てさせて」

「私に当てさせる？　僕に当てさせる？」当てさせる、こういう順序の言葉に、僕はいつも混乱してしまう。

「あなたが何を聞いているのか、実は知っているの。私はあなたをからかっているけど、意地悪しているわけじゃないのよ。　分かるわね?」

エリザベスは僕がユーモアを学び、人と交流することができるように、やんわりとからかってみることにしたらしい。実に優しい姉である。

「そんな悲しそうな顔で見ないでよ。素敵なソナタ。いいじゃない」

僕が聴いていたのは、セザール・フランクが作曲したヴァイオリンとピアノのためのソナタだ。『失われた時』では、プルーストが「ヴァントゥイユのソナタ」と呼んでいた。この呼び方は、頭がクラクラするほど美しい。僕が学んだのは、自分をコントロールすることができなくなるほど繰り返し同じ音楽を聴いてしまうと、音楽が取り上げられてしまうということだ。あまりにも音楽が僕の頭を占めてしまうと、現実感覚がなくなってきてしまうからだ。なので、僕は自己コントロールができる程度に音楽を聴くようにしている。

僕の強迫的な音楽へのこだわりは、生まれたときからずっとある。つまり、十六年目だ。両親に連れられて療育センターに行くまで、僕は普通のプリスクールに通っていた。その頃から音楽に異常にこだわりはじめた。先生、母さん、父さんが童謡を途中で止めてしまったり、順番を飛ばしてしまったり、あるいは同じ曲を繰り返したりして順番が狂ってしまうと、僕は奇声を上げた。怒っていたわけではない。つらくてたまらなかった。最初の頃は、大人はみんな僕が天才だと思ったらしい。僕が全部の歌詞を英語とフランス語で暗記していて、それが少しでもずれてしまうと、文字通りつらくてたまらなくなってしまうほど、言葉にこだわったからだ。

母さんも父さんも僕がとても上手に歌を歌うことを最初は喜んでいたが、その喜びは恐れに変わっていった。

僕が五歳のとき、寝室の壁越しに母さんが話しているのが聞こえてきたことがあった。母さんは泣いていた。

「あの子はレイン・マン（訳注　1988年公開のアメリカ映画。重度のサヴァン症候群の兄と弟の兄弟愛の物語）だわ」

母さんはすすりあげながら言った。

「とても愛らしい子だと思っていたわ。でも、あの子はレイン・マンなのよ。どうして私たち気がつかなかったのかしら」

「それでもあの子は可愛いよ」

父さんは囁き声で言った。父さんは、僕が会話を聞いているのを知っていたのだ。なぜなら、僕は眠りに落ちるときに二人の話し声を聞くのが好きだったから。二人の声は音楽の次に素敵だった。

「あの子は素晴らしい子じゃないか」

「ええ、もちろんよ」

母さんも努力して囁き声で話そうとはしていたが、やはりむせび泣いている。

「可愛いけれど、想定外の子だわ。全く想定外」

「想定外というのは違うよ。サプライズだったんだよ。転換点、つまり……*je*《ジュ》 *tourne*《トゥールヌ》 *une*《ユヌ》 *rue*《リュ》…… *mais*《メ》…… *c'est*《セ》 *dans*《ダン》 *mon*《モン》 *coeur*《クール》*.*」

「意味が分からないわ」

母さんはフランス語があまり得意ではない。

「プルーストの言葉だよ。道が分からなくなって、通行人に道を尋ね、道を曲がってみたりする……だが……実際には道は曲がっておらず……それは心の中の話なんだ。忘却していた記憶が再構築される寸前だ」

「英語で話してくれない？　大事な話をしているのよ」

「英語で話してくれない？　大事な話をしているのよ」突然、僕はベッドの上で壁越しに母さんの言葉を大声で繰り返した。

　僕は息継ぎをすると真似し続けた。

「*je tourne une rue*《ジュトゥールヌユヌリュ》*… mais*《メ》*… c'est dans mon coeur*《セダンモンクール》　意味が分からないわ　意味が分からないわ　意味が分からないわ　意味が分からないわ　意味が分からないわ　意味が分からないわ」

僕は大声を出した。

　母さんも父さんも何も反応してこない。

　僕はまた二人の言葉をオウム返しにして叫んだ。「それでもあの子は可愛いよ‼　どうして私たち気がつかなかったのかしら」

　大きくなってから、『失われた時』の文中で、父さんがこのとき言っていた言葉を見つけた。

je tourne une rue《ジュトゥールヌユネリュ》*……mais*《メ》*……c'est dans mon coeur*《セダンモンクール》
　マルセルが、コンブレーの鐘塔のことを話しているときの言葉だ。彼が幼いとき、鐘塔は巨大に見えていた。大人になって行かなくてはいけない所へどう行けばいいのか人に尋ねながら新しい街を彷徨《さまよ》い歩いていたら、彼は再び鐘塔に遭遇するのである。彼はじっと鐘塔を見つめた。どこの街にいても、彼は曲がる場所が分からなくなってしまう。そのとき、彼は気づいたのだ。方向転換をしていたのは、心の中のことだったということに。

僕はエリザベスが去ったのを確認した。僕は残り、サンザシの間を通って行ったり来たりした。そしてジルベルトを見つけられるのではないかと、枝をぐいっと脇に押しやった。枝のたわみが強いとしても、僕はヘッドフォンはつけなかった。マエヴァがいたら、僕が音楽に逃げ込まなかったことを褒めてくれただろう。

もしジルベルトがまだ僕を見ているならば、僕は簡単に諦めない男だということが分かっただろう。

ジルベルトは、シャルル・スワン氏の自慢の娘だ。スワン氏はコンブレーにあるマルセルの避暑用の別荘近くに土地を持っている。

スワン氏は完璧な隣人だ。マルセルの家族みんなが彼に惹きつけられている。彼は芸術や文学のことは何でも知っている。いつも素敵なギフトを持って登場する。けれど、マルセルの家族からスワン家を訪問することはない。なぜならスワン氏の妻は「好ましくないタイプの」女性だからだという。スワン氏の妻は、かつて「オデット・ド・クレシー」という名の高級娼婦だった。マルセルはオデットやその娘のジルベルトに会うことを許されなかった。スワン氏の土地は「立ち入り禁止」にされていた。

禁じられた少女、ジルベルト。これがマルセルの心を掻き立てた。スワン氏はジルベルトの話をよくしてくれる。彼女は、有名な画家や小説家と友達なのだそうだ。マルセルにとって、ジルベルトは物語の登場人物のようだった。初めてマルセルがジルベルトに会ったのは、父親と祖母と三人で散歩をしていたときだった。偶然ばったり会ったのである。ジルベルトはガーデニング用のシャベルを持って、サンザシの茂みを抜けていこうとしていた。マルセルは、ジルベルトを見つめた。スワン氏の芸術世界から出てきた、赤みがかったブロンドの髪を持つ少女。禁じられた少女。彼女を見つめていたら、そばにいた大人がマルセルをぐいっと引っ張った。彼女に侮蔑の言葉の一つでも投げつけることができたら、どんなに良かっただろう。マルセルはとてもイライラした。おまえはブスだ、と真実と逆のことを言ってやればよかった。でも言えなかった。彼女に気づいてもらえるとか覚えてもらえるなら何でもよかったのに。

僕も、このときのマルセルと同じような想いだった。サンザシの花木に向かって、何かを叫んでやりたかった。けれども僕はいざとなるとどうにもダメなのだった。

5月22日（日）

午後
8時45分

僕の部屋は屋根裏にあるので、壁が斜めになっている。狭い部屋だ。でも僕をすっぽり収めてくれて、僕はこの部屋が好きだ。梁と梁の間には淡いブルーの壁紙が見える。梁は壁じゅうに張り巡らされていて、天井で壁と壁の接している部分に沿って走っている。僕の部屋は古い木材で骨組みを組んだテントなのだ。

僕の小さなベッドの上にある梁のうちの一つには、二つの蜘蛛の巣が揺れている。僕にはなじみのものだ。

ベッドサイドには窓があって、夜はほんの少しだけ開けたままにしておく。ブラインドは下ろさない。窓の外にかけてある植木箱にゼラニウムが植わっていて、僕はそれが好きなのだ。コオロギが大きな声で鳴いている。始めの頃はそれがシーソーをこぐ音に感じられて、ヘッドフォンを耳につけてコオロギの声を遮断しなければならなかった。けれど二日前の夜から、僕はコオロギが鳴きはじめても船酔いのようになることはなくなり、優しく身体を揺らされているような心地よさを感じるようになった。

この日の夜、僕は日曜の午前中にやっている、療育センターの生徒たちが参加しているマエヴァのソーシャルスキルグループにスカイプしてみた。時差で、ロサンゼルスのほうが九時間遅い。スカイプが繋がると、生徒たちはパンケーキを食べていた。ブルーベリーのパンケーキを食べている生徒もいれば、チョコレートチップのパンケーキを食べている生徒もいた。マエヴァはコーヒーを飲みながらオートミールを食べていた。

レイラもいた。彼女のパンケーキはいつもどおりブルーベリー味だ。彼女は十六歳という年齢（僕と同い年だ）の割に身体が小さい。けれどラップトップのスクリーン越しに見ると、とても大きく見える。彼女は濃い色の髪、緑色の目、黒々としたまつげをしている。まつげはくっついて、よく二つ三つのダマになってしまう。わざとマスカラでダマを作り、目立たせているのだ。スクリーンに映る彼女のまつげは黒々としたマットな仕上がりだ。まるで、蜘蛛の足を至近距離で見ているみたい。ミントティーの入った青いマグを持つレイラの手は実際よりもかなり大きく、彼女の身体に不釣り合いな風に映っていた。その手をいっぱいに広げれば、ピアノのオクターブに届きそうに見える。

場所はウェストハリウッドのビバリー大通りにあるHonest Bean Café《オネスト・ビーン・カフェ》で、メンバーはいつものブースに座っていた。ここはマエヴァのお気に入りの店だ。僕が六年生の頃から、マエヴァと話をするときは必ずここに行った。ブースの張り布はえんじ色だ。額装された大きなアイスクリームサンデーのポスターが目の高さに貼ってある。サンデーの上に乗っかっているさくらんぼを見ると、僕はなんだかとても懐かしくなった。光の反射だ。僕はサンデーの上に乗っているさくらんぼに小さな斑点があることに気づいた。前はこんな光の反射には気づいたことがなかった。こんな小さな光の反射に気づくなんて、フランスに来る前、あのポスターの前に腰かけていたあの頃のマーティン《自分》とは別の人間になったような気分だ。

マエヴァは金髪で筋肉質だ。今日もいつもと変わらず黒い服を着ている。彼女の服の生地は重なり合っていて、それぞれがひらひらと揺れ動く。それが相変わらずで、心地よい。ただし、マエヴァのロングヘアは肩までの長さになっていた。そこは違和感があった。

「あら、マーティン。元気？　フランスの生活はどんな感じ？」

マエヴァは僕に笑いかけた。

僕は、スクリーンに映っているマエヴァ、レイラ、ジョーイ、クレア、ミチェルを見た。みんなの前には、パンケーキの皿、シロップの瓶、マグカップ、オレンジジュースが置いてある。僕は深く息を吸って言った。

「僕の本当の人生がフランスで始まった気がしている」

「まあ、素敵だわ。どういうこと？」マエヴァは言った。

答えようとしたとき、ミチェルが口をはさんだ。

「それは、普通の学校に通ってるから？　レイラにあなたは普通の学校に通っているって聞いたわ。そうなの？」

「そうだよ。それは本当だ。でも、僕が言いたいのはそういうことではないよ。実はフランスで、『失われた時』で読んだことを体験できるかもしれないんだ。いや実は、もう既にそれは始まっているんだよ」僕は答えた。

レイラが会話に割って入った。

「グランサム伯爵夫人が、持参金を持ってアメリカからイギリスに移住して、ダウントン・アビーを救ったわよね。マーティン、あなたもそれと同じよ。あなたは今、フランスにいるべき運命なのよ」

「ありがとう、レイラ」

　ここで、またマエヴァが僕に尋ねた。

「ここまであなたが体験したことを一つ教えてくれる？」

「赤みがかったブロンドで、そばかすのある女の子と知り合ったんだ。その子の名はジルベルト・スワン。僕は彼女に恋愛感情がある」

「どこで知り会ったの？」

「正確にはまだ知り合ってない。見かけただけ。まずはそこから始まることになってる。彼女を見かけて、彼女のことで頭がいっぱいになって、そして彼女に会って、それからだんだん親しくなるんだ」

「マーティン、その子は本当にジルベルト・スワンという名前なのかしら。それともジルベルト・スワンを強烈に思い出してしまうということなのかしら？」とマエヴァ。

　僕はマエヴァのこの質問にすごく居心地の悪さを感じた。僕はHonest Bean Café《オネスト・ビーン・カフェ》にいる生徒たちをじっと見つめた。生徒たちも僕を見つめ返してきた。僕はやっとのことで呟いた。

「彼女を見ると強烈に思い出すんだ……ジルベルト・スワンを」

これが正しい答えであるべきだということは分かっていた。でも、僕が言いたかったのはこの答えじゃなかった。

「ちょっと言いたいことがあるわ！」レイラが突然叫んだ。彼女の目は大きく見開き、神経がとがりまくっている感じだ。レイラの目は風車みたいだった。彼女がマグカップをドン！　とテーブルに置いたので、中のミントティーがテーブルにこぼれた。

「こだわりもほどほどにしなさいよ」

レイラは以前も同じことを警告してきた。レイラは僕を応援してくれるのに、僕ぐらいの年齢の男子が二十世紀フランス文学についてやたらと語るのは不遜だと言うのだ。本の中のフランス語の意味を半分も分かっていないのにと。でも僕とレイラはある点では似た者同士なので、レイラは、僕が本なしで冷静を装っているよりも、本を常備していたほうがずっと安心できることも理解してくれている。

なのになぜ、レイラは僕に苦痛を味わわせようとするのだろう。彼女はいろいろとわきまえている人なのに。変わらぬ習慣に安心する僕は、必ず『失われた時』を手元に置いておく。その習慣のおかげで、空っぽだった心のコップは何年もの間、満たされていたのだ。

僕の執着心は他の何も考えられなくなるほど強烈なものだ。それが他の人に変人だと言われるゆえんだろう。周りが僕のことを変人だと言うのもまた習慣になりつつある。

レイラも僕も物語が大好きだ。僕はプルースト、レイラは『ダウントン・アビー』が好きだ。療育センターの生徒たちの中には、映画が好きな子もいる。ジョーイはディズニーアニメを観て言葉が話せるようになった。僕らのような子どもたち《キッズ・ライク・アス》は、大好きな物語や映画などで観たもの聞いたことを真似ようとする。真似をし続けているうちに、自分たちの内面にあるものが繋がっていく。僕らの自己表現はそこから始まる。まず好きなものを真似したり繰り返したりする。次にそこに「変化」をつける。逆方向から学習すると言えば分かりやすい。こうやって学習することで、僕らは振る舞い方を理解していくのだ。療育センターではこの逆方向の学習方法に名前をつけて、「アフィニティセラピー」（訳注　アメリカのオーウェン・サスカインドが自閉症の息子がディズニーアニメを観て言語や社会性を修得したことから考案。テレビや音楽など、その子のこだわりに触れさせることでその子の能力を引き出す）と呼んでいた。「アフィニティセラピー」は、僕らを外界と繋げてくれるセラピーだ。

映画やテレビと比較すると、本は模倣がしにくい。本には画像がなく文字が並んでいるだけだからだ。だから読書中、僕の脳はかなり忙しく動いている。マルセルやスワン氏の顔を想像の中で作り上げるのだ。レイラが好きな『ダウントン・アビー』は全部画像で、顔の表情も見ることができる。あなたは難しい題材を選んでしまったわね、とレイラは言う。

レイラは僕が『失われた時』を選んだわけではなく、『失われた時』のほうが僕を選んだ、ということも知っている。僕は『失われた時』という檻の中を歩き回っているように見えるかもしれない。けれど、少なくともこれは動く檻だ。一箇所に縛られている檻ではなく。そして、多くの人が自分の感情で身の周りを固めているように、僕は『失われた時』の世界で身を固めている。

「レイラ。マーティンの『失われた時』へのこだわりをほどほどにしたほうが良いっていうのはどういうことなのかしら。なぜほどほどにするべきなの？」

マエヴァが聞いた。

「とにかくこだわりが邪魔なの！」

レイラは大声を出し、マグカップをガンッとテーブルに置いた。画面の向こうでレイラは目を固くつむり、マエヴァが言うところの「切り替え」をしようとしていた。そして再び目を開けると、話題を変えてこう言った。

「思いやりの欠如は、過剰な涙と同じくらい品がないわ」

「『ダウントン・アビー』の中の言葉だね?」ミチェルが言った。

「そうよ。先代グランサム伯爵夫人の言葉よ」レイラは笑って言った。レイラがうまく切り替えられたようで、僕は少しホッとした。

「これって、以前ミチェルが言っていたことに繋がるわね。こだわりが実際の生活で活用できるという話ね」

マエヴァは続けた。

「今話していた〝こだわり〟についてまだ意見がある人はいるかしら? それとも、マーティンは今実際に大好きな本の舞台に滞在しているわけだけど、マーティンの本へのこだわりについて何か意見がある人はいる?」

みんなはマエヴァの質問には答えず、各々お気に入りの映画やテレビの話を始めた。もうそろそろ切ります、と僕は言った。みんなは僕にスカイプ越しにハイタッチやグータッチをした。スクリーンをこぶしでコンと叩いたとき、僕はみんなの実際の手の感触が恋しくなっていることに気づいた。別れを告げてスカイプを切るとき、最後に見えたのは、ポスターのサンデーに乗ったサクランボだった。

療育センターの中である種の愛情表現ができるのは僕だけだ。僕は一度親しくなった人との距離は苦にならない。肌がくっつくのも大好きだ。人肌は水が身体を包み込むような感覚を与えてくれる。療育センターにいる生徒たちは触れられたり抱きしめられたりすることがとても苦手なようだが、僕はそれがどうしてなのか分からない。レイラも、人と接するときは肘からこぶしまでぐらいの距離を必ず空ける。そういうときの彼女のこぶしは固く、指の関節は真っ白だ。

スカイプをログアウトして二十分後、レイラからメッセが来た。

今日は姿を見られて嬉しかったわ。フランスのおうちにある茶色のカウチ、気持ちよさそうね。映画の撮影は始まった？　蛾《モス》たちはどうしてる？　あなたにとってこの電話のやり取りは伝達の手段？　それとも拷問なの？

レイラは哲学的な気分のときは、このメッセで締めくくる。「あなたにとって電話は伝達の手段？　それとも拷問なの？」。

『ダウントン・アビー』でマギー・スミスが演じた、先代グランサム伯爵夫人の言葉だ。母さんはマギー・スミスをそのうちレイラに会わせると約束していた。著名人に知り合いが多いのだ。レイラは母さんに会うたびに、この約束がどうなっているか聞いた。

レイラは著名人がずらりと揃っている母さんの映画に興味津々だ。彼女は「魅力的《グラマー》」という考えにおおいに関心がある。というのも、彼女はテレビで魅力的《グラマー》になる方法を学んだからだ。

『ダウントン・アビー』を見ると僕はレイラのことだけは思い出すが、作品そのものには全く興味がない。僕はレイラの家の地下の部屋《ベースメント》で、マシューの事故の回を含めた三回分の放映を見ただけだ。だから、レイラが『ダウントン・アビー』の言葉を引用してしゃべっているのが、僕にはレイラのオリジナルの言葉に聞こえる。でもそれはレイラにとっても同じだ。レイラも『失われた時』を読んだことがない。だから僕が引用する『失われた時』の言葉は僕のオリジナルの言葉にしか聞こえないと言う。

レイラはわざわざメッセで質問を送ってくる。療育センターでは、質問はとても大切だと教えられている。会話をするきっかけになるからだ。会話をするときには、(実は関心がなかったとしても) 自分の関心について詳しく話さなければならない。興味があるように振る舞っていれば、実際はどうあれ興味が湧いてくるものらしい。レイラは質問に対する相手の答えに注意を向けているうちに、この境地にたどり着いたのだった。

僕はすぐにレイラに返信した。

母さんの映画の撮影は始まるところだ。フューシャもいる。有名人が来週来る。蛾《モス》たちはまだ寄ってきていない。

了解よ。

レイラが返信してきた。彼女の返信が短いときは、テレビを見ていてメッセに注意を向けていないときだ。それでも、僕を待たせないように一言二言は返そうとしてくれる。

僕はレイラにニコッと笑った顔の絵文字を送った。絵文字は僕たちのような自閉症スペクトラム障害の子どもにとって夢のような発明だ。

5月23日（月）

午後3時30分

今日、シモンは僕に対して怒っていた。僕たちは、学校の二階から三階に繋がる二つのオレンジの階段のうちの一つを降りていた。シモンの靴の黒いかかとが僕の前の段でぴたりと止まるのが目に入った。僕は思わず口走ってしまった。

「僕たちのクラスにいる赤みがかったブロンドの女の子を知っている？」

シモンは立ち止まって、振り返った。

「なんて名前？」シモンは尋ねた。

「名前はジルベルトかもしれない。そうだといいなぁと」

シモンは首を横に振った。

「他の名前じゃなくて？」

僕は首を横に振った。

シモンは嫌な感じのする声でこう言った。

「あのさ。オレは今日、父さんのところに行かなくちゃいけない。だから、午後は君と一緒にいられない。でも君さえよければ、オレの友達のマリアンヌが君と一緒にいてくれるそうだ」

「君のお父さんはどこに住んでいるの？」

「刑務所」

シモンはニヤッと笑って、靴に視線を落とした。

僕は真顔でこう言った。

「僕の父さんも刑務所にいる」

これは療育センターで教えてもらったやり方の一つだ。相手と共通の経験について話をしてみるのだ。このソーシャルスキルはなかなか使える。寂しい気持ちにもなりにくい。

「ファック・ユー……、このアホ‼　冗談に決まってるだろ！」

彼は階段を駆け下りていってしまった。

僕はあまりに動転していて、自分がどんな間違いをしたかについて注意を向けている余裕がなかった。心がバラバラに砕けていくような感じがした。座り込んで、頭を膝と膝の間に押し込めて、マエヴァが教えてくれた「回復の姿勢」を取った。そのまま二十回呼吸をした。

僕が呼吸を数えていると、次の授業の始業ベルが鳴った。次は歴史の授業だ。階段を見上げるとそこには誰もいなかった。

僕は歴史の授業には出席せず、家までひたすら歩いて帰った。

午後 11時30分

「学校はどうだった?」

母さんが穏やかな口調で聞いてきた。今夜はラ・プールというレストランで食事をしている。

「少しは慣れてきたかしら？」

母さんは、僕が教室で注意深く振る舞えば、コミュニケーションが苦手なのをうまく誤魔化すことができると思っているようだった。そして僕のルックスは、他の生徒たちに受け入れられやすいはずだと信じている。

今週はうまくいかなかったな……、と僕は母さんに言ってしまった。

「もう二、三日がんばってごらんなさいよ。それでもダメだったら、もう学校には行かなくていいわ。でも地元の子どもたちと仲良くするのはすごく良い経験になると思うわ。あなたはフランス語がとても上手に話せるし。こんな素晴らしいチャンス、普通ならなかなかないわよ」

映画のキャストやクルーが大勢並んだ細長いテーブルで、母さんは僕の向かいに座っていた。赤と白のチェックのテーブルクロスがかけられていて、その上にはガラスに入ったキャンドル、鶏肉や牛肉が盛りつけられた皿、赤ワイン入りのピッチャーがある。天井は低く、厚い壁にはめ込まれた三枚の窓からは照明が入り込み、向かいの壁に下がっている四つの銅のフライパンを照らしている。その下にはタルト・タタンが並べられている。リンゴではなくアプリコットのタルト・タタンだ。

誰かが僕に豚のリエットを勧めてくれた。僕の大好物だ。

“*Oui*《ウィ》*, s'il*《シル》 *vous*《ヴ》 *plaît*《プレ》*, je*《ジュ》 *voudrais*《ヴードレ》 *des*《デ》 *rillettes*《リエットゥ》*.*”（いただきます。僕はリエットが食べたいです）

“*Vous*《ヴ》 *parlez*《パレ》 *français*《フォンセ》 *?*”（フランス語が話せるの？）

女性の声だ。

“*Oui*《ウィ》*.*”（はい）

彼女はリエットが好きか尋ねてきたので、僕はもう一度“*Oui*《ウィ》”と答えた。彼女は僕がどうやってフランス語を習得したのか、知りたがった。

「父さんが教えてくれました」

「違うでしょ！」母さんが僕の答えを遮るように言った。

「あなたが自分で勉強して話せるようになったのよね。そうよね？」

母さんは何に関しても父さんのお陰ということにはしたくないようだった。

エリザベスが僕の隣に座っている。周りには初めて見るたくさんの顔がぼんやりとかすんでいたので、僕はエリザベスのはっきりとした横顔に注意を向けるようにしていた。先端がツンと上を向いた小さな鼻。眉毛は大きくアーチを描いて、キャンドルの光に照らされると赤みがかった金色に見える。目の色は明るい。髪の毛はゆるく束ねている。僕のほうから見ると、顎に小さなホクロが二つある。実は僕から見えない場所にもう一つホクロがある。

エリザベスの反対側の隣には茶色のあごひげを生やした男が座っていて、エリザベスはこの男に、いつもより甲高い声で早口でまくし立てている。話しているときも、エリザベスの顔の各パーツはいつも通りはっきり見える。男の方は、単語か何かのデザインの黒いTシャツを着ていて、その上にあごひげがもじゃもじゃのっている。

あごひげ男が立ち上がり、すぐ戻るよ、と言った。

するとエリザベスは僕のほうを向いた。おかげで、輝く両目と両眉、そして可愛らしい顔の真ん中でV字になった髪の生え際を見ることができた。それだけじゃない。彼女は白い綿のシャツの第四ボタンまで開けていて、開いたところから鎖骨と胸元が見える。

「ねえ、アーサーのことどう思う？」

「アーサーって、薄茶とこげ茶の毛が混じり合った、あの毛深い男のこと？」

「彼のあごひげが嫌いなの？」

「分からない。今まで会ったことがないから。でも彼の毛は柔らかそうだなという印象を持ったよ」

　これを聞いてエリザベスは吹き出した。

「彼は素敵な人よ。母さんの映画のアートディレクターなの。とても賢い人だわ。フランス語も話せるのよ。あなたみたいでしょ。ねえ、話しかけてみなさいよ」

　あまり気乗りしないアイデアだ。僕はエリザベスに自分で話しかけるように言った。そして、どんな話をしたのか後で教えて欲しい、と頼んだ。分かったわ、とエリザベスは言った。

　その後すぐにアーサーというその毛深いアートディレクターは僕たちのほうに戻ってきた。エリザベスはこちらに横顔を見せて、甲高い声でしゃべりはじめた。そこにアスパラガスのビネグレットソースがけが運ばれてきた。僕の皿にも五本のアスパラガスがのせられた。僕は全神経をそれに集中しようとした。うん、美味しい。アスパラガスを味わっていると、うるさい会話が聞こえなくなる。

「アスパラガスをもう少しくださいﾞ?」

　おかわりのお願いに聞こえるように、僕は語尾を上げた。

　向かいに座っている母さんの口が動くのがはっきりと分かった。母さんはお願いをきちんとした文章にして、それを僕に繰り返させて学ばせようとしているのだ。母さんが僕にお手本として作った文章はこれだ。

「僕に、アスパラガスをもう少しよそっていただけますか？」

母さんは、テーブルにたくさん知らない人がいる中で、僕が〝僕〟と〝あなた〟の代名詞を間違えないようにと気にしている。間違って、「あなたはアスパラガスをもう少し欲しいですか？」などと言ってしまわないように。

母さんはみんなの前でおおごとにしたくないため、僕にこっそりと教えようとする。最初の二単語「僕に、アスパラガスを」だけ言うと、母さんは口をぎゅっと閉じて頬骨を突き出した固い笑顔を作った。母さんにとって、僕が普通に振る舞うことはものすごく大切なことなのだ。だから、何としても僕に普通に振る舞って欲しいらしい。こういう心の働きを「投影」（訳注　自己の欲求や感情などを無意識のうちに他の人に押しつけてしまう心の働き）と言う。

レイラは言っていた。定型発達の人たちは、僕らにやたらと投影をするものだと。僕らが定型発達の人たちのようになりさえすれば、幸せになれると思っている。あの人たちは分かっていない。僕らは僕らとして生きることしかできないということを。目の色、男か女か、人間であるということまでも、別のものに取り換えることができないように。僕らにとって変えられるものではないから、変えさせようとするのはやめて欲しいとレイラは言っていた。僕自身の意見はまだうまくまとまっていない。けれども少なくとも一日一回はこの問題についてレイラと同じように考える。

誰かが僕にアスパラガスの皿をまわしてくれた。僕はそれを受け取り、渡してくれた人の視線から素早く身をかわした。

僕は「ありがとう」と皿に向かって礼を言い、アスパラガスを五本取った。『失われた時』に出てくる料理番のフランソワーズから、このアスパラガス料理がどれだけ手間のかかるものなのか知っていたので、それだけにとどめておいた。

「メレンゲソース、かけるかい?」

身体の大きい男が尋ねてきた。どこかで聞いたことのあるような声だ。母さんが制作した別の映画の中で働いていた人に違いない。向かいにいる母さんの右側に座っている。

少し視線を上げて彼の顔を見ると、房になったひげを生やしている。あのアートディレクターのひげに較べると薄くて細い。他の外見上の特徴はよく分からない。母さんに比べれば、肩幅が広くて身体の幅も大きい。シャツの色はダークグレーだ。

母さんの左側にはもう一人大柄な男が座っている。彼はもっと顔が丸くて、肌はすべすべして、かなり色白だ。髪には黄色のメッシュが入っている。ライトブルーとグリーンの色がまだらに入ったシャツを着ている。

僕の目の焦点は母さんに合っていて、両隣の二人の男はぼんやりと映っているだけだ。母さんの茶色とグレーの混じり合った髪の毛の織り成す曲線は、まるで彫刻のように見える。目はくりくりして、上のまつげとほぼ同じくらい下のまつげが濃くびっしりと生えている。このあたりの田園風景で見たひまわり畑のひまわりの花びらのようだ。黒いビーズ飾りがついた淡いグレーのワンピースを着ている。太めの銀のチェーンのペンダントを二連にしてつけている。僕とエリザベスの赤ちゃんの頃の顔をカメオにしてそれぞれのチェーンにつけてある。母さんの首元の赤ん坊の僕の横顔をじっと見ていると、父さんが母さんへのプレゼントにとオーダーしたときには母さんは僕に何か問題があるなんて思ってもみなかったのだと分かった。だからこのペンダントは母さんにとって思い出深いものなのだ。

母さんの日焼けした肌の上のペンダントをじっと見つめていると、右側から男の声が聞こえた。もう一度同じ質問をしてきた。

「おい、メレンゲソースはいるかい？」

「これはソース・ムースリーヌ（訳注　メレンゲを混ぜて空気を含ませたもの）です！」

僕は叫んだ。その男の顔に視線を向けようとしたができず、彼の後ろの壁で光を放っているポットに視線を向けた。

男は笑って、料理の本をよく読むのかい、と聞いてきた。

「はい。料理の本は隅から隅まで全部読みます」

僕の好きなレシピは以下の六つだ。クオータークオーツのケーキ、ラタトゥイユ、カスレ、チョコレートムース、羊の脚肉マスタード添え、クスクス。

5月24日
(火)

午前
10時20分

エリザベスが僕の部屋に入ってきた。前に「COFFEE」とブロック体で書かれている柔らかい白のロングTシャツを着ていた。寝るときはこのTシャツがいいのだ。

エリザベスは僕のベッドのへりのところに腰かけ、昨晩はワインを飲み過ぎて頭痛がする、と言った。それは大変だね……と僕は言った。すると、アーサーは私には年上すぎると思う？　と尋ねてきた。

僕はどういうことなのか尋ねた。

エリザベスは言った。「母さんが、私は彼とお付き合いするには若過ぎるっていうの。でもそれが本当の理由じゃないわね。母さんは、自分の仕事仲間と私が付き合うことが変な感じなんでしょうね」

「ジェイソンとはどうなってるの？　母さんはジェイソンのことが気にかかっているんだと思うけど」と僕は聞いた。

ジェイソンはエリザベスのボーイフレンドで、ＵＣＬＡの映画学部の二年生だ。彼は二年ほど映画製作に参加しているけれど、僕は彼のことは考えたくない。彼がしゃべると声にヒーヒーという音が入る。それがとても恐ろしい。彼の腕がエリザベスに絡みつく様子は、まるで絡みついて獲物を絞め殺す大蛇、ボアコンストリクターみたいに見える。この蛇みたいな腕と、しゃべるときのヒーヒー音のせいで、僕はジェイソンをそれ以上知りたいと思えない。それに彼は普通に話ができる人だけれど、僕にはあまり話しかけようとしない。

「ジェイソンはうざいわ」エリザベスは足元を見つめながら言った。

足の指にはスカイブルーのマニキュアが塗ってある。うざいと言う言葉とは裏腹に、エリザベスの声は悲しそうだった。とはいえ、僕はエリザベスの言っていることを否定したくはなかった。僕は『失われた時』の中に出てくる言葉を使って説明してみた。

「未知の脅威というものは、僕が知っている如何なるものとも違っていて甘美なものだ」

「面白い子ね」

エリザベスは笑った。彼女はストレッチを始め、プールに飛び込んで頭をスッキリさせたいわ、と言った。そして、なんで学校をさぼっているの、と僕に聞いてきた。

「母さんに何か言われたの？」

僕はそのことについては話したくない、と言った。そして母さんは冷静だよ、と付け加えた。今日はどうするのかとエリザベスが聞いてきた。

僕はしばらくブラブラする、と答えた。

「母さんが周りに指示を出している間に、ハイネックのフリルの襟でフューシャが宮殿の庭をそぞろ歩くのを見に行ってくるよ」

僕の計画を聞くと、エリザベスは目を細めて僕のことを見た。その感じが、母さんそっくりだ。違いと言えば、エリザベスの場合は目の周りにできたシワが、すぐになくなることだろうか。母さんの場合は、シワがしばらく残る。エリザベスが目を細めるときは、僕をからかうときだ。「フューシャを見に行くのね。あなたの目的はお見通しよ」エリザベスは言った。

襟とドレスの胸元は透けるレース素材だから、ハイネックでもフューシャの胸の谷間は丸見えなのだとエリザベスは教えてくれた。

「でもね、あれは本物の胸じゃないからね」エリザベスはそう言って、出ていった。

僕の中ではあの胸は本物でしかあり得ないのに、あの胸が本物ではないというのはどういうことなのか。さらに、見た記憶もないのにジルベルトの胸を生々しく想像できてしまうことも、一体どうなってしまっているのだろうか。見たいと願っていると、本当に目の前に見えてきてしまうものなのだろうか？

5月25日（水）

午後
5時50分

シモンとまだ揉めていなかったとき、僕は彼に携帯の番号を教えていた。先ほどシモンから、悪かった、学校に戻ってきてくれないか、とメッセが来た。だから僕は学校へ行った。シモンは中庭で待っていた。父親が刑務所にいるのは嘘ではないが、それに触れられたくなかったのだ、とシモンは言った。そして、僕がたまにおかしなことを言ってしまうのも悪気があるわけではないと分かっている、と言った。そう、僕はがんばっている。僕はたいしたもんだ。

僕はおかしなことを言ったつもりでは全くないことをシモンに伝えたかった。でもまた彼を怒らせるのは嫌だった。

僕は震えないで彼の顔を見るのに二時間十分かかった。やっと震えを止めることができたのは幾何学の授業が終わって移動するときだ。僕は歩きながらシモンの顔を見ることができた。そのとき、シモンは微笑み返してくれた。

ランチにまたクオータークオーツのケーキがあった。けれどジルベルトはそこにいない。初日に見かけて以来、ずっとジルベルトに会っていないのだ。彼女が姿を隠していることに僕はイライラしていた。

カフェテリアで、僕はシモンと、彼の友人のマリアンヌと一緒に席に着いた。マリアンヌの髪は長くてツヤツヤした黒のストレートで、紫色のメッシュが入っている。彼女の髪はまるでサラサラの布地のようにまとまって動く。この髪の陰に隠れてみたら、素敵に違いない。

マリアンヌはテーブルの下で、僕の蛾《モス》の絵のスニーカーの写真を撮った。これ、アップしていい？　と聞いてきた。いいよ、と僕は言った。どこにアップするのかは聞かなかった。

僕にはすごくこだわるポイントがいくつかあるのだが、ＳＮＳへの写真のアップなどはどうでも良いことだった。思い悩むこともあるのかもしれないが、コントロールできるものでもない。写真なんて図らずもアップされてしまうものだ。まるで天気みたいに。

「タグ付けしていい？」

僕は縦にうなずいた。

彼女はスマホをいじり始めた。

「インスタのアカウント名は？」

「アカウント持ってない」

「フェイスブックは？」

「ない」

「スナップチャットは？」

僕は首を横に振った。

「え、待って、何もやってないってこと？」

「放っといてやれよ」

シモンが割って入った。

「は？　質問しただけなんですけど」

彼女はまだスマホに目を落としている。

「だから、放っといてやれって！」

シモンが怒鳴った。

僕にはシモンの怒りが理不尽に感じた。マリアンヌは僕に敵意を持っていたわけではない。彼女はただ質問をしただけだ。

「大丈夫だって。マリアンヌは別に嫌なことをしてきたわけじゃない。ただ興味があっただけだろう。それだけじゃないか」と僕は言った。

「あぁ、そうかよ！」シモンは水の入ったグラスをテーブルに叩きつけ、水のしぶきが僕のケーキの上に飛び散った。「余計なお世話だったな！」

飛び散った水の泡沫がケーキにかかり、しみになっていくのを僕はじっと見つめた。シモンは最初マリアンヌに怒りを向けていたのに、またすっかり僕に怒りを向けている状態になっているのはなぜなのか。僕は彼に対して何かしら感謝の気持ちを表す必要があったようだ。だから、シモンは皮肉っぽく「余計なお世話だったな」と言ったのだろう。推測でしかないけれど。ああ、ここにマエヴァがいてくれれば、きっとヒントを教えてくれたのに。僕は何も思いつかなかった。

シモンは立ち上がり、テーブルから一歩離れた。

マリアンヌは振り返り、シモンの手首を掴んだ。そのとき、彼女の黒髪がシュッと音を立てた。ストライプカラーのネイルをしている。マリアンヌは「ねえ、落ち着いてよ」と言った。

シモンはマリアンヌの手を振りほどき、歩いて行ってしまった。

「どういうこと?」僕は言った。全然意味が分からない。食欲もなくなってしまった。

「分からなくて当然よ。ばかばかしい。何を怒ってるんだかさっぱりだわ」

わあ、すごい。僕の心の中の言葉、シモンの怒りは全然意味が分からないということを、彼女は代弁してくれた。マリアンヌも理解できなかったのだ。僕だけではなかった。僕一人のことでなければ、混乱したとしてもそれはぜんぜん違うものになる。一人ぼっちが二人いれば、それはもう一人ぼっちじゃない。孤独じゃなくなるんだ。

マリアンヌはスマホをテーブルの上に置いて、僕も一緒に靴の写真を見た。

シモンは怒って出ていってからすぐに戻ってきた。「大丈夫か?」シモンが聞いてきた。

「うん。大丈夫」僕は言った。

「君が大丈夫なら別にいい。でも、他人に君の気持ちを踏みにじるような真似をさせるなよ」シモンは笑った。

「私、別に彼の気持ちを踏みにじってなんかないわ」マリアンヌは言った。
「もうこの話は終わりにしよう」僕が言った。
二人とも笑顔になった。僕の食欲はやっと戻ってきた。

午後
10時10分

夜、僕は母さんとエリザベスに昼間の出来事を話そうとしていた。僕らはテラスに座り、母さんとエリザベスはワインを飲んでいた。僕はしわくちゃのオリーブを食べていた。僕はジルベルトのことも、ジルベルトの姿が見えなくなってしまったことも話さなかった。今日は学校で素敵な一日を過ごして、ランチも結果的にはなかなか楽しい時間になったことを話して、二人に楽しい気持ちになってもらいたかった。

「その黄金色のクオータークオーツには隠し味が使われていた。でも、僕はそれが何か分からなかったんだ」僕は言った。「だからランチルームで、じっと呼吸を整えながらケーキを見つめて、目に見えるもの、嗅ぐことのできる香りの向こうに、思考とともに近づこうとしたんだ」

「自分の言葉で話しなさいよ！」エリザベスが怒鳴ってきた。

どうしたんだろう。エリザベスが普段と違って優しくない。

「いい加減に引用しながらしゃべるのはやめて！」

母さんは僕に向かって顔をしかめて、落ち着くようエリザベスをなだめた。

僕はあくまでも論理的でいるよう心がけた。

「僕はマルセルの言葉をそのまま引用したわけじゃない。マルセルは比喩でパウンドケーキを使ったことはない。マルセルの比喩は、屋上、石に反射する太陽、小道の木や花の香り、この三つだ。僕が言ったのとは違……」

「うるさい！　黙って」エリザベスは僕の言葉をぶったぎった。

エリザベスは手に持っていたロゼワインを一気に飲み干そうとして、激しくむせた。いつもはこんなことはしない。

僕は彼女をムカつかせていたが、話すのをやめることができなかった。

「僕は今日もランチの時間、最後までいられた。すごい進歩だ」と僕は言った。

母さんは大きく息を吸った。オリーブの実をつまんで、そのシワを見つめている。母さんの骨ばった指は樹皮のようだ。その指はほんの少しだけだが震えている。母さんはオリーブの実を食べずに小さなナプキンの上に置いた。

「あなたのサポート係の男の子ってどんな子なの？」

僕はいいことを思いついた。僕は家の中に入り、ポストカードのコレクションを取りに二階に駆け上がった。カードは全て『失われた時』を描いたものだ。僕はベッツリーニのカードを手に取った。階段を駆け下り、テラスへ出て、二人に見せた。

「これがその子だよ。シモンだ。メフメト二世に似ている。ただ、ブロックはずっと若いけど。つまり、シモンが若いってこと。あごひげを生やしたら、シモンとメフメト二世はそっくりだよ」

「もうたくさん」

エリザベスが吐き捨てるように言った。彼女の首と頬が上気している。

「自分のことしか頭にないの？」

こういう質問に、僕はどう答えたら良いのか全く分からない。実に難題だ。エリザベスの怒りから逃れようと僕は夕焼けに目をやり、眉をひそめて同情するような表情をしてみた。でも恐ろしく怒りに震えている彼女に直接顔を向けることはできなかった。せっかくがんばって作った「空気を読んだ表情」は宙に浮いてしまった。

　エリザベスは続けた。

「いつも自分の世界のことしか話さないんだから。あなたの世界の外側にいる人間のことも考えて！　あなたの外側にも世界はあるの。何もかもがあなたの世界じゃないのよ！」

　僕はうめき声を上げた。うめき声を上げているとき、僕の胃腸はぎゅっとなって痙攣しはじめている。これが調子はずれのヴァイオリンみたいな音を立てるのだ。僕はこの音を身体の外に出さないやり方を習得していたが、たまに音が大き過ぎると外に漏れ出てしまうことがあった。母さんはこの音が大嫌いだ。だから僕は、大声で叫んでこの音を掻き消すようにしている。僕は叫んだ。

「厳密に言えば」

　僕は本当のことを怒鳴った。

「自分の世界の話をしているんじゃない。僕の大事な本の話をしているんだ」

「私の言ったことと何も違わないじゃない！　あなたは気まぐれに古い本に固執して、自分の素晴らしい人生を無駄にしているんだわ！」

その声は段々低く震えはじめた。

「お願いよ、マーティン。現実を生きて」

彼女はワイングラスをつかむと、家の中に入ってしまった。彼女の視線はもう僕に向いていなかったので、僕は赤いドアの向こうに向かう彼女の背中を必死に見つめた。エリザベスは青いパイナップルの模様が入った白い半ズボンと、淡いグレーのTシャツを着ていた。青いパイナップルは彼女が縫ったものだ。背中を丸めている。その背中を見れば、これから泣くんだな、ということが分かる。

僕にはどうしようもない。頭をひざに抱え込んで、唸り声を上げた。今まで抑えつけられていた蒸気が自分から漏れ出ているような音が出てくる。

母さんは日が沈むのを見つめていた。唸り声を上げている僕にも聞こえるように、大きな音で息を吸った。ヨガの呼吸法らしい。僕のせいで頭がおかしくなりそうなときや、扱いに困る俳優がいるとき、この呼吸法をすると母さんは落ち着くことができる。

十回ほど大きく呼吸をすると、母さんは顔を機械みたいにぐいっと動かして僕を見た。母さんは身体を無理やりそうやって動かしている。（僕も身体を無理に心地悪い状態にし

ているこ とが多いので分かるのだ）。母さんは手で僕の顎をクイッと持ち上げ、その手で僕の肩を抱き、目を合わせた。僕となんとか繋がろうとしているのだ。

するど突然、彼女の目の周りがクシャッとシワだらけになり、そのシワのせいで皮膚が革のようになった。この目元がシワだらけの顔って手強そうに見えてみんな怖がるのよ、と母さんが冗談めかして言った表情だ。だが、僕には全く違って見えた。母さんが目の周りをしわくちゃにするのは僕に関心を向けているときだ。だから、僕も母さんの関心を繋ぎとめておきたい。母さんはこちらに大切な人が向かってくるときのような感じで、僕を見てくれる。僕の行動に関心があるのだ。だから、僕も何かしてあげたくなる。

母さんのブラウスの袖、薄くて白いリネンがそよ風に揺れて僕の顔をなでている。なんて気持ちいいのだろう。僕はうめくのをやめられた。

「マーティン」母さんは優しく話しかけてきた。

「エリザベスは、本当はあなたのこと大好きなのよ。大好きだからこそ、あなたのことが心配になるの。それが普通なのよ。なぜだか理解できる？」

僕は自分の記憶を手繰り寄せた。エリザベスが言ったことを記憶から呼び戻した。そうだ、何もかもが僕の世界ではないと言っていたっけ。これが重要な言葉だということは分かる。

僕のループする記憶は便利だ。最初は聞き逃したとしても、その言葉がそのまま蘇ってくることがある。『失われた時』の中で、マルセルが「全身につたわる記憶の戦慄」と表現していた。マルセルは匂いや味で記憶が蘇るようだが、僕の場合は言葉の記憶が頭に押し寄せてくる。

「僕の話ではないということ?」僕は母さんに問いかけた。

「エリザベスは、何もかもがあなたの世界というわけではない、と言ったのよ。分かるかしら。つまり、何もかもが〝僕〟の世界というわけではないという意味」

僕はエリザベスに言われた言葉をブツブツ繰り返し、すごいことに気がついてしまった。

「今夜の話はエリザベスの問題で、僕の問題じゃない!」

母さんは僕の肩から手を離し、頭を後ろにそらして別の角度から僕を見つめた。母さんの顔はゆるみ、途端に笑いはじめた。

「そうね。可愛いマーティン。さっきの話、あなたは何も悪くないわ。エリザベスがイライラしていたのは、あなたのせいではないの。ジェイソンっていうクズのせい。今朝、あいつがエリザベスに別れを言ったのよ」

僕と母さんはテラスにさらに二十五分いた。僕がシモンを『失われた時』のブロックになぞらえたことについては、母さんは許してくれていたように思えた。作るたびにキッチンを汚してしまったクオータークオーツについて思い出させてしまったことも、許してくれた。母さんが僕を受け入れてくれるなら、きっと父さんのことも受け入れてくれるのではないかと願ってしまう。

ジェイソンに別れを告げられたエリザベスのことも心配ではあったが、ともかく誰も僕のことを怒っていないことにホッとした。これでエリザベスはアートディレクターのアーサーと付き合うことになるのだろうか？　と僕は思ってしまったが、母さんは、アーサーはエリザベスの二倍の年齢なのでエリザベスにふさわしい相手ではない、と言った。

「ということは、アーサーは三十六歳六カ月と八日ということだね？」

「もう！　マーティンったら！　……でもあながち間違ってはいないわ。二十五は超えているでしょうね」

「別れは電話で言われたの？　それともメッセで？」

「知らないわ」母さんは答えた。

「エリザベスは電話で、と言っていたけど。それ以上のことは何も分からない」

「レイラが言っていた。電話は拷問の道具になるって」

「……でも私たちの生活には必要よ」

「母さんも正しい。でも僕も正しい。電話は拷問の道具でもあり、生活に必要なものでもある」

『失われた時』が僕に教えてくれたこと。それは、大抵の場合、真実は一つじゃないってことだ。

5月26日（木）

午前 10時10分

エリザベスはグラスに入ったオレンジジュースを手に僕の部屋にやってきた。八つ当たりしたことを謝りに来たのだ。でも、僕はエリザベスと話をしたくなかった。ハエが窓ごしに羽音のリズムを奏でるのを聞いていたからだ。僕にとってはちょっとしたコンサートだった。「夏の室内楽コンサート」というところか。

ハエの羽音を聞くと、僕の記憶の中の夏が蘇るのだ。まるでマルセルにとってそうだったように。ハエは「夏が再びやってきた証」なのだ。

僕はこのコンサートの邪魔をして欲しくなかった。だから、静かにこう囁いた。

「オレンジジュース、ありがとね」

このとき僕は、エリザベスがいつも僕に教えてくれている「空気」なるものを読んでくれることを願っていた。

ところが、エリザベスは「空気」を読んでくれなかった。ハエの音楽も耳に入っていないようだった。そして悲しそうに言った。

「自分の世界にこもってしまわないでよ」

何か反応すれば良かったのだが、僕はハエの音楽から注意を逸らすことができなかった。エリザベスのためでも、やっぱりダメだった。

結局、エリザベスは肩をすくめて部屋から出ていき、ドアをそっと閉めた。ありがたかった。ドアをバタンとやられてしまっては、コンサートが全部台無しになる。

二十二分過ぎたところで、コンサートは終了した。太陽の光が、ハエには眩しくなってきたのだ。

ハエは歌い終わるとどこかへ行ってしまうが、どこへ行こうと必ず戻ってくる。そして、毎晩のようにコンサートを開いてくれるのだ。それが分かっているから、僕は自由な気持ちでいられる。

自由。自由であること。レイラや運動家たちがよく僕に教えようとすることだ。僕が

「自分の殻に閉じこもる」性質をしているというのは、外側から他人が見た一方的な見方に過ぎない。僕の内側では、僕は決して自分の殻に閉じこもってなどいないのだ。

5月28日
(土)

午後
7時55分

今日は暑い。シモンが午前十時にメッセを送ってきた。街のプールで昼頃まで泳ぐそうだ。シモンが一緒に行かないか、と聞いてきた。そこで一緒に食事をしよう、と。僕は「行く」と返した。

母さんは、シモンが僕に連絡してきたことをとても喜んでいた。母さんは口を開けて笑い、僕を抱きしめて言った。

「ああ、マーティン、良かったわねぇ」

母さんは仕事で他人に冷静に意見を言う必要があるせいか、いつもセルフコントロールがきちんとできている人だ。だから感情を隠さない今の母さんは別人みたいだ。母さんは僕を抱きしめて泣き出した。とにかく嬉しかったようだ。ほどなくして、撮影に向かう車が母さんを迎えにきた。今日は大スターが来るので、深夜まで帰らないらしい。車に乗り込む前に母さんは、大スターと仕事をするからヨガの呼吸をしなくちゃ、と言った。これはどうやら冗談のようだ。母さんは車の窓越しに僕にウィンクしてくれた。

エリザベスはスマートカーで僕をプールに連れていってくれた。屋外プールで、周りを芝生に囲まれている。運転中エリザベスはずっと黙っていた。別れたジェイソンのことを考えていたのかもしれない。

二十五メートルのレーンが六つあるプールだった。往復で泳ぐレーンと水遊び用のレーンで半々に分けてあった。エリザベスは僕と一緒にプールサイドまで来て、僕が大丈夫かどうか確認してきた。僕はコンクリートと芝生の上に広げられた、色とりどりのたくさんのタオルを眺めていた。上に人がいるタオル、誰もいないタオル。「パターン」が存在しない。恐怖が襲ってきた。恐怖のあまり、数秒見ていることもできなかった。僕は自分の足に視線を移した。僕の脚は細い。そしてハワイアナスというブランドの青いサンダルを履いている。

ここには学校で僕を見かけたことのある人がいるに違いない。きっと僕に何かリアクションを期待しているはずだ。これが僕にはプレッシャーだった。キャーキャーいう声とバシャバシャいう音がうるさ過ぎる。僕は静かにしていたかった。水泳帽とゴーグルをつけて、僕は泳ぎはじめた。エリザベスは分かってくれた。彼女は水中にいる僕に手を振った。そして、町のお気に入りのカフェで勉強してくる、とプールサイドから去った。

僕は同じペースで泳ぎ続けるラップスイミングが好きだ。繰り返しに安心する。休憩なく泳ぎ続ける。まるでどこかへ大急ぎで向かっているようだ。これこそマルセルが「豊饒さの幻影」と呼んでいたものだ。

僕は大抵フリースタイルで泳ぎ、平泳ぎで身体を休める。プールから上がると、シモンが待っていた。僕は彼の青と白のストライプのトランクスに目をやり、次に胸を見た。胸がとても薄い。最後に顔を見た。

そして“*Ça va?*《サ・ヴァ》”“*Oui*《ウィ》, *Ça va.*《サ・ヴァ》 *Ça va?*《サ・ヴァ》”“*Ça va.*《サ・ヴァ》”のキャッチボールをした。このやりとりには特に深い意味はなかった。

「一時間以上も泳いでいたぞ。君、すごく腹が減っているだろう」シモンは言った。

「君、すごく腹が減っているだろう。うん」

「違う。〝君〟、〝君〟だ。〝君〟はすごく腹が減っているだろう？　僕は〝君〟の話をしているんだ。〃僕〃じゃない。僕はタオルの上でタバコを吸って、一時間ほど寝っ転がっていたからな。君ほど腹は減ってないと思うよ」

僕は自分のお腹が空いていることをきちんと伝えても良かったが、シモンが僕の代わりに言ってくれた。ありがたかった。

僕らはスナックバーに並ぶ人たちの列に並んだ。メニューを見ていたら、クレープを見つけた。シモンはメッセでクレープに触れていなかった。僕は想定外のことが好きではないけれど、これくらいではパニックにならない。僕はクレープを二つ注文した。一つはハムチーズでもう一つはヌテラ（ヘーゼルナッツペースト）だ。僕はシモンの分をおごった。僕はよく人におごる。だからあなたには魅力的なオーラがあるのかしら、とレイラは言うけれど、単に母さんが僕にたくさんお金をくれていて、他の人よりお金を持っていることが多いだけだ。

ありがとう、じゃあ次のランチは僕が出すよ、とシモンは言った。人に食事をおごることを、フランス語で *Je t'invite*《ジュ タンヴィットゥ》という。英語に直訳すると「僕は君を招待します」という意味だ。シモンは *Je t'invite la prochaine fois*《ジュ タンヴィットゥ ラ プロシエンヌ フォア》と言った。「次回は僕が君におごるからね」という意味だ。

こんなことを言う人は初めてだ。僕はメフメト二世の顔をじっと見て、「分かった」と言った。

レイラは、シモンが僕に親切なのは、今日映画スターが街に来ていることを知っている蛾《モス》だからだという。そんなのどうでもいい。僕はシモンのことが大好きだ。

そのときだった。僕はジルベルトもプールに来ているのが分かった。また彼女の視線を背中に感じたのだ。振り返ると、彼女は水から出てプールサイドに上がろうとしているところだった。彼女は白いスイミングキャップをかぶっていた。ブルーのゴーグルを頭の上にかけている。目の周りにゴーグルの赤い跡がついていた。その跡が黒ずんでいく。これだけくっきりとゴーグルの跡がつくということは、かなり長いこと泳いでいたに違いなかった。ということは、僕とジルベルトはさっき同じときに水の中にいたということだ。

彼女の水着は白のツーピースだった。胸は想像していたよりも小さかったが、別に構わない。肌はこげ茶色だ。身体は太陽の光に照らされ、体中で水のしずくが虹色に輝く。

僕は彼女に微笑みかけてみた。すると、彼女も僕に微笑み返してきた。そして、タオルが敷き詰められたほうへ行ってしまった。

カウンターでクレープを受け取っているシモンに、ジルベルトに会ったかと尋ねてみた。

彼女の名がジルベルトではないことは分かっている。けれども僕はどうしてもそう呼んでしまうのだった。

「え？　誰だって？」シモンは聞き返した。

「彼女はジルベルトなんていう名前じゃないぞ。マーティン、今はもう二十一世紀だ」

僕は彼女のことをもう何も話せなくなってしまった。

ランチの後、シモンは帰らなければならないようだった。母親が仕事に出かける間、弟の面倒を見るために。シモンの母親はスーパーのレジ打ちの仕事をしている。僕はプールに連れてきてくれたお礼を言った。シモンは僕の泳ぎを褒めてくれた。今はもう彼は怒っていないのが分かった。

僕はエリザベスにメッセを送って、迎えにきてくれるよう頼んだ。

シモンが帰り、色鮮やかなタオルが近くでうごめいているのを見ていたら、僕の気持ちはザワザワしてきた。そこで、僕は鞄から『失われた時』を取り出して、人間は感覚や分別でとらえようとして感性でとらえようとしないので、他人を曖昧にしか理解できないということにマルセルが気づくシーンを読もうとした。感性でとらえてくれる人こそが「親しい人」となる。僕は心の中で微笑んでいた。もう彼女の本当の名前なんてどうでもいい。

ジルベルトは僕の中ではすでに「親しい人」だ。彼女はずっと僕の中に存在するのだから。僕のとめどもない夢想の中に。

僕はエリザベスのスマートカーが駐車場に入ってくるのをフェンス越しに見ながら、ジルベルトを探すために、思い切ってタオルの群れの中に足を踏み入れてみた。人混みに入るといつも頭がグラグラする。逃げ出したくてたまらなかった。でもその中に飛び込んでジルベルトを見つけたくてたまらなかった。

父さんはこういう相反する気持ちについて説明してくれた。父さんはそれを「葛藤」と呼んでいた。それが文学作品を書くうえでの原動力になるのだとも。今この瞬間、僕はこの葛藤を何とか消したかった。そして、それは消えた。ジルベルトが僕の肩を叩いてきたから。

“Salut《サルー》*, ça va?*《サ・ヴァ》*”*

彼女は声をかけてきた。その声はハスキーで歌っているみたいだった。彼女の *“Ça va?*《サ・ヴァ》*”* は一般的な挨拶のようには思えなかった。僕と父さんがよくやっていた言葉のゲームを連想させた。「出会えて嬉しい?」と聞かれているような感じがした。

“Oui《ウィ》*, Gilberte*《ジルベルト》*, ça va.*《サ・ヴァ》*”*

　この“*Ça va*《サ・ヴァ》”は、「うん、嬉しいよ」という意味を込めた“*Ça va*《サ・ヴァ》”だ。

　彼女は笑って、ジルベルトなんておかしな名前はどこから来たの、と聞いてきた。僕はからかわれているのが気にならないとしても、人が自分をからかっていると分かる。彼女は間違いなくいま僕をからかっていた。でも悪意はなかった。彼女は向こうの高校生の集団を見ている。恐らく彼女の友達だろう。彼らも僕らのほうを見ている。このとき、彼女は僕だけの幻想ではなく、他の人にも見えていることにとうとう気がついた。

　僕は自分の名はマーティンだと名乗った。彼女は手を差し出してこう言った。

「私はジルベルトという名前らしいわね。初めまして、マーティン」

　彼女が僕の名前を呼んだその瞬間、僕は生まれ変わった。僕たちの物語が始まったのだ。

「月曜は学校に来る?」彼女は聞いてきた。

　そばかすが陽射しに輝いている。決して見知らぬ感じではない。初対面とは確かに違う。彼女の身体はよく知らないかもしれないが、顔は知っている。そうでなければ、僕はこんな風に真っすぐ人を見つめることはできない。

「もちろん行くよ。月曜に会おう」僕は言った。

　確信に満ちた風に僕は答えた。知らない人だらけの学校も、彼女に会えるなら行く気満々になれた。

今まで名前とそれにくっついた姿しか知らなかった女の子が、月曜日にまた会える人になったのだ。

僕の胸のうちは自信に満ち溢れていた。僕はパン屋に入ってカウンターの中にいる女性にマドレーヌを二つ注文する自分を思い描いてみた。パン棚の渦巻き型のチョコレートで飾りつけられたミルフィーユ（英語では「ナポレオンパイ」という）を覗き込むのではなく、カウンターの中にいる女性を真っすぐ見て笑いかける僕。

空想は行動への第一歩よ、とレイラが言っていた。

エリザベスが車を駐車場に入れるのが見えた。

「姉が迎えに来た。じゃあ月曜にね」僕はジルベルトに言った。

「うん。月曜に」

5月29日（日）

午後1時

エリザベスはロサンゼルスの自室に、シュノンソー城の航空写真を貼っていた。僕は何年もその写真を見ていた。六つのアーチ橋が川にかかっていて、それが水面に見事に映り込んでいる。三階建てで、四本の煙突と二本のタレット（小塔）が備わっている。エリザベスはよくこのお城に住みたいと言っていた。ユニコーンの模様のフランドル製タペストリーが壁いっぱいにかけられた部屋で、天蓋付きのベッドに眠ることができるからだという。大人になって、そんなことは言わなくなってしまったけれど。

今朝は、エリザベスの運転で僕はシャトー（城）に出かけた。王の居室での撮影を見学するためだ。僕はエリザベスに、昔よくお姫様になりたいって言っていたのを覚えているか聞いてみた。

「そうだったかしら」

その声は嫌がっているようではなかったのに、エリザベスはなぜかため息をついた。

僕はジェイソンとのことについて、エリザベスの気持ちを楽にさせてあげようと考えた。なぜなら、彼女はいつも僕の気持ちを楽にさせてくれる人だから。こういうのを「互助」という。

しかしどうやらエリザベスは嫌な気分のようだ。ひどく眉をひそめている。化学の勉強に集中しているときの眉のひそめ方とは違った。眉をひそめる彼女の目のきわが潤んでいた。

「ジェイソンと別れたことはもう気に病まないでよ。あいつはクズだもの」僕は言った。

エリザベスは一瞬笑ったがすぐに笑うのをやめ、説教を始めた。

「マーティン。もっと別の言葉で表現できないの？　クズは母さんの言葉でしょう。母さんが朝食のときにジェイソンはクズみたいな奴だって言っていたわよね。あなたの言葉で言ってごらんなさい」

ジェイソンについて表現するための僕の言葉……。僕は頭のなかで『失われた時』のページをパラパラとめくる。

僕はジェイソンのことをちゃんと見たことがない。だから、うまく表現ができなかった。そういえば、この件には別の女性がからんでいるということをエリザベスに聞いた。その女性は女優で、恐らくエリザベスより魅力的《グラマー》だ。でもエリザベスだって、美しい容姿をしていて、いつもお手製の洋服を着ていて、精神障害のある子どもたちの専門医を志望している。僕はピンときた。ジェイソンはスノッブな奴（訳注　お高くとまった嫌な奴）だと。『失われた時』の中にもスノッブな人が大勢出てきた。

僕はまず、ジェイソンがスノッブだということをエリザベスに教えてあげようと思った。材料を一つ一つ並べるのではなく、僕自身の言葉でケーキを作らなければいけないのだったと思い出し、材料を僕の脳内でよく混ぜ、出てきた言葉はこれだった。

「ジェイソンはただのクズなスノッブだよね」

「は？」

「彼がクズみたいな奴だという母さんの言葉は正しい。でも僕は母さんの言葉をそのまま使ってはいけないから、オリジナルの言葉を考え出さなくちゃならなかった。でね、僕はジェイソンを見ていると、『失われた時』の中のルグランダンというスノッブを思い出すんだ。ルグランダンは自分がマルセルとその家族よりも優れていると思っている男で、ジェイソンが女優のほうへいったみたいに、ルグランダンも女公爵のほうを選んだ。しかもジェイソンはバカでもある。つまりジェイソンはスノッブでバカ。二つを合わせると、クズなスノッブというわけ」

説教は無駄だったとエリザベスが思ったのではないかと、僕はパニックに陥った。というのも、僕の言葉に完全にオリジナルな表現はどこにもなかったからだ。しかし、彼女は怒って顔を紅潮させることもなく、がっかりしているときに見せるしかめっ面もしていなかった。そして助手席のほうに身体を傾け、手のひらで僕の膝をぐっと握った。そしてこれまで僕が聞いたことのない言葉を放った。

「そのままのあなたでいてね」

僕の頭は大混乱だ。これまでいつだって、みんな僕を変えようとしてきたじゃないか。

午後11時40分

今日は、母さんが街で買ってきてくれた新しい料理の本に載っているカスレを作ってみようと思う。カスレは、ソーセージとアヒル肉と白インゲン豆を煮込んだシチューだ。母さんが買ってきたのは、フランスの伝統的なジネット・マチオの『*Je*《ジュ》 *sais*《セ》 *cuisiner*《キュイジネ》（私は料理ができる）』という山吹色の料理本で、表紙にエプロンを着けたジネット・マチオが載っている。彼女は、ロースト、ラタトゥイユ、クラフティなどの伝統的な料理に囲まれ、料理には、飾りの生野菜が添えられている。母さんがこの本を僕に買ってきたのは、いつも作るカスレのレシピにもっと広がりを持たせるためだった。僕のカスレは、ジュリア・チャイルドのレシピだ。ジュリア・チャイルドはジネット・マチオよりも大柄で強そうな女性だ。彼女は本の表紙に顔写真は載せない。装丁はとてもシンプルで、心安らぐデザインだ。

ジュリアの写真は本のカバーの折返しに掲載されている。

母さんの映画のキャストやクルー、総勢二十一名が今夜の夕食会に集った。母さんは一日中撮影だったので、僕が料理を作るよ、と言った。料理をこしらえながら、僕はジルベルトが料理を味見してくれているのを想像した。僕は豆を一晩水でふやかして柔らかくしておいた。新しいレシピでカスレを作って大失敗した場合に備え、失敗のないものを準備しておこうと、クオータークオーツのケーキを二つ焼いた。これまでと違うレシピでカスレを作ることに僕はひどく緊張していた。でも自分でやろうと決めたのだ。

夕食では、母さんがロケ地で選んだ場所について話す男性の声がした。その男は乾杯の音頭を取っていた。その男の声はこう言った。「サマンサ、君はどこにでもあるようななんでもない土地の値段を大抵五倍に高騰させてしまうんだよな。いろんな人が惹きつけられる聖地にしてしまうんだ」この声は先日、アスパラガスもっといる？　と僕に聞いてきた声だ。よし、この声の主を「アスパラ男」と呼んでやろう。

みんなで乾杯をして、グラスに口をつけた。アスパラ男は続ける。

「さあて、シュノンソー城に君臨する女王さまのおなりだ。かのディアーヌ・ド・ポワチエやカトリーヌ・ド・メディシスも我らがサマンサ・ド・ミッチェル様にはかなわない」

母さんの姓はミッチェルだ。父さんと母さんが離婚して、エリザベスもミッチェル姓に変えた。僕だけは父さんの姓であるデュボアをそのまま使っている。だから僕の名前はマーティン・デュボアだ。

僕は乾杯の挨拶に付け加えたいことがあった。母さんは『失われた時』のマルセルの祖母と全く同じタイプの人間だということだ。母さんはマルセルの祖母と同じように過去について学べる古いものが大好きだ。けれど下品なものは「虫唾《むしず》が走るほど」嫌悪する。そういう理由で、僕らは大理石製のバスルーム付きリノベーションハウスではなく、エアコンなしのコテージを借りた。母さんは大理石製のバスルームが大嫌いなのだ。同じ大理石でも母さんが許せるのは、アールデコ調の蛇口のついた、古めかしい白黒の浴室タイルのものだけだった。この街には、そんなバスルームのついた家はない。僕は立ち上がって、このことを大声で発表したかった。でもできなかった。

アスパラ男は乾杯の挨拶をやめて座った。

僕らのコテージの小さなテラスに並べられた長テーブルの周りは、母さんの映画の関係者でいっぱいだった。みんな、僕が作ったカスレや、エリザベスと家政婦のベルナデッタが作ったサラダを食べていた。普段はミシュランのレストランで食事をしたり、俳優の豪邸で開催されるケータリング・パーティーに参加したりしている人たちだ。例えば、バクスター・ウォルフなんかは、いくつもバスルーム（どれも大理石製だ）があって大勢の使用人がいるリノベーション邸宅に滞在している。それなのに、椅子もバラバラ、お皿の大きさもバラバラな僕らのテラスで夕食を楽しんでいる。しかも、僕の作ったカスレをおかわりしているではないか。

僕は結局これまでのカスレのレシピ以外は作れず、今までのレシピで作ることになってしまった。このことは母さんには内緒にしていた。どうせ母さんは見破れない。なぜなら、僕はジュリア・チャイルドのレシピをこれまで以上に忠実に再現したのに、ロサンゼルスの家で作るカスレと味が違っていたのだ。フランスのアヒル肉は匂いが強く、ローズマリーの香りもかなりきつかった。

僕は家政婦のベルナデッタに、やっぱりいつも通りのレシピで作ることを伝えた。ベルナデッタは賛成してくれ、新しいやり方は滅多にうまくいかないですから、と言ってくれた。ベルナデッタは七十五歳ぐらいに見えるが、老けて見えるだけでもっと若いのだと母さんは言う。彼女の肩は分厚くて丸みを帯びていて、指は古木のように節くれだっている。

夜が更けてもなお、パーティーには八人が残っていた。『失われた時』で「親しい人たち」といわれていた人たちだ。母さんの映画の関係者は皆「小さな党」だ。「小さな党」とは、始終行動を共にする強い絆で結ばれた人たちのことを言う。エリザベスは「小さな党」のことを「温室のような環境」と言っていた。温室育ちがいろいろとスキャンダルを起こすものだ、とも。

僕は『失われた時』の第二章でスキャンダルについて学んだ。高級娼婦オデット・ド・クレシーに対するスワン氏の尋常ではない執着。これは、小説の中で過去の出来事として描かれている。ジルベルトが生まれるより前、スワン氏がパリでオデットに恋に落ちたときにまで遡る。

オデットとの初対面でスワン氏は、彼女が愛らしいとさえ思わなかった。しかし彼女に再会したとき、スワン氏は彼女の姿を見て聖書に出てくるチッポラという女性を連想した。チッポラは、彼がシスティナ礼拝堂で見た、ボッティチェリのフレスコ画に出てくる女性である。このとき彼は恋に落ちたのだ。僕のポストカードコレクションにもチッポラの絵がある。

スワン氏が人や場所について「知っている」と言うのは、何らかの芸術作品と結びつけているときだ。スワン氏にとっては、どの人間も「オリジナル」ではない。どの人を見ても、ヨーロッパの優れた画家たちが描いた顔と結びつける。だからこそ、オデットのように教養がなく、肌つやも悪い女性に、彼は魔法にかかったように恋に落ちてしまったのだ。オデットがフレスコ画の女性に似ていると気づくやいなや、スワン氏は強烈な執着を見せるようになる。自己と関連づけた情報を用いて記憶を整理する、これは「参照」というやつだ。スワン氏は自閉症的特性があったのではないか。

アスパラ男はスワン氏とは違う。スワン氏は自分が周りから浮いていると分かっていたし、それゆえに生きづらさを感じていた。アスパラ男は自分が周りにうまく溶け込んでいると思っているようだし、生きづらさを感じているようには見えない。でも実際は、アスパラ男は周りにうまく溶け込んでなんかいない。

アスパラ男が母さんを紹介するスピーチをした際、彼は意気揚々としていた。彼の頭の中では勝手に母さんのイメージが作り上げられている。彼は誰もがそのイメージを共有しているかのように振る舞っている。

アスパラ男の顔を直接見てやれたらどんなにいいか。何度かチラッと見てみたところ、以前レストランで食事をしたときよりもあごひげが伸びていた。アスパラガスの先端に生えたひげだ。彼の黒いTシャツはかなりきつそうで、おかげで彼の肩が分厚いのがよく分かる。

アスパラ男は全くなじみのない人というわけではない。彼の音声、色合い、匂い、僕には覚えがある。けれども、彼はまだ僕にとって人間ではない。彼は母さんについて、ここにいる誰よりも知っているかのように話す。それが受け入れがたい。

デザートが始まると、アスパラ男はまた立ち上がって乾杯の音頭を取った。

「僕らを愛で満たしてくれるサマンサに」

これを聞いて、母さんはアスパラ男に向かって優しく笑った。この光景に吐き気がした。そうだ、『失われた時』の中でマルセルはこう言っている。「愛の幻想はしばしば場所の幻想である」。アスパラ男はフランスの田舎町の美しい夏の夜のテラスで、気持ちが高揚しているのだ。この場所が、母さんに恋している、と彼に錯覚させている。でも母さんは、彼なんて眼中にない。

アスパラ男が、僕の作ったカスレに何が入っているのかと聞いてきた。

「豆」

僕は答えた。

僕が目を合わせなかったので、失礼な奴だと思ったに違いない。母さんは恐らく僕のことを彼に説明済みだろう。いずれにせよ、彼は以後、僕に話しかけてこようとしなかった。

僕は母さんとアスパラ男に注意を向けることをやめ、エリザベスとアートディレクターのアーサーを眺めることにした。エリザベスは歯茎を出して大笑いしている。彼女は歯茎を隠そうと思っていないようだ。エリザベスは自分で縫った黒いノースリーブのワンピースを着ている。前に三つついている銀ボタンを、今日は全部外している。いつもは二つ外しているだけなのに。

アーサーのひげがふわふわとした輪郭は、親しみやすく感じられた。エリザベスと話しながら、笑ってケーキを頬張っている。エリザベスもしゃべったり笑ったりしながらケーキを頬張っている。二人の釣り合いのとれた動きを見ていると、僕はとても気分が良い。

もう一度母さんのほうを見て、僕は良い気分がぶち壊された。母さんはアスパラ男が何かを言うと、手で顔を覆いながら静かにわざとらしく笑っていた。面白さを必死で表現しようとしているのだ。でもそれは作り笑いだ。『失われた時』に、ヴェルデュラン夫人という下品な詐欺師の作り笑いについて書かれていたから、僕は作り笑いがどんなものか知っている。

『失われた時』は椅子に腰かけた僕の椅子と膝の間にある。僕は机に本を取り出し、作り笑いについて書かれた箇所を探してページをめくった。気になるページは折ってあるので、その箇所はすぐに見つかった。

彼女は小さな叫び声を上げ、鳥のような目を閉じたかと思うと、手で顔を覆って何も見えないようにした。身を任せると気絶してしまいそうなほどの笑いをこらえているように見えた。

僕は『失われた時』を机の上に出すのは行儀が良くないと分かっていた。けれど誰もがおしゃべりに興じている。周りに何百匹もの蛍が光を放って飛びはじめたのを見て大騒ぎだ。僕が読書をしているのなど誰も気づきやしないだろうと思った。そして思った通り、誰も気づきやしなかった。

母さんとエリザベスが「小さな党」に三杯目のデザートを出すと、フューシャはこれ以上食べたら吐くわよ、と笑って言った。

フューシャの発言は冗談として受け取らねばならないのだが、パパと僕の特製のクオータークオーツを「吐く」というのを聞いて気分が悪くなった。テーブルから離れよう。けれど、変な立ち去り方をして母さんの小さな党に失礼があっては困る。なので、少し疲れたと言うことにした。

ただ、緊張して言い間違いをしてしまった。

「申し訳ありません。あなたは少々疲れました。あなたは寝たほうがいいみたいです」

僕は大声で言った。

母さんがビクッとした。

誰かに代名詞の間違いを気づかれる前に、エリザベスがテーブルの向こう側から助けてくれた。

「そうね。確かに私は少し疲れたわ。私、寝たほうがいいかも」

彼女は言った。

「私の弟は本当によく分かってくれる子だわ。さあマーティン、もう今日は寝ましょう。私たち、明日も勉強しなくちゃだしね」

アーサーはあごひげの下で彼女に微笑んだ。

僕は母さんのほうを見た。母さんも笑っていた。

僕は母さんには嘘をつきたくなかった。「あの、母さん。本当はね、〝僕〟は少し疲れているって言いたかったんだ」とうっかりそこで口走ってしまった。

「二つの意味を持つ単語を使ったということよね？　これはドゥーブルオントンドル（二重の意味の言葉）でしょ」とエリザベスが言うと、

「そのとおりだ」とアーサーが言ってくれた。

僕もうなずきながら、「うん、それだ、ドゥーブルオントンドル」と言った。

アスパラ男が母さんにウィンクした。母さんもウィンクし返したのかもしれない。そうではないといいのだが。

僕がパーティー会場を離れようとすると、アスパラ男が僕の本を指差し、二階で母さんのキスを待つのかと聞いてきた。アスパラ男は自分がプルーストを読んだことがあることをアピールしようとしていた。第一章で、マルセルはよく母親のお休みのキスを待ちわびて苦悩していたのだ。僕が分かったのは、この男は僕のことなど何も理解していないということだった。なぜって、僕が待ちわびていたのは父さんのほうだったからだ。

僕はアスパラ男の問いかけを無視した。

ケーキを焼くときに周りが汚れてしまうことを、父さんも僕も、もう少し気にすれば良かったのにな、と突然思った。僕はあのときのキッチンを思い出してみた。あたり一面粉だらけで、皿で溢れ返ったシンクにミキサーの刃からケーキ種がポタポタ落ちていた。

オーブンからはバターたっぷりの甘くて良い香りが漂う。母さんはぐちゃぐちゃになったキッチンを見て、ため息をついていた。今の僕は、料理の後、キッチンをきちんと掃除するように気をつけている。でも、もう遅過ぎたのかもしれない。

5月31日（火）

午前7時00分

昨日、僕はジルベルトに会えるはずだった。僕はエリザベスの部屋の壁に貼ってあるポスターの中に入り込み、そこでジルベルトと一緒にシュノンソー城をさまよい歩くことを妄想していた。もう他のことは何も考えられない状態だった。

歴史の授業、ホールに繋がる廊下、カフェテリア、裏庭、どこに行ってもジルベルトはいなかった。僕はシモンに僕がジルベルトと呼んでいるあの子はどこにいるか知っているか、と尋ねた。僕とシモンが昼食を終えて、屋外にいるときだった。シモンは古臭い名前だなと笑った。君の妄想なんじゃないの、うちの学校にはジルベルトなんていないよ、と彼は言った。

プールに行ったときにいた白いビキニの女の子のことなんだと言うべきだったが、僕は言えなかった。僕の胸はギュッと苦しくなった。シモンにバカにされても構わない。でも僕にとって何も答えが得られないのはひどく嫌なのだ。ああ、呼吸が浅くなってきた。唸り声を上げてしまいそうだ。

するとシモンは話題を変えた。明日の朝、母さんの映画の群衆のシーンでエキストラの募集があるらしく、シモンはそれに応募するらしい。なので、母さんにちょっと口添えしておいてくれないかと頼んできた。僕らの仲だろ、という言葉に僕は混乱した。僕は初日にやったように、シモンの顔から目を逸らして靴に視線を移動させた。彼の靴はいつも変わらず黒のドクターマーチンだ。違う靴を履いていたのは、プールに行ったときだけだった。あのときは、ノーブランドのサンダルだった。

僕はシモンに僕らは友達になったのだと思って欲しかった。だから相手に何か頼みごとをするのは構わない。それは信頼の証なのだ。だが、シモンは〝僕〟が〝彼〟に尋ねた内容について答えようとしなかった。僕らはどちらも自分の希望ばかりを優先していたのだった。

エキストラの募集があることは知らなかった、と僕はシモンに言った。とにかく挑戦してみる、コネはいつでも役に立つ、とシモンはずっと言っていた。そして、グロリア・シーガーに会ったことがあるか聞いてきた。僕の緊張はひどく高まっていて、彼からの質問を二度も繰り返してしまった。「彼女に会ったことがある?」「彼女に会ったことがある?」そしてやっと僕は、ああ会ったことがある、と言うことができた。そんなことよりも、僕はジルベルトのことが知りたいのだ。

「おまえ、バカにしてんのか？　エキストラ募集のことを知らないはずがないだろう」

彼が怒鳴りつけてきた。

「スノッブみたいな真似してんじゃやねえよ」

彼はどこかへ行ってしまった。

ランチタイムになったが、僕は食べ物が喉を通らなかった。というより、カフェテリア自体に行かなかった。コンクリートの校庭に立ちすくみ、当てもなくジルベルトを待ち続けた。まるで、もう希望を持つには遅過ぎるのに、夜な夜なオデットを待ち続けるスワン氏のようだった。僕は「舞い降りた鳩が古代の彫刻に見える芝生の上で微動だにせず、彼女が現れるのを今か今かと待っていた」のだ。でも、彼女は現れなかった。

授業の始まりを告げるベルが鳴ったが、僕は建物の中には戻らなかった。アメリカにいるレイラに、フランスなんて嫌いだ、とメッセを送った。アメリカは今、朝四時のはずだ。当然、しばらく返信は来ないはずだった。ところが、レイラはすぐに彼女の手が映った動画を送り返してくれた。彼女はローリングストーンズの『You Can't Always Get What You Want（無情の世界）』を弾いていた。

レイラはピアノの才能がある。彼女は絶対音感の持ち主だ。テーマソングであろうと映画音楽やコマーシャルソングであろうと、一度聴いただけですぐに弾いてしまう。けれど、彼女が好むのはビートルズやローリングストーンズなどの古い歌ばかりだ。彼女がこういった古い歌が好きな理由は、「人間のコミュニケーションに関する全ての領域を網羅しているので、どんなメッセージでも伝えることができるから」だという。レイラはよくこういう話し方をする。レイラのスマホはピアノに立てかけられていて、演奏している彼女の指が映るようになっている。彼女は何だって演奏できるのだが、僕が聴くようなクラシックは全然感性をくすぐられないようだった。

僕は返信した。

ありがとう。

どういたしまして。あなたにとって電話は伝達の手段？　それとも拷問なのかし

ら？

昨日ジルベルトはいなかったけれど、僕は今日も学校に行こう。ジルベルトはプールでの約束を破った。でも今日は来るかもしれない。いや、来ないかもしれない。彼女は僕との約束を僕ほどは真剣に受け取っていなかったのかもしれない。マルセルもジルベルトと同じようなことがあったっけ。

午後 4時46分

学校に行く前に僕はエリザベスと朝食をとった。良い天気だ。僕が見たとき、エリザベスはテラス席でぼんやりしていた。巨大な化学の本の横にラップトップが開いてあったが、それで課題をやっている様子もない。僕はパン・ド・カンパーニュと、それを切るためのカッティングボードとナイフ、それからお皿とスプーンとバターナイフとナプキンとバターとルバーブのジャムを持って、エリザベスの元に行った。パーコレータ（コーヒーを抽出する器具）にコーヒーも入れた。コーヒーに入れるミルクも温めてあげた。僕は、コーヒーがあまり好きではないので、オレンジジュースをグラスに入れて持って行った。

「あら、ありがと。マーティン」彼女は言った。

エリザベスは古びた黒いコットンのバスローブを着ていた。そして髪の毛を下ろしている。最近はそうしていることが多いように感じる。肩につくところで、彼女の髪はゆるやかにカールしている。アーサーのことを考えるあまり、髪の毛をアップにするのを忘れているのではないだろうか。

こんな風に人がなぜそうするかについて思いを巡らすことを、「推測」という。

僕はエリザベスにアーサーとのことを聞いてみようと決めた。

「ねえ、エリザベス。ジェイソンのことはもう平気そうだね。アーサーと付き合いはじめたから？」

「アーサーはジェイソンなんかよりずっと素敵よ」

「そんなにすぐ分かるの？　そう思い込んでいる可能性はない？」

「アーサーが安心できる人なのは明らかよ。ジェイソンは日和見主義者だったわ。いつもどう成功するかばかり考えていた。でも彼の〝成功〟の意味は、いつも変わってしまうの。あと、見た目にこだわり過ぎる。だからほっそりした女優に乗り換えたんでしょうね」

明らかに見えることは実は必ずしも真実ではないものだ。でもそんなことを議論はしなかった。とりあえず、ジェイソンが頼りなくて虚栄心の強い男だったのには同意しておいた。そして、僕はエリザベスに、アーサーのどこが安心できる人なのか説明して欲しいと頼んだ。

「そうね」エリザベスは言った。

「映画撮影のときの彼の母さんとの接し方を見てごらんなさい。彼は母さんの考えをすごく尊重しているわよね。でもちゃんと自分の考えも持っている。母さんに対してビクビクしているわけでもない。だから、他の若い俳優みたいに母さんよりも賢いふりをしたりしないのよ。自分の意見を殺すこともしない。科学者みたいな人よ。あらゆる可能性を大切にして、どれが正しいか分かるまでは全部頭の中に生かしておくのよ」

「エリザベスも科学者だよ」僕はこういう類似が大好きだ。

「そうなの。だから合うんだと思うわ」

「出会ってすぐにピンときた？」

「きたわ。でもかなり年上だと思ったから考えないようにしていたわ。七歳年上って結構なものだと思ったの。でもある日二人でしゃべっていて、あ、この人だ、と思ったのよ」

エリザベスは僕を見た。コーヒーを一口すすった。

「なんでそんなこと聞いてくるの？　私は別に気にしてないけど。そうだ、彼のことどう思う？」

全然違う質問を二つもされてしまった。僕は一つずつ答えた。答える順序は狂ってしまった。

「まず一つ目。僕はアーサーに好意を持ちはじめている。次に会うときは、彼の顔に生えている毛を全部把握するようにがんばる。それから二つ目。友達を作るための新しい作戦を考えているから参考に」

エリザベスは微笑んでパンを食べはじめた。

ルバーブジャムの周りでハエが素敵な音楽を奏でている。ありがたいことにジャムを奪い取るアスパラ男もいない。だが、ルバーブジャムはほとんどなくなりかけていた。僕は母さんにまた買ってあげたかった。マドレーヌを売っていたあのパン屋に行けば売っている。僕はあそこにジルベルトを連れていってあげるのだ。

僕はマドレーヌを食べるジルベルトの姿を妄想し続けている。

朝食を食べ終えると、エリザベスはバスローブからサンザシ柄のワンピースに着替えて、僕を車で学校に送ってくれた。

空は雲一つない。ジルベルトは今度こそ来るに違いなかった。

でも、来なかった。そして時間が経つにつれて、空は雲に覆われていった。

午後11時30分

父さんが刑務所に入れられてまもなく、母さんはパリに旅行に出かけ、撮影が終わっていない映画のロケに使う場所を偵察に行った。そして落ち込んでいた僕を元気づけようと、オルセー美術館で見つけてきたプルーストのマジックランタンの模造品をお土産に持って帰ってくれた。マルセルが見たのと同じ、色とりどりの中世のお姫様と王子様を壁に映してくれるものだ。マルセルがやっていたのと同じように、色を変えることもできるのだと母さんが教えてくれた。このランタンをキャリーバッグから引っ張り出したとき、母さんは異様なほど興奮していた。母さんは、僕の『失われた時』へのこだわりを理解しているとアピールしたかったのだと、後でエリザベスが教えてくれた。父さんがいなくなったことは、僕にとって大したことではないと示したかったのだ。

でも、僕はこのマジックランタンが怖かった。色が次々に予想できずに変わっていくのがとても嫌だった。僕は部屋が突然別物みたいになるのがすごく嫌だったのだ。僕はキッチンのごみ箱に、ランタンを捨てた。

母さんは大泣きだった。

僕は母さんに心配しないでと言った。マルセルだってランタンが怖かったのだから、と。

6月1日（水）

午後
6時15分

今朝は早めに学校に連れていって欲しい、と僕はエリザベスに頼んだ。

「愛しのジルベルトちゃんに会うの？」エリザベスは運転しながら言った。

「会えたらいいな……。二日間も学校に来ていないんだ。でも、今日こそ来るかもしれない」僕は言った。

「シモンが何か知っているんじゃないの？」

「シモンはどの〝ジルベルト〟についても何も知らない」

「え、どういう意味？」

「シモンは学校で誰も彼女をジルベルトなんて呼んでいないって言っていた。でも僕はジルベルトと会っているし、シモンだって会っている。シモンはジルベルトに話しかけていたんだ。だから、シモンの言っていることは正しくない」

「彼女、もしかしてジルベルトっていう名前じゃないんじゃないの……？」

こういうことを聞かれると、僕は心が苦しくなる。

エリザベスはすぐに話題を変えた。

「シモンは元気？」

ジルベルトの名前の話をやめてくれて感謝だ。

「シモンは母さんの映画で群衆のエキストラをやるんだって。母さんにシモンを選ぶよう頼んだら、そうしてくれた。でも、シモンがベッリーニの肖像画に似ているというのには賛成してくれなかった。僕が伝えた容姿では分からなかったみたいだ。でもシモンのフルネームを伝えておいたから、それで分かったたって」

「友達を助けてあげるなんて、すごいじゃない」

「うん、がんばっている」

おしゃべりはそこまでにして、僕は車から降りた。

エリザベスが降ろしてくれたあと、僕は校庭の中でも、校舎に繋がる二つのエントランスが見える場所に立った。ジルベルトがどの方角から現れるか分からないので、そこから立ち去ることもきょろきょろ見回すのをやめることもできなかった。きっとマルセルならこの中庭を「空間と時間の巨大な広がり」と呼ぶだろう。

生徒たちがエキストラのようにぽつりぽつりとやってくる。多くは道でタバコを吸っていて、校庭に入る前に踏んで火を消している。療育センターで煙草を吸う人はいなかったが、思っていたよりずっと速くタバコの煙に慣れてしまった。顔をもろに見るのでなければ、タバコを吸っている人の姿を眺めることは苦ではない。僕が『失われた時』のラストシーンのマルセルぐらいの年齢になったら、コンバース、ドクターマーチン、スキニージーンズ、ヒルフィガーのTシャツなどの若者ファッションが、どれも美しい過去の失われたものになっていくのだろう。

ジルベルトが近づいてくるのを見て、僕は思わず今風の若者のファッションに着替えようかと思ってしまった。彼女はタバコを吸っていない。細いロープベルトのついた黒い綿のワンピースを着て、グラディエーターサンダルを履いている。髪の毛は後ろにまとめてポニーテールにしている。髪の毛は僕が想像していたほど赤くない。ブロンドだ。

彼女は足先まで美しかった。僕は彼女をしっかり見つめながら、彼女のもとに近づいていった。

“Ça va?”《サ・ヴァ》

彼女が言った。このÇa va?《サ・ヴァ》は「私がいなくて寂しかったでしょ?」という意味だ。

“Ça va,”《サ・ヴァ》

僕は答えた。「二日間ずっと探し回っていたよ」という意味だ。

「昨日と一昨日はどこにいたの?」

僕は尋ねた。これは、僕がジルベルトに親しみを感じている証拠だ。いつもは知らない人にこんな直接的な質問は絶対にしない。

「妹の具合が悪かったんだけど、両親は仕事に行かなくちゃいけなくて、私が家で妹の面倒を見ていたの。熱があってデイケアには連れていけなかったから。普通なら父と母が仕事を休むんでしょうけど、大事な植栽の仕事を受けていて」

「僕の友達のシモンも弟がいて世話をしている」

こんな風に人と積極的に会話をするのはいつもの僕にはあり得ない。でも、今は彼女と繋がりを作りたかった。

「知っているわ」

「シモンを知っているの？」

「もちろんよ。シモン経由であなたと知り合ったんじゃないの」

「シモンは君が誰なのか全く分からないと言っていたんだけど」

彼女の目に困惑の色が見えた。こうやって見ると確かに、彼女の目はブルーではない。黒でもなかった。僕のジルベルトの目はブラウンだ。マルセルのジルベルトの目はブラウンではなかった。その違いについては触れないでおこう。

「シモンはふざけてたんでしょ」彼女はようやく口を開いた。少し気分を害しているような言い方だった。原因が僕ではないといいのだが。僕は人の苛立ちの原因について把握するのが下手だ。そして、自分が思っているよりもずっと人を苛立たせてしまうことが多い。僕がシモンの嘘だか冗談だかを曝露したことで、彼女の気分を害してしまったのではないかと心配になってきた。でもこれはジルベルトのことを知らない振りをしたシモンのせいなのに。

ジルベルトがプールで初めて僕に話しかけてきたのは、僕がシモンと一緒にいたからだと、今分かった。彼女はシモンの友達だ。彼女が僕に注意を向けてくれたのは、シモンと一緒にいたからだ。だからこそ、僕が誰なのかに興味を持ってくれたのだ。見ない顔ね？　アメリカ人？　あの有名な映画プロデューサーの息子？　支援が必要な子？

いくつかの物事のつじつまが合いはじめた。だが、それによって僕の中にあった秩序が壊れていく。僕の頭は混乱している。でもそれは小説の中の出来事のようで素敵だった。もしかしてシモンはジルベルトに好意があるのではないか、という考えが頭に浮かんだ。だからあんな嘘を言ったのかもしれない。もちろん、僕とシモンだけではない。街中の誰もが彼女にぞっこんになるはずだ。僕は車の窓越しに彼女を見つめる男たちの姿を頭の中に浮かべた。僕は妬ましく思うに違いない。そう、まるで小説の中のスワン氏のように。なんだろう、この変な気持ちは。心がチクッと痛む。それと同時に僕は何かの一部、例えば真っ暗な嵐のなかの小さな雲になったようで、とてもワクワクする。

僕は自分の中に起こる繊細で複雑な感情に慣れていないが、どれも全部本の中に書いてあったので理解はしている。意外かもしれないが、レイラや僕のような人間はメロドラマのような状況への対応には割としっかり心構えができている。

「一緒にランチする？」ジルベルトが聞いてきた。

「もちろん」僕は答えた。

「じゃあまた。カフェテリアで」

「うん」

数学と歴史の授業が終わり、ジルベルトはカフェテリアの入り口で僕を見つけてくれた。申し訳ないんだけどサンドイッチだけ買って戻らなくちゃいけないの、と彼女は言った。*contrôle*《コントロル》の勉強をしなければならないという。テストのことだ。数日学校を休んでいたので、今朝僕と別れた後、テストがあるのを知ったそうだ。彼女は僕がフェイスブックをやっているか尋ねてきた。やってないよ、と答えると、彼女は自分の電話番号を教えてくれた。僕は彼女の電話番号を登録した。彼女を見送ってから、早速メッセを送ってみた。

やっほー。マルセルより

僕はメッセを直して再送した。

やっほー。マーティンより

彼女から返信が来た。

あなたの本当の名前はどっちなの？
マルセルなの？　マーティンなの？
僕はマーティンだよ。初めまして、ジルベルト

私がジルベルトに似ていると思う？

と彼女は打ってきた。

彼女が微笑んでいると、そばかすが輝く。実際、彼女にはそばかすがたくさんあるのだ。

うん。

OK、A^{+}！

このA^{+}、というのを理解するまで結構時間がかかってしまった。A^{+}（フランス語では*À*《ア》 *plus*《プリュ》だ）とは、*À*《ア》 *plus*《プリュ》 *tard*《タール》の略語である。「また後ほど」「また後でね」の意味だ。フランスの子どもたちにとっては、アメリカ人の子どもが「また後でね」を「またね」と略すようなものだ。

僕はあまり省略語について詳しくない。シモンは最初から省略語がよく分かっていた。

彼はいつも僕のために単語を略さずにメッセを打ってくれていた。ジルベルトから見て、僕はフランス語の省略形で返事をしても大丈夫な至って普通の人間に見えているに違いない。光栄なことだ。

ジルベルトは、明日の放課後の予定を後でメールする、と言った。放課後にプールに行く人たちがいるようだ。

放課後、ジルベルトからメッセが来るのをひどく期待してしまって、僕の気持ちは乱れていた。そんな気持ちを紛らわそうと、僕はヘッドフォンをした。そして道を下りながら、サンザシの花を山ほど摘んだ。白いサンザシにピンクのサンザシが混ざっていた。僕はその花をキッチンテーブルの花瓶に入れて飾った。アーモンドのようなほろ苦くて甘い香りがする。この香りを嗅ぐと僕は何かを思い出す。今はこの世の何もかもが、僕の記憶を蘇らせてくれる。世界全体が意味で溢れている。

僕は帰宅後も彼女のメッセを待った。何も表示されていない僕のスマホの画面を見つめながらキッチンに佇んでいた。ピンクと白のサンザシの香りが漂ってくる。僕以外は誰もいなかった。エリザベスは母さんと出かけて、シャトー（城）の撮影を見学している。かつてエリザベスが夢見ていた、フランドル製のタペストリーが壁いっぱいにかかった天蓋付きのベッドの部屋で撮影をしているのだ。

僕はジルベルトからのメッセをあれこれ想像するのをやめようとした。僕が考えつくことは絶対に現実にはならない。想像するまいとしていることを彼女が書いて送ってきたら、僕はきっと動揺してしまう。それは僕が考えたものではないからだ。

と、スマホが振動した。ジルベルトからだ。

明日のプールは十七時になりました。

何か詩的な、いや、素敵な言い回しで返信しなければ。僕は彼女と夢想の中で何度も会っていて、やっと現実でも会うことができたのであって、決して初対面じゃないということを彼女に分かってもらいたかった。

まるでサンザシの香りのように、君を失ったり見つけたりしつづけるのかな？

とかはどうだろう？

ダメだ。大げさ過ぎる。プールの水の流れのような文章がいいかな？

水の合間にある一貫性のない永遠の反復……。手を丸めてもすくい取ることができないね。それから透明なゴーグルでも……

ダメだ。ダメだ。ダメだこれは。単語が多過ぎる。この状況に使えるひな形が僕にはインプットされていない。手持ちの傑作フランス文学に使えるものが見つからない。何てことだ。

絵文字を送るのはどうだろう？「イイね」マークか、ニコニコマークなんてどうだろう？

ダメだ。普段は絵文字を使うこともあるが、この状況にはふさわしくない気がする。

エリザベスに助けてもらいたい。レイラでもいい。僕は二人に同時にメッセを送った。

夢想していたあの子に、どんなメッセを送ればいいんだろう？

ジルベルトのこと？

レイラから返信だ。レイラは『失われた時』を読んだことはないが、僕の特性をよく分かってくれている。

うん、そうだよ。ジルベルト・スワンだ。

僕は送り返した。

彼女はどんな感じなの？

すごくいい感じだよ。明日、プールに一緒に行こうと言われて、僕はメッセを返さなくちゃならない。この街には大きな公営プールがあって、よくたまり場になっているんだ。ジルベルトは、明日そこに一緒に行こうと言ってきたんだ。ねえ、僕を助けて！

ここで、エリザベスからも返信があった。

シンプルを心がけなさい。

この後、レイラからは何も返信がない。レイラらしくない。

シンプルを心がけなさい、というエリザベスのアドバイスは文字になって、僕の心の中に巨大なポスターになって現れた。僕はそのポスターをじっと見つめて、僕の気持ちをシンプルに考えてみた。よし、分かった。

僕はジルベルトのメールにこう返信した。

A+。

6月2日（木）

午後
1時15分

昨晩は一睡もできなかった。

レイラはピアノの演奏動画を四つも送ってきた。彼女の指が黒と白の鍵盤の上を軽やかに踊る。最初の曲はビートルズの「Michelle（ミッシェル）」。レイラはこの曲の演奏に、こんな言葉をくっつけてきた。

ごめんね。ラブソングといえば、これかなって感じなの。ジルベルトっていう名前がラブソングになったことはないわね。これについてはどう説明する？

このあとの三つの動画には何のメッセもくっついておらず、「Wild Horses（ワイルドホース）」「Memory Motel（メモリー・モーテル）」「Angie（悲しみのアンジー）」の順番で送られてきた。

どれも九十分間隔で送られてきた。毎回毎回、僕は「ありがとう」といつも通りのメッセを送った。

「Wild Horses（ワイルドホース）」と「Memory Motel（メモリー・モーテル）」の間で、僕は突然パニックになって上半身を起こした。ジルベルトが僕に言った何か重要なことを全然聞けていなかったことに気がついたからだ。僕はジルベルトの妹とシモンの弟のつながりに気をとられていて、ジルベルトが「両親には外せない植栽の仕事がある」と言ったとき上の空だった。そのことがレイラの歌の途中で突然浮かんだ。植栽の仕事という言葉が引っかかって、僕は眠れなくなった。植栽ということは、ジルベルトの両親は農民なのだろうか？　それとも、ランドスケープアーキテクトだろうか？　僕は知りたい。

『失われた時』の第三章の舞台はパリで、マルセルは遂にジルベルトと再会する。二人はシャンゼリゼ通りを歩き、晴れた午後に家庭教師の元へ向かった。それから二人はグループ交際をするようになった。マルセルにとって、ジルベルトは現実というより空想の中の人物だった。しかし突如、ジルベルトは現実の人間になったのだ。マルセルは、ジルベルトの生活と人生の全てに興味を持った。彼女が公園に現れるか否かでその日の幸福度は変わってしまった。彼はジルベルトに恋していた。ジルベルトもマルセルに好意を持ってはいた。けれど、彼女はマルセルの知らない公園の外の世界にもよく出かけていた。マルセルと一緒にいる以外にも、彼女には他の生活がある……。それはマルセルにとって、気が狂いそうなほどつらいことだった。

マルセルは、ジルベルトを構成するあらゆることに心惹かれるようになった。彼は彼女の家の住所を見つけようとパリの地図の中を必死で探した。そしてジルベルトの両親の生活を妄想した。ジルベルトの父親のスワン氏は、著名な歴史的人物のような風貌に思えた。母親のオデットは、ブーローニュの森を派手な衣装で散策している。マルセルはその後をついて歩く。

マルセルは、かつてスワン氏がオデットに恋をしたときとのように振る舞ってみることにした。マルセルは、自分が関わることのできないジルベルトの生活のことで頭がいっぱいになり、彼女以外には興味が向かなくなってしまう。マルセルは、彼女と彼女の両親の情報を人から集めることばかりに必死になった。マルセルの日常はその策略を練ることだけに費やされた。彼女と彼女の両親のことを聞きたい。彼らの通った場所を歩きたい。マルセルの頭の中はそればかりだった。

僕もこだわりが強い。ジルベルトとその家族の全てを知りたい。彼女の両親が「植栽」

をしているというのが何とも素晴らしい。その意味はよく分からないのだけれど。ジルベルトと距離が近づくたびに胸が高鳴る。まるで彼女に触れているような感覚になるからだ。想像で彼女を抱き寄せるのだ。

僕の肉体が未知のものを欲している。僕はこれまで未知のものを決して欲したりしなかった。僕はこういう気持ちにずっと背を向けていた。完全に新しい感覚だ。

ただし、「植栽」と聞いてがっかりした面もある。本の中のジルベルトの両親は、植栽をするタイプの人びとではなかったからだ。スワン夫妻は植栽関係の専門家ではない。あの人たちは何の専門家でもない。仕事もしていなかった。オデットはスワン氏と結婚する前は「愛人」だったし、スワン氏は単なる金持ちでしかなかった。

ジルベルトは金持ちの娘という感じではなかった。どんな服も着こなせてしまうとはいえ、彼女の服は安っぽいものだ。おっと、誤解しないで欲しい。僕は別に金持ちの女性が好きというわけではない。なんというか、金持ちでないなら、『失われた時』のジルベルトとは遠ざかってしまうなあと思うだけだ。

ジルベルトを知ることで、僕の『失われた時』の物語は壊されていってしまうのだろうか？　そんなことを心配していたら僕は眠れなくなってしまい、ベッドで寝返りを打ちながら、そのまま延々と考え続けた。

　明け方四時、やっと僕は考えついた。ジルベルトは原作のジルベルトとは別物なのだ。でも、ジルベルトに対して湧いてくる僕の感情はマルセルのものと同じだ。それでいいじゃないか。彼女の何もかもが好きだから、彼女の生活、彼女の近くにいる人びと、全部が気になるのだ。たとえ彼女のご両親が植栽の仕事をする人たちだとしても。

　レイラの演奏が「Angie（悲しみのアンジー）」に差し掛かる頃には、僕のジルベルトについての煩悶は少し落ち着いてきた。けれど他にも気になることが出てきて、やはり眠ることができなかった。

　それは……。アスパラ男が僕ら家族のコテージに泊まっていることだ。なるべく見ないようにしているので、僕は彼の顔より声を覚えている。昨晩二四時十五分に母さんの車とアスパラ男のやかましい機材運搬用のヴァンが停まり、二人が一緒にしゃべったり笑ったりしている声が聞こえてきた。僕の窓からはアスパラ男がさよならと言う声は聞こえてこなかった。ヤツのヴァンが発進して出ていく音も聞こえなかった。出ていったことに気がつかないほど僕が深い眠りの中にいたのでなければ、彼はまだこのコテージの中にいる。窓から道路は見えないが、あの苛立たしい黒いヴァンはきっとまだあるに違いない。

以前にもこういうことが何度かあった。ずっと続きはしなかった。でもたとえ続かないとしても、僕はすごく嫌なのだ。

エリザベスが学校に間に合うよう僕を起こしにドアをノックしてきた。部屋に入ってくるよう僕は頼み、昨晩は全然眠れず、午後五時のプールの約束までに体力を回復させたいから学校には行かない、と彼女に伝えた。そして、まだあの男が家にいるのか尋ねた。

すると、エリザベスは質問で返してきた。

「自分で母さんに聞いてみたら？　下に降りて、確認してくればいいじゃないの」

エリザベスは、自分が不機嫌なものだから僕に意地悪な態度をとっていることに気がついたようだ。急に優しい口調に変わるのが分かった。

「ええ。ジョーは下で母さんと朝食をとっているわ。彼はそんな悪い人じゃないわ。でも、下に降りて彼に会うのは嫌なのよね。怖がらなくても大丈夫。母さんもあの人もすぐに出かけるわ。今日は大庭園のシーンを撮るんですって。知りたいかもしれないから言っておくと、彼はチーフカメラマンよ」

僕が必死の思いで言えたのはこれだけだった。

「ルバーブジャムを隠しておいて！　もうなくなりかけているんだ！」

エリザベスはこれを聞いて大笑いした。彼女を元気づけるぐらいのことはできたようだ。

「ジャムはまた買い足しておきましょう、マーティン。あのジャムは街のパン屋さんに売っているわ。可愛らしいマドレーヌを売っているあのお店よ」

「〝君〟は窓からマドレーヌを見たんだよ」

僕は代名詞の「君」を「僕」に直そうとがんばった。でも間違えてしまった。

「そのジャムは〝君〟と〝君の〟母さんのものだ。アスパラ男は別のジャムを食べればいい。アプリコットや梅のジャムが残っているだろう。ルバーブは食べないで欲しい！」

「はーい、人称代名詞がアウトー！　〝僕〟はどこへ行ってしまったのよ。それと、アスパラってなに？　誰がアスパラガスを食べているの？」

もう勘弁してくれ。

「もう勘弁して！」僕は叫んだ。

「ジャムは〝僕の〟！　〝君〟は言いたいこと分かっているんだろ？　ジャムは父さんのものでもある。父さんはルバーブジャムをバタートーストにつけて、〝僕〟と一緒に食べる。これでいいでしょ？」

エリザベスはなんとか僕の気持ちを逸らそうとしていた。僕の持っているポストカードを見て、「この子がジルベルト?」と聞いてきた。僕は家の中にいるアスパラ男を遮断するために、このポストカードを見ていたのである。

それは、システィナ礼拝堂にある「モーセの試練」というボッティチェリの絵だった。そこにはチッポラが描かれている。スワン氏がオデットに恋をしたときに思い描いた、あのチッポラである。絵の中でチッポラは姉と一緒に井戸のそばに立っている。そこにはモーセもおり、二人の飼っている羊に水を飲ませるのを手伝っている。チッポラは目が大きく、繊細そうな顔立ちで、肌は青白く、艶のある長い髪の、疲れの見える頬の女性だ。

「それはジルベルトの母親のオデットだ」

僕は言った。無事切り替えて現実世界に戻ってこられて、ホッとした。

「これを見てジルベルトの父親スワン氏は、自分がオデットに恋をしたことに気づくんだ。最初スワン氏は別にオデットに惹かれていなかった。オデットがボッティチェリのフレスコ画のチッポラにそっくりだと気づいて彼の気持ちは変わり、彼女に惹かれていく。最初はこの絵のチッポラに似ているからオデットに惹かれるのかと思っていたのに、最終的にはオデットに似ているからこの絵が好きになるんだよ。素敵だろう? プルーストはこれを〝全実体変化〟という奇跡的な変化だと言っていた」

「すごいわ。私、あなたの話をちゃんと理解できているかしら。あなたはジルベルトのお母さま――オデットのことが、なぜそんなに気になるの？　会ったことがあるの？」

「……とにかく、ものすごく興味を惹かれるんだ」

「それって変態よ……」

エリザベスが言った。

最初の高揚した気持ちは、恥ずかしさに変わった。

「ねえ、本当に学校に行かないつもり？」

エリザベスは早口で聞いてきた。答えを言う余裕も作らせてくれない。

「私は下で勉強しているから、気が変わったら降りていらっしゃいな」

人には言いたくないことがあまりにたくさんあるものだ。

プルーストだって、『失われた時』の中で書いていないことはある。彼の作品は、いくつかの場面にフォーカスしているだけだ。プルーストは、ある瞬間というよりは、何年かの年月を一気に表すことのできるような部分を表現することにこだわっている。その他もろもろの出来事の多くは書かれていない。でも、それは失われてしまったわけではない。お気に入りの絵の中に出てこないからといって、そこにない全ての物が失われてしまうわけではない。あるいは、お気に入りの家屋の中にない部屋が、全部記憶から消えてしまっているわけではない。そこにないものが、最後には大切な思い出だと分かったりする。そしてもちろん、大した思い出ではないこともある。

6月3日（金）

午後
6時30分

昨日は学校をさぼった。でも、ジルベルトに会うためにプールには行った。シモンも他の生徒たちと一緒にそこにいた。

僕はシモンとジルベルトがいたので、他の生徒たちが一緒にいても落ち着いていられた。他の生徒たちは、ジョルジュ、ミシェル、ケヴィン（テレビ番組のおかげでよく使われているアメリカ風の名前だ）、そして黒と紫の髪色をしたマリアンヌ——がいた。いつもどおり“Ça va”《サ・ヴァ》の言い合いっこをしているうちに、僕は慣れた。

そこにいた男子生徒たちは、ジョットの絵に出てくる人のような幅も厚みもない胸をしていた。タバコのせいに違いない。マリアンヌはややぽっちゃり系だが、太ってはいない。

この人たちとはカフェテリアや廊下や教室でよく一緒に過ごしているので、それほど恐怖を感じない。今日のプールは週末に来たときほど混んでいなかった。デッキに広げられたタオルのモザイク模様にも、それほど圧倒されなかった。

学校はさぼったのにどうしてプールは来れるんだよ、というからかいの言葉がちょくちょく聞こえてきた。僕はそれに対して笑って応対できた。自分の成長を感じた。でもやはりまだ緊張は完全には解けない。そこで、僕の「友人たち」が水遊びや日光浴をする横で、ゴーグルをつけてプールに飛び込み、僕流メドレーで何百メートルか泳いだ。バタフライ、背泳、平泳ぎ、フリーの順番だ。ここは二十五メートルプールだ。アメリカのプールは普通二十五ヤード（約二十二・八メートル）だ。だから、二ストロークほど長くなる。

僕がここで普通の学校に通えるのは、協調運動（訳注　身体の異なる動きをする各部分が相互に調整を保ち、まとめてひとつに動くこと）を得意としていることが理由の一つだ。僕は運動神経がとても良く、スポーツが得意だ。父さんのおかげだ。

僕が診断を受けた当初、一緒にボール投げをして遊ぶのが最も基本的な療育だ、と両親は聞かされていた。僕はボールを投げる人の目を見なければならない。そして投げられたボールを目で追い、今度はボールを投げるときに受け取る側の人の目を見なければならない。

アイコンタクトをし続けることが大切、と臨床心理士は言った。なので、ボール投げ遊びは二人以上の人でやり、投げた人とは別の人がボールを受け取るように、などなど。このボール投げによって僕は、自分が両親とは別の身体を持っていて、共に活動することで課題を達成することができるのだと学んだ。

父さんと母さんからすれば、このボール遊びは当たり前過ぎて馬鹿らしく思えたようだ。二人はとりあえずボール投げをやってみて、すぐに悟った。それが僕にとってはちっとも当たり前ではなかったということを。『Au Clair de la Lune（月の光に）』の歌を完璧に歌えるのに、『Goodnight Moon（おやすみなさいおつきさま）』の絵本を完璧に暗唱できるのに、自分の世界の外側で何が起きているのか僕が全く分かっていないのだと、両親は突きつけられたのだった。

最初、たかがボール投げでも僕には難し過ぎると父さんは言った。一人が転がして、一人が僕の体を支えてボールが取れるようにしなければならなかったからだ。ボールが来るほうを向くように支えてもらわなければ、僕は全然違うところに視線を向けてしまい、場合によってはどこかへフラフラと行ってしまう。僕はこのゲームを理解できなかったのだ。

父さんと母さんは僕に向かってボールを転がすよう指示されていた。僕が反応しないときは、二人はボールを僕の手元に持ってきてキャッチさせるようにして、さも僕が自分でボールを取ったかのように大げさに褒めてくれた。

臨床心理士は、正の強化（訳注　ある行動が、その行動に後続して起こる事象・刺激によって強められること）は後になってから成果が出てくるのです、と言った。最終的には、僕が自分からキャッチボールをしたくなるだろうと。

父さんは後になって、あれは二人にとって恐怖の時間だったと話してくれた。内面が豊かなだけの普通の子どもなのだと、父さんと母さんはずっと思い込んでいた。いや、そう思い込もうとしていていた。僕の夢想を打ち砕かなければ、僕の健全な成長は望めないことを突きつけられたとき、父さんも母さんもそれまで持っていた育児観を根本からひっくり返さなければならなかった。何も手を打たずに僕をそのままにしておくわけにはいかなくなったのだ。両親は、僕に介入しなければならなくなった。なんて恐ろしい言葉だろう。あまりにも暴力的だ。

「身体プロンプト」と呼ばれるやり方についてはセラピストたちが正しかったと分かった、と父さんが言っていた。当初は操り人形みたいに僕の身体を動かすことについて、父さんは懐疑的だった。でもそれは効果があったのだ。僕はキャッチボールの動作をすぐに覚えた。そして、それまでは空間をぼんやり眺めながら『Goodnight Moon（おやすみなさいおつきさま）』の中の言葉を歌のように韻を踏みながら暗唱していたが、本の中身を見て、ミトン、ソックス、おもちゃの家、小さなネズミ……というように、指で差すことができるようになった。

そのうち、僕は二、三秒間以上、父さんの顔を見るようになったという。父さんは僕の幼少期の話をよくする。僕に幼少期の話をすることが、父さんの救いになっている。僕はいつも必死に父さんの話を理解しようとし、父さんが言った言葉をそっくりそのままオウム返しする。

どの記憶が父さんのもので、どれが僕のものなのか、判別するのは難しい。でも一つだけはっきり残っている幸せな記憶がある。父さんと母さんとエリザベスと僕の四人でリビングに小さな円を作り、ボールの投げ合いっこをしたこと。みんな互いに「すごいすごい」と言い合っていた。僕の素敵な思い出。

僕はテニスがかなり得意だ。ソフトボール、バスケットボール、バレーボールも得意だ。並外れているわけでもないが、チームを組もうという時に最後まで選んでもらえないということは絶対にない。

他に父さんと母さんが薦められたのは、僕をスイミングに連れていくことだった。自分の身体を使って指示に従うことで、自己認識がしやすくなるという。それにプールは、脱走することもできないし、支えていてもらわないといけないし、先生の指示に合わせて動かなければならず、僕のトレーニングには絶好の場所だった。母さんはキャリアを築いているところで僕をスイミング教室に連れていくことができなかったが、その頃にはもう父さんはパートタイムの在宅ワークで投資の仕事をしていたため、父さんが連れていってくれた。スイミングは僕にとって実り大きなものとなった。父さんによると、スイミングレッスンで僕が最初にした行動が『エンジン プシュー！ プシュー！ プシュー！』と『スイミングプールでモンキーダンスをしよう』の歌を暗唱することだったそうだけれど、スイミングレッスンは役に立った。

僕は喧噪（うるさいホイッスルの音や知らない人間の身体など）が苦手なので、水泳大会だけは不参加にさせてもらっているが、今やアメリカでは普通の子どもたちと同じチームで泳いでいる。おかげで僕は健康だ。ムキムキの筋肉質というわけではないが、ジョットの絵に描かれた少年たちのようにガリガリではない。ジルベルトも僕の健康的な体つきに気づいているはずだ。

何度か往復して泳いだ後に水から出ると、ジルベルトの濃いブラウンの目が僕を見つめていた。その目線は僕の背中に注がれていた。サンザシの生垣のところで僕を見つめていたときと同じように。今回は、僕が振り返るとまだ彼女はそこにいた。僕の気持ちは高揚した。

僕はプールを一キロ泳いだ。大した距離ではないが、神経を落ち着かせるには十分だ。僕はシモンとジルベルトのタオルの近くに自分の分も敷いた。僕のタオルはライトブルーだ。シモンはグレーに白のストライプ。ジルベルトは黄色に紫色の大きな星柄。

「泳ぎが上手なのね」

二つ向こうのタオルのところでマリアンヌが言ってきた。髪の毛が彼女の顔半分を隠していて、濃い色のシートをかぶっているみたいだ。

「あなたの写真、撮ってもいい？」

「いいよ」

マリアンヌは立ち上がって、スマホを僕のほうに向けた。他の人たちはうなずきながら、あのアメリカ人は泳ぎがうまいな、とコソコソ話している。ケヴィンがコカ・コーラの缶をプシュッと開けた。

「ありがとう。アメリカではチームに入って水泳しているんだ」僕は言った。

するとシモンが口をはさんできた。

「俳優のピーター・バード、もうアメリカに帰っちゃうってマジ？　端役なわけ？」

「うん。ピーター・バードは来週帰国する。そんなに撮影シーンが多くないみたい。数日で撮り終える程度だったみたいだよ」

「順番通りに撮影するわけではないのね？」とマリアンヌが聞いてきた。

「んなわけないだろう」シモンが言い捨てた。そして声のトーンを変えてから僕に別の質問をしてきた。

「彼はアンリ二世の役なんだよな？」

「そうよ」

ジルベルトが割って入ってきた。

「グリーン・ガーデンで死にかけるシーンを演じていたらしいわ。昨日パパが仕事中に見たって。死にはしなかったけど、ひどい傷を負って倒れてしまうって。もういまにも死にそうだったんじゃないかしら。すごく格好いいシーンだったってパパが感動していたわ」

「お父さん、昨日シュノンソー城にいたの？」僕は思わず大声を出してしまった。僕は声の大きさをコントロールできなかった。

「パパはシュノンソー城で働いているのよ。というか両親ともあそこで働いているのよ。庭師なの」

ジルベルトは言った。

「ご両親はあそこで植栽を？　お城で？　シュノンソー城で？　うわぁ、すごいや！」僕は叫んだ。

僕以外はみんなニヤニヤしている。

「何がどうすごいんだよ」しばらくして、シモンが口を開いた。

「この街ではたくさんの人がシュノンソー城で働いているんだ。つまんねえ仕事ばっかりだよ。〝君〟こそ、親がすごい仕事をしているだろ」

シモンは僕の目を見てきた。僕は彼の目をもう少しで見ることができそうだった。

シモンは話を変えた。

「まあいいや。で。ピーターがアメリカに帰るときに、さよならパーティーみたいなのがあるんじゃないかと思うんだけどさ？　なんか聞いてないか？」

蛾《モス》が僕の周りで羽ばたきをしている。でもそんなことはどうでもいい。ここにいる人たちはみんな素敵だ。みんな僕に話しかけてくれている。

「母さんが企画していると思うな。多分僕の家でやるんじゃないかな。僕のうちだったらみんな来たい？」

周りのタオルは無言だ。僕の家のテラスのディナーなんて華やかさに欠けたものにはみんな興味がないのだろう。しかしそのときだった。シモンがグループ全体にワクワクした声で言うのを聞いた。

「もちろん行きたいに決まってるだろ」

そしてシモンは付け加えた。

「それからさ、僕のうちでも来週の土曜にパーティーをやるんだ。来てくれるよな？　母親が弟を連れて街へ出かけてしまうんだ。父親は家にはいないし」

なぜ父親が家にいないかということについて僕は触れなかった。彼の父親が刑務所にいることを知っていたからだ。ところが、シモンはこう言った。

「僕の父さんはトラック運転手で、いつもどこかに出張中なんだ」

僕は彼の言っていることを否定しようとはしなかった。そして、「僕の父さんもいないよ」とだけ言っておいた。

シモンは別に怒っていなかった。「パーティーに来てくれるよな？」と聞いてきたので、

「もちろんだよ。行くよ」と言った。

「よし、分かった」シモンが返事をした。

ジルベルトが一緒にスナックバーに行かない？　と聞いてきた。もちろん行く、と僕は言った。

スナックバーに並ぶ人たちの列で、僕はジルベルトのそばかすのある顔を見つめ、ご両親がシュノンソー城で花を植えているなんて素晴らしい、と言った。僕は、シュノンソー城に植えられている植物の名前を調べて、それをチェックできるよう、明日は撮影している母さんのところに行く、と話した。

「はっきり言わせてもらうと……」ジルベルトは言った。

「植栽なんかしているうちの両親よりも、映画プロデューサーのあなたのお母さまのほうがよっぽどすごいでしょう。バクスター・ウォルフ、フューシャ・デイビス、グロリア・シーガーと一緒に仕事しているわけでしょ……」

「君は間違っている」僕はそう答えた。

ジルベルトは吹き出した。両親は同じような穴をひたすら掘って、毎年同じ植物を植える、そんな仕事よりもあなたのお母さまの映画のほうがずっと重要な仕事よ、とジルベルトは言う。

「どんな風に俳優を撮るかとか、どのシーンで誰が何をするかとか、そんな重要なことをあなたのお母さまは決めているのよ。うちの両親ときたら、言われた通りに花を植えていくだけ。全然大した仕事ではないわ」

それでも僕は引かなかった。彼女のご両親の仕事は「名誉あるものだ」と言ってはばからなかった。

彼女は肩をすくめると、「何にする?」と聞いてきた。

「僕はヌテラ（ヘーゼルナッツペースト）のクレープで」

「ご両親もだけど、僕は君の生活に関係あることは、何もかも興味があるんだ」

彼女はまた笑ったけれど、表情はくもっていた。それでも僕はもう止められなかった。君のお父さんがどこの歯科に行っているか知りたい。君のお母さんが買いものをしていたら、周りをウロウロとついて回りたい。「分かるかい? それはご両親が君と一緒に生活をしている人たちだからだ。それだけで僕には輝かしく見える」

すると彼女が言った。

「あなたに私の何が分かるっていうの！」

彼女は僕に二歩ほどグイっと近寄ってきた。毛穴までよく見える距離だ。つまり、彼女からも僕の毛穴がよく見えているに違いない。ということは、お互いをよく知っているということではないのか？

「君は正しいよ。普通の感覚という意味では、僕は君のことをまだよく知らない」

僕の吐く息が彼女の顔をなで、彼女の湿った髪の毛が揺れる。彼女がこんなに近くにいるのは素敵だ。

「ずっと昔から君とは友達だったような気さえしている。だから、僕の家のパーティーに君を招くのに抵抗がないし、来たいときにいつでも僕の家に来て欲しい。ふだん僕は人に心を開くまで何カ月も何年もかかるんだよ。でも君には時間なんて必要なかった。サンザシの生垣の中で君の視線を感じたんだ」

「サンザシの生垣？　どういうこと？」

彼女の目は僕の顔から逸れてあちこちに泳いだ。まるで逃げ出したいときの僕みたいに。

僕はそのことの説明にこだわり続けた。

「先週、僕の家の近くのサンザシの生垣のところで僕を見ていただろ。散歩中だったのかな？」

「ああ、サンザシの生垣……」

彼女はつぶやくと、視線を下に落とした。

「だから、パーティーに誘ってくれているの？　サンザシのところでニアミスしたから？」

「そうだよ。そういうことだよ」

彼女は無言だった。彼女が逃げ出してしまうのではと僕は心配になってきて、とにかく何か普通のことを言おうと躍起になった。

「君のご両親は仕事が好きかい？」

彼女はこの質問にすぐには答えなかった。やがて大きく息を吸ってこう言った。

「大事な仕事だと思うし、両親も素敵な人たちだと思うわ。あの仕事は両親の性格に合っているんでしょうね。休暇も取りやすい。退職金も公務員並みにもらえるしね。それも良かったんだと思う。うちの両親はまじめなのよ。正確なのが好きなの。私はそういう仕事は苦手だけどね。両親には向いてるんだわ」

「僕も正確さを愛している」

「私は、あんまり……。フランスの庭園はあまりにもきちんとしていて苛立つことがあるの。プラタナスで作った完璧な三角形と真っすぐなラインとか。人工的過ぎて嫌だなと思うことはない？　あまりに古風だし退屈なのよ」

「僕は人工的なものは大好きだ。自然に見せかけた作り物のイングリッシュガーデンよりも、人工的なフランスの庭園のほうがずっと素敵だと思う。ロマンがあって」

「はい、クレープをどうぞ」彼女は話を遮った。

彼女は僕におごらせてくれた。

彼女のクレープにはマロンクリーム（*Crème de marrons*《クレーム・ド・マロン》）がたっぷり入っている。

僕はジルベルトにファミリーネームを尋ねるべきかしばらく考えたが、やめておいた。

彼女がスワンではないことを知るのはもうちょっと後にしておこう。僕とジルベルトはベンチに腰かけてクレープを食べた。

クレープはおいしかった。口いっぱいに頬張った。そして僕はアメリカ人俳優ばかりの歴史物よりも、シュノンソー城の庭園のほうがよっぽど壮大だと主張し続けた。

「もう分かったってば」

食べていたクレープをぱたぱたと揺らしながらジルベルトは言った。

彼女が僕のとりとめのない話に疲れているのを感じた。エリザベスや母さんが僕の話に疲れたときと同じだ。

僕はこのパターンから脱出するための方法を思いついた。

「ちょっと面白い話があるんだけど、聞きたい？」

「へえ、なに？」

僕はスイムバッグの中に入れてあった iPod を取りに行った。右側のイヤホンを彼女に渡し、左側は自分の耳に入れた。彼女は右耳にイヤホンを入れ、「いいわよ」と言った。早速、僕のお気に入りのソナタを流した。初めのほうは彼女の目は落ち着きなく動いていたが、しばらくすると空を見上げて遠くを眺めていた。

彼女が音楽を聴いているのを僕はじっと見つめていた。僕はジルベルトと同じ経験を共有している。しかし同時に、違う経験もしている。聴きながら彼女が何を思っているかは分からない。僕はそこまで彼女のことを知らない。もしかしたら、他の誰のことも僕はそれほど知らないのかもしれない。でも、知ろうとはしてみたい。

四分ほど聴いたところで、彼女が囁いた。

「美しいわ。ヴァイオリンがいいわね」

それから残りの二十三分、彼女は全くしゃべらずに音楽に聴き入っていた。

音楽を聴きながら僕らはゆっくりとクレープを口に運んだ。彼女の視線は上のほうに、そして僕の視線は彼女に向いていた。細いイヤホンの線が僕らを繋いで寄り添わせてくれている。

曲が終わると彼女はイヤホンを外し、そっと返してきた。彼女の指が僕の手のひらに一瞬触れた。彼女は「ありがとう」と優しい声で言った。そして彼女は声をもう少し大きくして、この曲はよく知っているけど、どこで聞いたのかが思い出せない、と言った。クラシックは聴いたことがあるやつしか楽しめないのよね、と彼女は言った。

僕も同じだよ、と答えた。マルセルもそうだったんだよ、と言ってしまうところだった。なんて幸せな時間。だけどこれがずっと続くわけではないということも、僕は分かっていた。だから、もう行くね、と僕は彼女に告げた。

彼女は再び僕の手のひらに触れた。

「シュノンソー城の庭園がそんなに好きなら、今度一緒に行くのもいいわね」

僕は声で返事はできなかったが、笑顔で返した。

6月4日（土）

午後
11時00分

僕はジルベルトの両親のシュノンソー城での植栽について学ぶため、いろいろな庭園についての本をここのところずっと読んでいる。コテージにあったガイドブックには、シャトーの地面について「一万二千平方メートル以上を覆う、真の緑のシアター」と書いてある。

庭園の名前が頭の中に点滅するように出てくる。グリーン・ガーデン、イタリア風巨大迷路、不思議の庭、ディアーヌの庭、キャサリンの庭。

夏に植える花といえば、ペチュニア、タバコ、ダリア、インパチエンス、バーベナ、ベゴニア。グリーン・ガーデンにある木といえば、プラタナス三本、ブルーシーダー三本、モクレン二本、スペインモミの木一本、キササゲ一本、チェスナット一本、ダグラスモミの木二本、セコイアの木二本、樹齢二百年のトキワガシの木一本、白アカシアの木一本、黒クルミの木一本。

シュノンソー城でジルベルトの両親が庭師をしていたなんて、すごい偶然だ。僕の母さんは、ジルベルトに一番近い人たちが働いているまさにその場所で、映画の撮影をしているのだ。母さんや撮影スタッフが、ジルベルトの両親と道でたまたますれ違っていたりしたら素敵だ。今の母さんの撮影は野外ロケが多い。庭園作業も一年で一番忙しい時期だろうから、きっと何度もすれ違っているだろう。ジルベルトの両親は、十三万本の植物を夏に向けて植えているはずだ。夏は観光客がたくさん来るから、それに向けて準備しているのだ。だからジルベルトの両親は子どもが病気でも欠勤できないのだ（フランスではそんなことは滅多にない）。僕はこういう情報を宝物のように頭にため込んでおく。

ムッシュ・ジルベルトとマダム・ジルベルトはジルベルトの生活の一部に組み込まれていて幸運だ。僕は彼女のことをチラッと見るだけだ。ジルベルトの両親は僕が思い出せないような細かなことも知っているのだろう。僕はジルベルトの父親がはしごの上にいて、アカシアの木を刈り込んでいるところを想像した。母親は、花壇にペチュニアを植えている。彼女の両親は、ポワチエ、アンリ二世、メディシスと同じくらいリアルな、シュノンソー庭園の歴史的人物だ。まるで、アンリたちについて何冊もの本を読んで、その生活から拾ったどんな些細なことにも魅了されるのと同じだ。取るに足らないものなんて何もない。

よし。僕の家族はジルベルトの家族と繋がったのだ。これで本当に彼女と「親しい人」になるチャンスを手に入れた。これで僕はいつでもシュノンソー城に行って、変な目的のためにウロウロしていると思われずに、ジルベルトの両親を見つけに行くことができる。僕には「母さんがここで映画撮影をしていて」という完璧な言い訳がある。僕は庭園をうろつくことができる。ジルベルトの両親に近づいて、挨拶をして、花について尋ねることができる。そして、ジルベルトの話をして、彼女がどんなものを朝食に飲んだり食べたりしているのか、家ではどんな話をしているかといった会話をする。

蛾《モス》であるというのは、こんな感じだ。

僕は仕事中の母さんにメッセを打って、ピーター・バードの帰国前に、パーティーをするかどうか聞いた。

母さんが返信してきた。

うんうん、我が家でピーターに素敵なもてなしをしてあげましょう。何か料理を作ってくれる？

もちろんだよ母さん。

何を作りたい？

フィッシュ・スープ。それから……友達を何人か呼んでもいい？

もちろん大歓迎よ!!!

6月5日（日）

午後 3時40分

僕の夢想については話したくないのだが、言ってしまうことにしよう。僕はジルベルトのことを二年ものあいだ夢想していた。そして今、彼女が現実のものとなり僕の前に現れたものだから、夢想はさらに強烈さを帯びている。その夢想には、プールやタオルも出てくる。

この夢想には悩まされた。というのも、ジルベルトが望むこととは違うことを自分は望んでいて、彼女を振り回している気が、夢想のせいでしたからだ。ある意味、乱暴で僕らしくない。少なくとも頭がはっきりしているとき、僕はあんなことはしない。こちらの時間が夜になると、すぐマエヴァに電話をした。ジルベルトについて妙な夢想をしてしまうことを話した。マエヴァは、夢はコントロールできないからねえ、と言った。

そんなことは百も承知、でも妙な夢を見てしまう場合はどうしたらいいのかと僕は尋ねた。

マエヴァはどんな夢か具体的には聞かず、現実にはジルベルトとは最近どうなのと尋ねてきた。

僕はプールのこと、庭園の仕事のこと、ソナタを一緒に聴いたことを話した。話しているうちに、僕はとても気分がよくなってきた。現実というものが、僕の思い描いているものとどれだけ違うかを認識したからだ。マエヴァとは、ライフスキルのグループとスカイプをやっていたときのような感じで話した。パニックを起こしてマエヴァに慌てて電話をかけていたマーティンとは、もう別の人間になったみたいに。

僕はマエヴァにありがとう、と言った。

夢想についてはあまりそのまま本当のことのようにとらえないように、とのことだった。

僕は電話を切った。僕の思考は回りはじめた。僕とレイラは現実に触れないで生きているように見えるが、二人ともいわゆる現実的思考をしている。現実ではない物語を現実的な思考で考えている。しかし、これが混乱の元なのだ。例えば数学が得意というなら、他人から見て分かりやすい。でも、僕たちが得意なのは数学ではない。説明するとしたら、こう言うしかない。僕たちが得意なのは、「物語を文字通りに解釈する」ことだと。

レイラの生活を例にとって説明すると分かりやすい。彼女が愛するテレビドラマ『ダウントン・アビー』のマシューの死を理解するようになったプロセスについて説明しよう。

マシューの車の事故の画像を見ても、レイラは初め全く意味が分からなかった。

数秒後、「血」「生気のない目」「道路の脇に横たわっている身体」といったことを「解読」していった結果、「マシューは死んだ」というところに行き着いた。これが『ダウントン・アビー』全体の筋にどう組み込まれているかまでを理解するのは彼女には難しかった。彼女はまるで昆虫が世界を見るかのように、一つのシーンを仔細に眺めるのだ。全体を見通すような見方はできない。彼女は『ダウントン・アビー』のマシューが好きなので、このシーンには気持ちが動転してしまう。何か良くないことが起こったということは理解できるが、それがどういうことかまでは分からない。頭の中が混乱して、目の奥に赤い色がほとばしる、と彼女は言った。マシューはいなくなってしまったの？　彼女は、これが「悲劇的アイロニー」（訳注　登場人物は知らずにいる状況について観客は知っていて、観客が登場人物の無知を目の当たりにする効果をいう）であることを理解するために、このシーンへと誘導する部分を全部見ることになった。どの点で悲劇的アイロニーか。マシューは生まれたばかりの跡取り息子と妻に面会してきたばかりだった。そもそもこの一年、第一次世界大戦を生き延びた。一生麻痺が残るところだった大怪我から奇跡的に回復していた。それなのに、そんな幸運から突き落とされるように突然死んでしまった。しかし僕とレイラには、このことを理解するのに、ものすごい時間と集中力が必要だった。見ていればなんとなく分かるというものでは決してなかった。

レイラにとっての次の理解のレベルについて説明しよう。彼女はマシューを演じた俳優、ダン・スティーブンスのファンサイトで、彼が他の撮影に入るため『ダウントン・アビー』を降板したことを知った。他の撮影とは、『2月の夏（Summer in February）』である。ダン・スティーブンスは、ドラマでの突然の死についてショックを受けるファンに対して、お詫びをしていた。

レイラはこれをインターネットで見て、あるパターンを学習した。どうも他の俳優についても、テレビで人気が出てくると同じような道を辿るようだ。例えば、シビルを演じた女優（『ダウントン・アビー』の三人姉妹の末妹の役）のジェシカ・ブラウン・フィンドレイは、現実の世界ではハリウッド映画出演を決め、『ダウントン・アビー』の中で死ぬこととなった。彼女は出産で死んだことにされていた。こういうのを「死なせる」というらしい。俳優の都合でドラマ出演を打ち切りたい場合、あるいは製作者側が俳優を解雇したい場合に、「死なせる」ことにするようだ。普通の人は、こういうことをみんな自分でも気づかないうちに理解する。ごくごく自然に。レイラは「死なせられた」登場人物について徹底的にチェックしなければならなかった。そして、それを僕に教えなければならなかった。

プールで白いビキニを着てタオルの上にいたジルベルトに対して僕が夢の中でしてしまったことは信じないように、と自分に言い聞かせた。あれはただの画像だ。テレビの画像のようなものだ。

6月6日（月）

午後 7時20分

学校はそれほど居心地が悪くなくなってきた。早送りするみたいに物事が進んでいる。僕は授業にまじめに参加していない。他のフランス人生徒たちも誰もまじめに参加していない。教師は生徒がどう思っているかなど気にしていないようだ。フランスの学生は、自己表現をするのではなく知識を詰め込むことだけが求められているらしい。僕には合っている。それに、僕は療育センターに課題を提出しているから、ここでは課題は全くやっていない。提出物を出していないし、試験も受けていない。もちろん、成績もつかない。僕はただ、この場を「経験」しているだけだ。授業中に療育センターの課題をやることもあるが、大抵はフランス語にどっぷりつかろうとがんばっている。ここで僕が言っているのは百年前のフランス語ではなく、現代の生きたフランス語、ということだ。課題に別の言語で向き合っていると、僕が好きな距離を感じることができる。翻訳というのは、僕のような子どもたち《キッズ・ライク・ミー》にとっては最高の緩衝材になる。フランス語と英語の間で自分がバランスを取ること——それが僕を守ってくれる。

最初の頃、僕はここで影のような存在だった。今は存在が確かなものになりつつある。ランチを共にする小さなグループもできた。中庭やホールでよく挨拶を交わす生徒が六人ほどいる。そして僕はもう靴に向かって挨拶をしていない。普通の学校に「適応した」とまでは言わないが、慣れたとは言っても良いだろう。もう衝撃的な感じはしなくなった。

このことでレイラは気分を害したようだった。今日、僕の家でピーターのさよならパーティーをやるので学校の友達も来る、と彼女にメッセを送った。するとレイラはこう返信してきた。

蛾《モス》たちには気をつけなさい。

そこで僕はこう返信した。

あの人たちは蛾《モス》かもしれない。でも、僕の友達でもある。レイラだって同じだ。蛾《モス》でもあり友達でもある。

蛾《モス》であることと友達であることは両立できないわ。

なぜ分かるの？

あなたにとって電話は伝達の手段？　それとも拷問なのかしら？

もう一度返信しようとしたところで、レイラが電話をかけてきた。僕は電話が鳴っているのが信じられなくて、じっと見つめた。僕もレイラも、今のティーンエイジャーが電話なんか使わないことぐらい分かっている。今は字を送り合う書簡の時代だ。なので、電話がブルブルと鳴り、彼女の大きな緑色の目と盛ったまつげがスクリーンいっぱいに映し出されているのを見て、とても奇妙な感覚をおぼえた。

僕は電話に出た。

「やあ、レイラ」

がんばって普通にしゃべってみた。

「マーティン、私に定型発達者の考え方を押しつけないで。あなたが心配なの。奴らは蛾《モス》なのよ。友達なんかじゃないはずよ。奴らはあなたのお母さんが有名だから近くに寄ってきているの。きっと陰であなたのことを笑っているわ」

地下の部屋《ベースメント》の巨大なテレビスクリーンのほうを向いた、茶色のスエード調の大きなソファ。そこに丸まって座っているレイラの姿を僕は思い描くことができた。彼女はとても小さく見えるが、大きな手を揉んでいた。不安になると彼女はよくこうする。手を動かすたびに、指の関節が浮き出ては平らになりが止まらず、まるで波のようだ。

僕は彼女を安心させてあげたかった。

「そうだね、レイラ。あの人たちは厳密に言えば蛾《モス》かもしれない。でもそれだけじゃないんだ。何か違うんだ。僕はここでもっと違う何かが分かりはじめているんだよ」

「どうして分かってくれないのかしら?」

レイラの声が震えている。

「『失われた時』の中で偽りについて学んだはずよ? 信用できる人間ばかりではないってことを分かっておかないと」

これを言われて、僕はカチンときた。

「君は『失われた時』を読んだことがないくせに」

こう言い放ったとき、もはや怒りではなく、悲しみのほうが押し寄せてきた。僕は美しいフランスの田舎町にいて、レイラはロサンゼルスの地下の部屋《ベースメント》に一人閉じこもっている。

レイラにとって、僕は唯一の家族なのだという。他には、療育センターのマエヴァと、たまにグランサム伯爵夫人も彼女の家族なのだという。厳密に言えば、これは正しくない。レイラには両親（離婚していない）と定型発達の二人の姉がいる。彼女の両親も姉もレイラのやりたいことを何でもやらせる。介入などほとんどしない。彼女を支援する人間を雇うだけだ。問題があれば金で解決だよ、と家族が言っているのをレイラは立ち聞きしてしまったらしい。

『失われた時』を読んだことがないだろうという僕の指摘に、レイラは返事をしなかった。そこで、僕は「ごめん」と謝った。

「いいのよ。ただ、私のそばからいなくならないでね。マイケル・グレッグソンみたいに」

レイラは僕にマイケル・グレッグソンが誰なのか聞いてもらいたがっていた。だから、僕は聞いた。

「マイケル・グレッグソン？」

「マイケル・グレッグソンがイーディスに対してしたことを、あなたも療育センターの仲間に対してしないでね」（訳注　『ダウントン・アビー』の中で、イーディスは既婚者のマイケル・グレッグソンと関係を深め、子どもを身ごもる。だがマイケル・グレッグソンはドイツで失踪してしまったため、イーディス

はスイスでこっそり娘を出産し、養子に出す）

マイケル・グレッグソンが『ダウントン・アビー』の中の登場人物だということは分かった。

「彼はイーディスに何をしたの？　まだ伏線も教えてくれてないよ」

「見捨てる可能性があるということよ」

「見捨てる？　君を見捨てるわけがないじゃないか」

突然僕は、ロサンゼルスの地下の部屋《ベースメント》で彼女と一緒にいるような感覚にとらわれた。実際はコテージとプールの間の芝生を、あちこち行ったり来たりしていたのだが。芝生は一面のタンポポだ。その柔らかな感触が、レイラの部屋のカウチを思い出させたのだ。柔らかくてマシュマロみたいなカウチで、沈み込んでしまう。最初は、親友のそばにいる素敵な感覚だった。けれど、マイケル・グレッグソンとイーディスの話を始めてから数分、レイラは、マイケルがどこにいるか分からないのに、なぜイーディスが自分の妊娠に気づいたかについて話していた。レイラはどんどん詳細に踏み込み、僕は見たくなかった暗部に引きずり込まれていくような嫌な感覚に陥った。レイラの茶色のソファが、僕を飲み込んでいく。

僕はレイラの話を遮った。

「僕はマイケル・グレッグソンのようにいなくなったりしない。他にそういう人がいたとしても、僕はしない。僕は療育センターを辞めたりもしない。ひと月もしないうちにそっちに戻るから。約束するよ」

「人の話をちゃんと聞けないのね、マーティン」

レイラは悲しそうだ。

「君も人の話をちゃんと聞いていないだろう。僕は自分のルーツを捨てたりしないと言っているのに、君は信じてくれないじゃないか」

僕はオデットになっていた。嘘をついていると疑っているスワン氏に対して、必死に自己弁護をしているのだ。『失われた時』の文脈で考えれば、レイラは嫉妬しているということになる。レイラが嫉妬？

「僕はパーティーに行こうと思ってる。それだけだよ。何も変わらない」

「奴らがピーター・バードのパーティーを〝あなたの〟おうちで開くんじゃなかったの？」

レイラにこんな風に言って欲しくなかった。僕も彼女に嘘をつくのは嫌だった。ここで僕が嘘をついてしまったら、彼女が嫉妬しても当然となってしまう。

「みんなが僕のうちのパーティーに来る。でもその次の週に、僕はシモンの家でやるパーティーに行く。シモンのお母さんが留守にするらしくて」

「それって問題ないのかしら？　そろそろ切るわね」

「レイラ、電話ありがとう」

「さよなら」

「またね」

レイラとの電話を切った後、僕はタンポポを七本摘んで息を吹きかけた。綿毛が空に舞い上がった。

6月7日
(火)
午後
5時50分

僕と目が合うたびに母さんは微笑む。僕にパーティーへ連れてくる友達ができたことがよほど嬉しいようだ。

父さんがこのことを知ったら、おまえは真のアルチザン（職人芸術家）になったのだなあと言ったに違いない。アルチザンとは、何かをなぞるのではなく創造する人たちだ。

僕も昔はよく、本まるごと一冊とか、歌とか、大人の言ったフレーズなんかを延々まくし立てていた。話すということが反復を意味するのであれば、僕のしゃべりは完璧である。そこに乱れは一切ない。それはケーキ作りに似ている。全ての材料が計測してキッチンカウンターに並べてある、そんな感じだ。

専門家が両親に「この子は自分の言葉で話しているわけではない」と言ったことがある。けれど自分の言葉で話そうとしはじめたら、僕は完璧な話し方ができなくなった。だが〝アルチザン的な〟混ぜこぜのフレーズで話すことはできた。それは僕流だったからだ。赤ちゃんしゃべりを始めた僕の言語能力は一見後退しているように見えたかもしれない。しかし、幼児や外国語を話す人だったら、これは大きく進歩する兆しではないか。実際、この幼稚な話し方こそが、本当の僕の始まりだったのである。

父さんはそれを、〝アルチザン的〟と言ったのだ。

「おまえは牛のパズルをやるかい?」と父さんが聞いたとして、僕はこう答える。「〝おまえ〟は牛のパズルはやらないよ」

父さんは僕が自分のことを話そうとしている、と主張しようとした。父さんは楽天家なのだ。

母さんは受け入れようとしなかった。僕がパズルをやりたくないと答えたとき、僕が父さんの言ったことをただオウム返ししたのだと否定して言った。母さんは、僕が父さんの質問を一語も変えずに口に出した事実に向き合うよう、父さんに言った。

「いやいや」

父さんは口をはさんだ。

「ちゃんとマーティンは否定形に変えたじゃないか。実に〝アルチザン的〟だ」

「〝アルチザン的〟って何よ？　まるで、マーティンがチーズかビネガーみたいじゃないの」

母さんにこう言われても、父さんは自分を曲げなかった。恐らく、チーズやビネガーは悪いことを言うための比喩ではないのだ。父さんは敬愛をこめて、僕を「若きアルチザン」と呼んだ。父さんが刑務所に行く直前に僕に言った最後の言葉はこれだった。

「おまえは絶対大丈夫だよ、若きアルチザン。いつでもおまえのことを愛しているし信じているからな」

6月8日（水）

午後
9時35分

　数年経って、今日がすっかり過去になる頃には、今日の午後のことは、ジルベルトと僕にとって、そこまで救いようがないわけではなかった、と感じられるのだろう。

　僕は彼女に、放課後、街のブーランジェリーで待ち合わせないかと言いたくて、三回、何か言おうとした。数学と歴史の合間の移動時間にホールで。カフェテリアで。そして化学の終業ベルの直後に。けれど三回とも、僕は彼女にこう言っただけだった。

「お願いがあるんだ」

　一度目は、彼女は笑い返して、「何？」と言ってくれた。それでもまだ返事ができなかった。二度目も笑い返して、「ねえ、何？　マーティン」と言ってくれた。僕はやはり返事ができなかった。三度目、彼女はもう笑ってくれなかった。そしてこう言った。

「言ってくれなければ、返事もできないわ」

僕は教室のドアのところに立ち尽くした、誰かに「ちょっとどいて」と言われるまで動けなかった。

そして四度目。放課後の校庭。これを逃したら、もう後はない。彼女のポニーテールとグラディエーターサンダルが見えたので、僕はそれを追いかけた。出だしの一言を変えなくては。そうでないと、また同じことになってしまう。僕は「お願いがあるんだ」ではなく、「マドレーヌは好き？」と言ってみた。

「ええ、好きよ。あなたは？」

彼女は答えた。

「うん」

僕は答え、聞いた。

「今から食べに行かない？」

彼女は視線をつま先に向けている。嫌がってるのかなと思った。しかし、すぐに顔を上げると、「いいわよ」と言ってくれた。

僕とジルベルトは一緒にブーランジェリーへ行った。僕はマドレーヌが六つ入った袋を一つ買った。ジルベルトが一緒にいてくれたから、ピンクのエプロンをした店員に欲しいものをちゃんと注文できた。お金もしっかり払えた。ジルベルトは飲み物にオランジーナを買っていた。僕はホットティーがなかったので、代わりにアイスティーを買った。僕はこの程度の変更には対応できるのだ。

日陰の小さな一画にあるベンチに二人で腰かけた。最初、僕はマドレーヌの袋を開けなかった。紙袋から感じられるホタテの貝殻形が、すごく好きだったのだ。

ジルベルトは手描きの絵が入った僕のスニーカーを見て尋ねてきた。

「どうしてスニーカーに蝶の絵を描いているの?」

「これは蛾《モス》だよ。カリフォルニアにいる友達のレイラが描いたんだ」

「レイラさんはあなたのガールフレンド?」

彼女は眉毛を吊り上げた。

「違うよ」

「じゃあなぜあなたの靴に蛾《モス》を?」

「蛾《モス》というのは、母さんの映画に惹かれて、周りをパタパタ徘徊する奴らのことだよ。母さんの映画の大ファンで、つきまとってくる奴ら」

「あなたはそういう人たちが嫌いなのね？」

彼女は顔をしかめた。

「そんなことはない。蛾《モス》がみんな悪い人というわけじゃない。レイラはいい子だし、彼女自身も蛾《モス》なんだ。〝私は魅惑の炎に惹きつけられる蛾《モス》のようなものよ〟って言っているよ。彼女のこの言葉は昆虫図鑑からの引用だ」

僕は自分のコンバースのスニーカーを見下ろすと、また視線を上げてジルベルトを見た。初めて会って話したときのように、髪を後ろに上げてポニーテールにしている。そばかすが増えたような気もする。まだ顔をしかめているけれど、悲しい顔ではない。困惑した顔だ。彼女のおかげで何か大事なことに取り組もうとしていたことを思い出した。

僕は恐怖にたじろぐことなく、真っすぐに彼女の顔を見ることができている――これがどんなにすごいことなのか、彼女に伝えたかった。でも言えなかった。彼女におかしな奴だと思われたくなかったのだ。

エリザベスは今朝、ジルベルトに会う際の「予習」だと言って、こんなアドバイスをくれた。

「デートはあなただけの問題じゃないし、あなたの認識だけの問題でもないのよ。彼女のことも尊重してあげてね」

エリザベスのアドバイスどおりにしてみたい。でも僕には見本がない。『失われた時』に出てくる恋は、どれも一方的なものだから。

僕はジルベルトに彼女自身のことを尋ねてみようと頭を回転させた。僕の考えつく質問（彼女の過去、両親、習慣について）は、療育センターのマエヴァが言う偏執的で不適切なものだ。その質問だけを唐突にすることはできない。

僕は段々とフラストレーションがたまってきた。汗が吹き出してくる。また、唸り出してしまいそうだ。僕の内臓がキリキリと引っ張られ、ヴァイオリンの弦のようにピンと張りつめている。どうやってゆるめていいのか分からない。不気味な唸り声を出すしかないのだ。ああ、もうダメだ、唸るような音が出てきた。僕は片手でベンチを握りしめた。空いているほうの手は、マドレーヌの袋を握りしめている。僕は身体を揺らすのを我慢していたが、長くは持たなかった。

何もかも終わりだと思ったが、そこで彼女は救いの手を差し伸べてくれた。彼女は僕の手に軽く触れてこう言った。「マドレーヌを食べるでしょう？　ね？」

「あー、そうだね」不思議なことに、僕の声は落ち着いていたが、ぼそぼそとしてくぐもっている。

「じゃあ、開けてみて！」

僕はそっと袋を開ける。彼女にマドレーヌを手渡し、自分の分も取る。僕は今、プルーストが食べたマドレーヌを食べながら、ジルベルトと一緒にいるのだ。そして、自分の胸で花火が弾けはじめるのを待っている。ところが僕の心臓の拍動は落ち着いていた。しばらくの間、僕は全くいつも通りだった。やがて、僕らを取り囲んでいる葉の生い茂った一画が、僕の目にはっきり見えてきた。

一つ目のマドレーヌはとても美味しかった。

「マドレーヌって、プルーストで有名よね」彼女が言う。

「プルースト読んだことあるの？」僕は囁いた。背筋がゾクゾクしはじめた。ついさっき彼女がしてくれたみたいに、僕は彼女の手に軽く触れ、彼女の手に生えている柔らかな産毛に触れる。彼女の手に僕の手を重ねる。その間、まるで時間が止まっているかのようだった。でも時間は止まっていない。彼女はずっとしゃべっている。

話しながら彼女は自分の手のひらをひっくり返し、僕の手のひらと自分の手のひらを合わせ、互いの指を絡めた。僕が今まで見たどんな夢想よりも素敵だ。

彼女は言う。「フランスでは、プルーストの一節は必ず読まなければいけないのよ。逃れようがないの。フランスの文化の一部なの。たとえ、〝きちんと読んだことがない〟としても、何かしらの考えは持っておかなければいけないわ。私が読んだのは、プルーストがマドレーヌを食べて、過去の記憶を思い出すシーンだけよ。あと、プルーストは映画でも見たわ。スワンという名前の男が、ある女性に異常に執着していた最高に退屈なやつ」

「すごい！」彼女が『失われた時』の話をしている。彼女が現実で僕の手を握ってくれている。唸り声はなくなった。僕は彼女に向かって笑う。

「プルースト、読んだことある？」彼女が聞いてきた。

「何回か読んだよ。一巻だけだけどね」僕は答えた。

「アメリカ人なのに、フランス人の本を読むなんて。変わってるわね？」

「僕は、父さんがフランス人だからね」

「あ、そうだったわね。忘れていたわ」

「僕らぐらいの年齢でプルーストを読んでいるのって、変なのかな」

「ううん、ううん、変なんかじゃないわ。変なんじゃなくて。〃違っている〃のよね。私は〃違う〃人をあんまり知らなくて」彼女は言う。

「〃違う〃って、いいことなのかな」

「そう思うわ。違っていれば、知りたくなるじゃない？　ほら、プールであなたが聞かせてくれた音楽もそうだった。あんな風にヴァイオリン音楽をかける人っていなかったわ。だから私、あなたのことを知りたくなったの」

彼女は重ねている手を動かして、また僕の指と絡めてきた。素敵だ。当たり前のように手を繋いでいる。僕が物事にこんなに速く適応するなんて今までなかった。

アメリカの学校はフランスとは違う？　と彼女が聞く。アメリカの普通の学校に通っているわけじゃないから、適切に答えられるか分からないけれど、アメリカの大抵の学校では、自分のことを表現したり、質問をたくさんしたりすることが求められる、と僕は話した。これはいわゆる「クリティカルシンキング」（批判的思考）を育てるのには良いけれど、生徒の時間を浪費している側面もある、と僕は言った。

彼女は頷く。

それから、母さんの映画についても尋ねてきた。彼女の指が、僕の手の中でくねっている。羽ばたく羽がガラスに当たっているような感触だ。彼女の視線は僕のスニーカーに向いている。彼女は緊張なんてするのかな？　僕は彼女に緊張して欲しくない。

僕は努めて落ち着いた声を出し、母さんの映画は順調だから、撮影を一緒に見に行かなきゃね、と言った。そうだ、シモンがエキストラで出演する群衆のシーンを見学に行こうか。プールで話したように、僕は彼女の両親がシュノンソー城で植栽をしている姿を本当に見たい、と話した。それを聞いて彼女が笑う。嬉しいな。

彼女はマドレーヌをもう一つ取ろうと、絡ませていた手をほどいた。

二人で六つ全部食べてしまった。一人三つずつ。フランスでマドレーヌを食べるときは、いつも『失われた時』の記述にこだわってしまうという話もした。僕にとって設計図みたいなものなのだ。でも、小説を完璧に反映させることができるとは思ってない、なぜなら僕は、自分の人生を呼び覚まそうとする年老いた男ではないからね。

彼女が僕の話についてきていないことは明らかだった。彼女の目はあたりを泳いでいたし、オランジーナのラベルを爪で剥がしたりしていた。彼女の爪は緑色のマニキュアが塗られていた。彼女はマドレーヌ以外の何か別のことを考えていた。プルーストとは全く関係のない何かを。僕が彼女の心がお留守なのに気づいたのは、レイラが音楽で頭がいっぱいになって周囲が全く見えていない様子を知っているからだ。

ジルベルトは、彼女の夢想の中に入ってしまった。

僕たちは話をせず、しばらくそこに腰かけていた。

少ししてから、僕は彼女に白とピンクのサンザシのどちらが好きかを尋ねた。彼女の答えがどちらでも気にしないつもりだったが、マルセルにとって心躍るのは、珍しいピンクのサンザシだ。だからつい「ピンク」という答えを期待してしまっていた。

彼女はまた目線を下に落とした。

「ねえ、サンザシの生垣で私を見かけたって言ってたけど……」

「僕は君を見かけてなんかいない!!! 君が、僕を見ていたんだ」僕は大声を上げた。間違っていることをそのままにしておくのは、僕にとっては苦行だ。やり過ぎだったかもしれないが、彼女はそんな僕を許してくれているように思えた。彼女は顔を上げて僕のほうを見て、微笑んでいた。少し寂しそうだったが、微笑んでいた。

「……もう行かなくちゃ」

さよならの後で彼女が付け加える。

「次に会うのは明後日？」

その声は照れているように聞こえた。またすぐに会いたい、というのを恥ずかしがっているように思えた。

「そうだね」

「みんなでパーティーに伺っても大丈夫？　お母さまはいいっておっしゃってる？」

「もちろん。借りているコテージのテラスで、ディナーを食べるだけだよ。そんな大げさなものじゃない。母さんも喜んでいるよ」

母さんは僕に友達ができたということ自体が信じられなくて、みんなが家に来ることが待ちきれず、夢ではないかと頬っぺたをつねっているほど。僕は思わずそれをジルベルトに話しそうになったが、結局話さなかった。

6月9日（木）

午後10時35分

アスパラ男は、なんてふてぶてしい奴だ。彼は朝食の席で、僕がまるで奇行を繰り返すドン・キホーテみたいだと言い放ったのだ。僕は『ドン・キホーテ』を読んだことがないのだからあり得ない、彼の真似をすることなどできない、と言い返した。アスパラ男は笑って、そんなのは関係ない、と言った。奴は、ドン・キホーテというのは類型なのだと言う。ドン・キホーテは騎士道物語を読み過ぎた結果、自らが遍歴の騎士であると思い込み、会ったこともない女性の名誉を守るために生涯を費やす。その女性はドン・キホーテが「空想の中で作り上げた」という牧場の乳搾りの女だ。時代遅れの本に書いてある生き方にならって生きようとする僕は、ドン・キホーテと同じだとアスパラ男は言ったのだ。

この男、もう耐えられない。

レイラがここにいて、『ダウントン・アビー』のグランサム伯爵夫人の言葉を引用するか、あるいはローリングストーンズの『Paint It Black（黒くぬれ！）』の最初の小節でも演奏してこの男の度肝を抜いてくれたら良かったのに。でも僕は今、一人でがんばらなくてはいけない。僕は昨日の夕食のとき、ジルベルトとマドレーヌを食べて午後一緒に過ごしたことを誰にも話さなければ良かったと後悔した。こいつには関係ない話なのに。奴は僕らの夕食に混ざっているべき人間ではないのに、僕の家のゴートチーズにラベンダーハニーをつけて食い、僕らの会話を聞いていた。ドン・キホーテのことを話して、文学通みたいな顔をして僕と仲良くなろうとしていた。そんなのに騙されるものか。

僕は奴に言ってやりたかった。何も分かってないな、騎士道物語を読み過ぎて妄想の女性のために生涯を費やしたドン・キホーテと僕は違う。僕は初めはプルーストがきっかけでジルベルトを好きになったが、今はジルベルトが好きだからプルーストのことも好きなのだ。でも僕は黙っていた。

アスパラ男は、明日の夜のピーターの送別会で料理をするのかと聞いてきた。

返事はしたくなかったが、質問に答えずにいるのは良くないと、行動療法で何年も教わっていた。

フィッシュ・スープを作る予定だったがスープを食べるには気温が高過ぎる気がしたので、トマトとオリーブのサラダと、緑豆とエシャロットのサラダを作る、と答えた。母さんは街のトレトゥール（仕出し屋）にポーチド・サーモンとローストチキンを注文している。

アスパラ男は気が済んだのか、僕に構ってこなくなった。

僕がパーティーで出す料理は美味しいと思う。

家政婦のベルナデッタはデザートにクラフティを作ってくれている。クラフティは、新鮮なチェリーを載せたタルトケーキだ。フランスでは、種を抜き取らずにそのまま載せるようだが、母さんはアメリカ人向けに種を抜き取るよう、ベルナデッタに言った。そうしないとちょっとしたドラマが起こるだろう。種で歯が欠けてしまったり、種を飲みこんでしまったり、のどに詰まらせたりするかも、と母さんは心配していた。そんなことはあるわけない、とベルナデッタは言う。恐らく、ベルナデッタは種をいくつか取らずにそのままにしておくのではないかと思う。そうやって、彼女はこの家のボスが誰かということを見せつけるのだ。

僕はベルナデッタと会ったとき、鶏の首を絞めたことはあるか尋ねた。というのも、あるフランスの小説を読んでいたら、フランソワーズという名の料理人が庭で鶏を追い回し、「汚れたけだもの」と呼んでいたからだ。これが今でも実際にある話なのか、僕は気になっていた。ベルナデッタは節くれだった両手で何かを絞るような仕草をしてみせた。そして、彼女の父親がよく鶏、あひる、がちょうの首を絞めていて、その様子を見ていたと話した。彼女は自分でやったわけではなくても、どんな感じなのかはよく分かっていた。「どうってことなかったわよ」と彼女は言った。それだけで僕にはもう十分だ。

6月10日（金）

午後
4時50分

以下のメモ書きは、らせんとじの罫線入りノートを破り取った紙に書かれている。ジルベルトが今朝、学校で渡してきたものだ。

マーティン
今晩のパーティーには、みんな行きません。少なくとも私は行きません。私たちはみんな最低なんです。みんなあなたのこと、利用していただけなの。あなたの靴に描いてある魅惑の蛾《グラマー・モス》みたいにね。そのことは、分かっておいたほうがいいと思う。みんな、友達になりたがってる振りして、あなたをバカにしていたの。でも私が一番最低かもしれない。あなたが私に好意を持っていたのを知っていて、気を持たせようとしたのだから。私はサンザシの生垣であなたを見ていたことなどないです。私はいつも、あなたが何を言っているのかよく分からなかった。私の名前はジルベルトじゃない。でも敢えて訂正しませんでした。それは、映画スターに会いたかったし、シモンが映画に出演できるようにしてあげたかったから。シモンは父親に絶望していて、映画に出演することだけが楽しみだったから。私たちはみんなあなたを利用していたの。あなたの信頼には値しない。私がこんなことを書いたと知ったら、みんな私にムカつくでしょうね。でも、みんな自分を恥じるべきだと思ったの。だって、あなたはあまりにも真っすぐで、人を疑わない人だから。とにかく、私はこれ以上あなたを騙し続けることはできない。そして、他の人もこれ以上は無理なんじゃないかと思っています。

アリスより

追伸

オンラインで噂が広まって欲しくないので、手書きで書いています。あなたも古い時代のものが好みみたいだから、手書きのほうが好きなんじゃないかと思って。

僕は個室トイレの中でこの手紙を読んでいた。僕はこんな反応をした。

「ファック‼」と八回叫んだ。「ファック」と叫ぶと、緊張が和らぐものだと思っていた。だが、違った。叫ぶと、僕は身体を前後に揺り動かし、大きな唸り声を出しはじめた。個室トイレで唸り声を出したくなかった。そこで僕は、もう一度「ファック‼」と叫んでそれを止めようと、十回叫んだ。そうこうするうちに、僕は戻してしまった。朝食でアプリコットばかり食べたせいか、吐しゃ物はオレンジ色だった。

僕はエリザベスにすぐに迎えに来て欲しい、とメッセした。

どうしたの、大丈夫？ すぐに返信が来た。

大丈夫じゃない。僕は油性マーカーを取り出し、個室トイレのドアに「ファック」と書いた。少し気分がマシになった。もう一度「ファック」と書き込んだ。

よし、これは僕のオリジナルの言葉だ。

しばらく自分の落書きを見ていたら、ちっともオリジナルではないことに気づいた。

僕がファックと言うのは、エリザベスがつま先をぶつけたり、キッチンで指を怪我してしまったりしたときに言うのを真似しているだけだ。何も新しいことを言っていない。

僕は思わず吹き出してしまった。それも大声で。父さんは正しいよ。オリジナルの言葉なんてそもそも存在しない。そんなものは見せかけだ。お笑い草だ。僕は大声で笑い転げた。

しばらくして、僕は笑うのをやめて個室から出た。もし誰かいたら、唸り声の後に、嘔吐し、かと思えば大笑いが聞こえてきたのだから、さぞ不気味だったに違いない。運よく誰も入っていなかったから良かったけれど。

僕は口をゆすぎ、水でパシャパシャと顔を洗った。鏡を覗き込んで、これ以上周りの期待を裏切らなくてすむよう、もっとひどい姿だったらいいのに、と思った。母さんの言う「愛らしくて、整った顔立ち」に騙されて、人はみな優しくて紳士的な態度を期待してしまう。その結果、僕はみんなを仰天させてしまう。そんなの望んでない。どうして僕は、みんなを怖がらせる行動を選択してしまうのだろう?

僕がみんなを怖がらせるということが、容姿で分かればいいのに。例えば僕の顔が奇形だったり、醜かったりすれば良かったのに。もし僕の顔が醜ければ、ジルベルト、いやアリスは、僕に好意を持っている振りなんてできなかっただろう。僕も、幸せな気持ちになることだってなかったのに。

普通に見える容姿なのに内容がそれにそぐわなかったという場合ですら、人はがっかりしてしまうのだ。

幼い頃、感情を理解するために療育センターで渡されたワークシートの顔の中で、今の僕にしっくりくるのは「がっかりした顔」だろう。シートには「悲しい顔」「嬉しい顔」「心配した顔」「怒った顔」「ワクワクした顔」、そして「がっかりした顔」があった。

僕は彼女が自分に好意を抱いていると本気で思っていた。イヤホンを返すときに手のひらをくすぐってくれたあの感じ。パン屋で会おうと言って笑ってくれたときのあの感じ。小動物がくつろぐみたいに、ベンチで僕の手の中に手のひらを収めていたあの感じ。レイラは僕のガールフレンドなのかと尋ねてきたときの、あの眉の吊り上げっぷり。眉毛が吊り上がるのは、何か不安があるときだと言われている。けれど、僕の読みは間違っていたのだろう。

僕のものではなくなった彼女の映像を閉め出そうと、頭にヘッドフォンを着けた。音に没頭すると、まるでコットンが詰め込まれたプールに沈むような感覚になる。そうなると、僕は連綿と連なる思考を消してしまうことができた。

しかしそれは長くは続かなかった。

いつもなら、音楽が流れはじめると、僕は無になる。トイレの鏡も消える。「友達」の書いてきた手紙も消える。音だけになる。だが今日は違ったのだ。音楽をかけているのに、僕は彼女からの手紙のことを考えるのをやめられず、さらに自分がいる場所を忘れることもできなかった。

僕はエリザベスに急いで、とメッセした。道路に出て待っているから、と

エリザベスから返信が来た。

ほんとにこんなに早く学校から帰るつもり？

うん、早退する。

僕はピアノのリズムに合わせて文字を打った。

僕は人生で初めて、マルチタスクをこなしている！　マーティン、いよいよ君の時代がやってきたぞ。

エリザベスの車が目の前に止まった。僕は大好きなソナタの第二楽章の途中だった。この楽章が終わるまでヘッドフォンをつけていて良いか、エリザベスに尋ねた。

「もちろんよ」彼女は言った。

「私に許可を得るなんて成長したわね。昔は絶対にそんなことしてこなかったもの」

その後、運転しながらエリザベスは、第二楽章が終わって僕がヘッドフォンを外すまで何も話しかけてこなかった。第二楽章が終わり、僕がヘッドフォンを頭から外すと、「気分は良くなった？」と聞いてきた。

「あまり良くない」

「家に帰る？　それとも街中《まちなか》までドライブする？　母さんに会いに撮影に行く？　今日はローズ・ガーデンで撮影のはずよ。アーサーがとても綺麗だと言っていたわ」

「いや、いいよ。うちに帰りたい。今日はローズ・ガーデンを見たら悲しくなっちゃいそうだ」

「何があったのよ」

「がっかりしているんだ。ちゃんと説明できるか分からない。一つ質問してもいいかな」

「ええ、どうぞ」

「僕はバカ？」

「そんなこと誰が言ったの？」

エリザベスは狭いカーブでスピードを上げ、スマートカーはライラックの繁みをかすった。シャッという音がした。僕は目の奥が引っかかれたような感じがした。エリザベスにかわいそうだと思って欲しくなかった。僕は泣いた。

「あなたはバカなんかじゃないわ」エリザベスが言った。

「でも僕はすぐに騙されてしまうんだ」

「すぐ騙されてしまうなんてことはないわよ」

エリザベスは言った。

「そんなこと全然ない。あなたは頭の中に自分の世界の映像がはっきりあって、他の人の映像と違ってるだけなのよ。だから、他の人から見たらナイーブに見えるのかもしれない。だから、あなたのことをからかってくるの。だけどあなたは、他の人にはないオリジナルな存在よ。あなたの世界に慣れていない人には、それがバカに見えるのかもしれないだけのことよ。バカにしてくる人ばかりを責めてはいけないわ」

僕は返事をしなかった。彼女の最後の言葉、「バカにしてくる人ばかりを責めてはいけない」というのを取り出して、何度も何度も頭の中で反芻した。コテージに帰って、水着に着替えてプールに飛び込みながら、ブツブツとこの言葉を繰り返した。母さんはプールの水が温かいということを信じようとしない。僕はプールを何度も往復した。ここのプールは四ストローク分の長さしかない。けれど僕の心の中も忙しかったので、あっという間にやってくるターンが苦ではなかった。

「バカにしてくる人ばかりを責めてはいけない。バカにしてくる人ばかりを責めてはいけない。バカにしてくる人ばかりを責めてはいけない」

言葉とストロークのリズムにあわせて、僕は思考を回転させることができた。

僕が考えたことはこんな感じだ。ジルベルト（またはアリス）が僕に手紙を書いてきた。最悪の手紙だったものの、一つだけ僕のことを正しく理解してくれていた。僕は紙にしたためられた彼女の手書きの文字を見ることができて嬉しかった。少なくとも僕に注意を向けてくれていたのだ。彼女が嘘つきだとしても、やっぱりそばにいてほしい。いや、彼女は嘘つきなどではない。僕は彼女の思いをきちんと分かるほど、彼女に向き合っていなかった。

僕はがっかりしてはいるが、他の人の振る舞いに慣れていかなければならないのだと思う。僕がもし、シモンやジルベルト（またはアリス）やその友達のように普通の学校で育った子どもだったら。もし新しいことなどさして起こらず、多くの人にとって刺激といったらタバコを吸うことやルネッサンスの歴史であるような場所に住んでいたら。僕はきっと映画の魅惑の炎に飛び込む蛾《モス》になっているに違いない。映画スターの来るパーティーに招かれんがために嘘をつくことだってあるだろう。

僕は泳ぐのをやめて、空を見上げた。空高くに飛んでいる鳥を五羽数えた。おや、六羽目も見つけた。見上げれば見上げるほど、目に入る鳥は増えていく。冷たい水の中で立っている僕の身体はがっしりしていて、僕の目は千羽の鳥だって捉えられる。僕はバカじゃない。そして、蛾《モス》たちもどうしようもない奴らではない。

僕は次に何をするか、マエヴァに電話するかレイラにメッセで知らせたかった。けれど、ロサンゼルスは今、午前二時三十分だ。マエヴァとレイラは僕のことを応援してくれると信じて、一人で決断しなければ。

それに、これ以上エリザベスの勉強時間を奪いたくなかった。僕は着替えて、蛾《モス》たちに会うために学校に戻った。彼ら抜きで、パーティーは成り立たないのだから。

6月11日（土）

午前
10時50分

部屋の壁に一枚のポストカードが貼ってある。噴火する火山の絵だ。周りが騒々しいとき、僕はこの絵を眺めることにしている。イギリスのロマン主義の有名な画家ウィリアム・ターナーの『ヴェスビオ火山の噴火』という作品だ。燃え立つ入り江を挟んで、噴火する火山を見ている構図で、ボートがそこかしこに放り出されていて、ビーチから火山を見つめる人だかりが見える。火山と並べると、人間は砂粒のようだが、それでもなお精緻に描かれている。

この絵は『失われた時』のマルセルが特に気に入っていたのではないかと思う。恐怖と畏敬の念を同時に感じさせるものだからだ。この絵を見ると僕はとても安らぐ。この火山が僕の代わりに揺れて唸り声を上げてくれれば、僕がそうする必要がなくなるから。

マルセルの祖母は、コンブレーの彼の部屋を歴史上の景色や場面を描いた絵の写真でいっぱいに飾った。マルセルの祖母は、写真はあまりにも「功利的側面が幅をきかす」感じがして、「俗悪」だと言って嫌っていた。なので、スワン氏に風景画の写真がないかと頼んでいた。マルセルの祖母は、風景画の写真であれば「商業主義的凡俗」が排除できる、と思ったのだ。そんな経緯で、祖母は絵画に「厚み」(あるいは層とでもいおうか)を持たせたものをマルセルに与えたのである。「厚み」を持たせるとは、風景を絵画にし、そして絵画をさらに写真に撮り、という複数のプロセスを展開させていくことだった。

僕のポストカードコレクションに、マルセルの祖母が彼に渡した絵が二枚含まれている。コローの『シャルトル大聖堂』とターナーの『ヴェスビオ火山』だ。どちらもこの部屋の壁に貼ってある。

昨日学校から帰ってすぐ、ターナーの火山の絵を四十五分ほど眺めていた。流れ出る溶岩を指でたどった。母さんがドアをノックしてきた。エリザベスもだ。大丈夫？　と二人して聞いてきた。ちょっと取り込み中、と僕は答えた。

母さんは、またノックしてきた。みんなが十九時三十分に家に来るのを分かってる？

と聞いてきた。

　もちろん分かっている。くだらない質問をするな。僕の記憶力は嫌というほど正確なのだ。他の誰よりも母さんはこの特性を分かっているはずだ。でも僕は、母さんがくだらない質問をしているということは指摘しなかった。人は不安や心配な気持ちになると、くだらない質問をしてしまうということを学んでいたからだ。わざわざ指摘するのは意地が悪い。だから、「なんでそんなくだらない質問をするの？」とは言わず、「取り込み中」と言ったのだ。本当のことだ。蛾《モス》たちとの間にあったことを考えるのに忙しかったのだから。

　僕は街に向かう丘を下りながら、シモンとジルベルト（またはアリス）に学校が終わったらすぐバスケットゴールのところに来て欲しい、とメッセした。二人は「何で？」と返信してきたが、僕は返信しなかった。

　二人が待ち合わせの場所に現れた。たとえ僕のことを利用していたのだとしても、パーティーには来てくれないか、と僕が言うと、二人は下を向いていた。

　おかしなことに、僕はバスケットコートで二人を待っている間、ガタガタと震えていた。また嘔吐するかと思った。けれども、二人があまりにも緊張していて、普段の僕のように視線を靴に落としている姿を見ていたら、僕は二人の緊張を和らげようと早口で話しはじめた。震えも治まってしまった。

僕は母さんが目的で僕と仲良くしようとする人たちには慣れている、と話した。レイラだって、この学校のみんなと同じように蛾《モス》の一人なのだ、ただちょっと普通じゃないだけで、と話した。人は訳の分からない理由で仲良くなったりする（スワン氏とオデットもそうだ）ものなのだと説明した。それは別に頭を抱えて悩むような話ではない。最初は母さん目的で友達になってくれたとしても、僕は気にしない。そこから始まるものもある。みんなは、いざ僕と友達になってみたら、僕本人ではなく、本当は母さんと親しくなりたかったのだと気づいたのかもしれない。母さんは有名人で、僕は母さんの息子だから。そう伝えた。

二人は吹き出した。空気がゆるんだ。

僕が普通の学校に通っている人たちをホッとさせることができるなんて、想像もしていなかった。療育センターでの訓練が、新しい世界でうまく応用できたようだった。ライフガード講習を受けたとき、ダミー人形相手の技術が実際の人間に使えるのか疑問に思っていたが、使えると分かったのだ。

校庭で話をしているうちに、気分がすっかり元通りになった。

ところが帰宅した途端に身体がまた震えはじめた。僕は自分の部屋にこもって、火山のポストカードを見つめた。家族だけではなく映画のキャストやクルーの来るパーティーに学校の人たちを招いてしまったことが、突然とんでもないことのような気がしてきた。こんなに違う世界にいる人たちを、僕は一体どうやって交流させるつもりなんだ？　きっと騒々しくて、訳が分からなくて、ストレスのたまるものになる。一体どうしたものか。

「パーティーが怖くなってきたの？」

エリザベスがドア越しに声をかけてきた。

「大丈夫よ。あなたの友達を取って食ったりしないわよ」

「取り込み中」

これが精一杯の返事だった。

最終的に僕を部屋から連れ出してくれたのは家政婦のベルナデッタだった。サラダのことを持ち出してきたのだ。早くトマトを薄切りして、種を取り除き、塩を振りかけないと、僕が用意したコランダー（水切りボウル）で水切りをする時間がなくなる、そうなってしまうと、トマト、オリーブ、レッド・オニオン、ゴート・チーズ、パセリ、オリーブオイル入りのサラダが水っぽくになってしまうと言ってきた。これは、「冒涜」に等しい。ベルナデッタはさらに、緑豆三キロの下準備をしておいてくれたことを僕に思い出させた。何時間もかかったはずだ。僕がすぐに下に降りて湯通ししなかったら、彼女の仕事が全部無駄になる。ビネグレットソースをかけるときに緑豆が熱いままになってしまうからだ。女中のフランソワーズにマルセルが敬意を感じていたように、僕もベルナデッタに敬意を持っている。形だけでなく、心からの敬意だ。僕はヴェスビオ山の絵を見るのをやめ、起き上がって階下に行った。

料理をしていると、目の前の仕事に集中できるので、パーティーがどうなるか不安になることもなくなった。父さんが言っていた通り、仕事というのは最高の気晴らしだ。

友達が揃ってやってきた。ジルベルト（またはアリス）、シモン、マリアンヌ、そしてジョットの絵の凹んだ胸の少年。みんなモペッド（オートバイ）に二人乗りでやってきた。シモンは母親の働くアンテルマルシェというスーパーマーケットの袋に入れたロゼを持ってきた。母さんは“Merci《メルシ》”と言った。

それはまるで天気の変化のようだった。突然の嵐。僕は二階に駆け上がりたい衝動に駆られたが、なんとかこらえた。

僕はエリザベスと母さんに、ジルベルトを「アリス」と紹介した。現実をきちんと見ている振りをするのは、その場に打ち解けるための第一歩だ。とはいえ、混乱してしまう。というのも、エリザベスが変なことを言うので、僕は自信がなくなってしまったのだ。エリザベスは僕を隅に引っ張っていって、こう言った。

「あの子が例の〝彼女〟なの？　ということは、彼女の本当の名前はジルベルトではないってこと？　アリスって名前なの？」

「えっと、アリスだけどアリスじゃないんだ」

僕は静かに答えた。「どちらの名前も正しいんだ」

英語を理解できる蛾《モス》はいないので、僕は周りを気にせず普通の声で話した。

「なるほどね。どちらにせよ、彼女、可愛いわね」エリザベスは僕が混乱していることを気にしてはいなかった。

「うん、彼女は可愛い。〝君〟は彼女が可愛いと思っている。〝君〟は彼女のそばかすが好きだ」

「代名詞をきちんと」

「つまり……。〝僕〟は彼女のそばかすが好きなんだ」

エリザベスは笑顔で僕の手を握り、僕を友達、いや蛾《モス》か、もう何でもいい、彼らのほうへ押し出した。それから振り返ってアーサーにキスをした。彼女のトップスは背中に切り込みが入っている。昨日、ブラック・シルクの布を使ってこのトップスを作っていた。ジェイソンと別れてアーサーと付き合うようになってから、エリザベスはよく縫物をしている。以前より幸せそうだ。化学の課題でピリピリすることもなくなった。

母さんの映画のキャストやクルーは歩き回りながらお酒を飲み、オリーブやアンチョビをつまんでいた。学校の人たちはグループになって固まっていた。僕のお手製サラダはキッチンのカウンターに、冷たいポーチド・サーモンやローストチキンと一緒に並べられていた。これを常温で提供する。まだ食事の時間になっていなかった。

二本のスベスベした腕が後ろから僕を掴んできた。急に触ってくるような人が多いので、触られることについて酷い感覚過敏がなかったことはラッキーだった。

フューシャだった。

「こんにちは、スペシャルボーイ！」

彼女はいつも僕をこう呼ぶ。

「お友達？　紹介してくれる？」

僕は固まった。すると彼女は笑ってこう言った。

「こんな感じで言ってごらんなさい。〝皆さん、この人は僕の友人のフューシャです。フューシャ、この人たちは……〟」と言って、フューシャはシモンを指差した。次にシモンの名前を入れてみろということだ。そして彼女の指が僕の頬に軽く触れた。

フューシャがプロンプトを与えてくれてありがたかった。プロンプトとは再確認のテクニックで、療育センターでは「足場」と呼んでいるものの一つだ。プロンプトを出しながらフューシャが指で頬をなでてくれると、顎の緊張を解いて話をしやすいように僕の頬をなでてくれた父さんの親指を思い出した。父さんはいつでも「足場」を与えてくれた。

例えば、朝食のときに父さんは僕にこう尋ねていた。

「卵とシリアルのどちらが食べたいかな?」

僕が返事をせずにナプキンを眺めはじめると、父さんは僕が言葉を出しやすいように

「僕が、食べたいのは……」

と言うのだ。

最初は「僕が、食べたいのは、卵とシリアルのどちらかな?」とオウム返しをしていた。けれど五歳になった頃、遂に理解したのだった。「オートミールとパンケーキのどちらが食べたいかな?」

と父さんは質問し、プロンプトを出した。

「僕が、食べたいのは……」

突然、僕は自分がパンケーキを食べたいということを理解したのである。僕は叫んだ。

「僕はパンケーキが食べたい！　パンケーキだよ‼」

これを聞いて父さんは泣き出した。最高に嬉しかったからだと言っていた。

僕はしばらくの間、このパンケーキが食べたいと言った日の朝のことを思い出していた。フューシャのことを忘れていた。すると、フューシャはまた僕にプロンプトを出してくれた。こういうところが彼女の素晴らしいところだ。

「さあ、〝フューシャ、こちらは……〟」

フューシャは、またシモンのほうを指差した。

僕はやってみた。

「フューシャ、こちらは、シモンです」

フューシャはシモンに手を差し出し、「初めまして、シモン。お会いできて光栄よ」

シモンはフューシャの胸を見つめていたが、握手をしながら無理やり顔に視線を向けた。

僕も以前同じことをやった。

「ハロー、フューシャ」

シモンは言った。かなりフランス語訛りの強い英語だ。フランス語を話しているときの恰好いいシモンとひどい英語のときの彼とのギャップに、僕は目まいがした。それから僕はフューシャが教えてくれた紹介文を使って、グループ全員の名前を列挙する形で紹介し、「アリス」は最後に言った。

「あら〜、お友達の皆さんね。お会いできて光栄だわ！　私たちのパーティーにようこそ！」

フューシャは、はしゃぎながら挨拶した。まるで、マエヴァがやっていたロールプレイに出てくるポジティブタイプの人みたいだ。僕のためにいろいろやってくれてありがたい。

みんな、フューシャに対してかたことの英語で返事をしていた。ジルベルト（またはアリス）だけは違った。彼女は自分が分かる以上のことはやろうとしなかった。良いと思う。

彼女だけは“*Enchantée*《オンシャンテ》”（初めまして）と返した。

“*Enchantée*《オンシャンテ》”フューシャもそう返した。そして他の人たちのところへ移動していった。

僕は他人の快適さ加減を推測するのは苦手だが、僕のよくする行動を他人がしていることに気づいた場合は別だ。そういうとき僕はとても敏感になる。これを「共感」と言うらしい。
僕はパーティーに来ている蛾《モス》の友人たちに共感を覚えた。というのも、彼らは交流を楽しむでもなく、あるいはリスのように黙々と飲み食いするでもなく、足元に視線を向けていたからだ。知らない人たちに囲まれていると同じようにしてしまう自分のことを思った。だから、友人たちのことを考えると胸が痛んだ。
彼らが居心地の悪さを感じた理由は二つあると思う。

一．映画のキャストやクルーに対して気後れしていた。フューシャ、グロリア、バクスター、ピーター、彼らからすれば伝説的な人物たちだった。伝説を生身で見るというのは、圧倒されるようなことだ。

二．周りの人が皆英語を話していたので、何が起きているのか掴みにくかったのではないか。

映画のクルーたちが集うテラス。ここは母さんの世界だ。そこではリセの素敵な学生たちも、部外者なのだった。

生まれて初めて、僕は自分が案内役として役に立ってるのではないかと思えた。そのときの状況、誰が誰の友達だとか、ゴシップだとか、そういうことが話せるという意味ではない。僕が唯一できるのは、通訳だった。フランス語と英語のはざまというのは、僕にとって心地良い場なのだ。通訳をする際、僕は二つの言語の間を行ったり来たりする。まるでプールを往復するように、行っては戻る。リズムを失ってしまうから、あまりいろいろ考えることはできないけれど。

僕は言葉をデコーディング（通訳）すれば、蛾《モス》たちに喜んでもらえることに気づいたのだ。すごいことだ。

そこで僕はこんなことをしてみた。近づきやすい場所の中で最も近くの会話（それは母さんとピーターの会話だった）を見つけた。僕はジルベルト（またはアリス）に向かって訳してみた。普通の声で呟いたので、他の友人たちも一緒に聞いていた。

母さん「ロンドンに行くのね？」
ピーター「まずパリに一～二日滞在する」
母さん「どこに宿泊するの」

ピーター「パリ六区のカセット通りにある友人の家に泊めてもらうよ」
母さん「素敵な通りよね」
ピーター「知っているのかい?」
母さん「元夫がその近くで育ったのよ」

母さんが「元夫」という言葉を使ったのを聞いて、僕は衝撃で吐き気を感じた。僕は別の会話を探した。

しかし、フランス人の彼らは、誰が何を話していようとどうでも良いようだった。蛾《モス》たちは話の内容など不要なのだ。この場から締め出されなければそれで良いのだ。

僕たちは、カメラマン、デザイナー、衣装・照明スタッフなどのところに移動した。このとき、人の顔を見ることに対するいつもの不安は感じなかった。不安を感じる暇もないほど通訳に忙しかったのだ。

クルーの話の内容は、やたらと重複していたり、中断したりということがあった。僕は理解できるところだけ把握しようとした。

「このシノンっていうワイン美味しいでしょ。街にあるスーパーマーケットで九ユーロとかだったのよ」

「火曜日は雨の予報だ。サムはスケジュール変更すると言っている。グロリアが出る重要なシーンを庭園で撮影する予定なんだよな」

「ワイフはこのくさいフランスのチーズが大好きでさ。真空パックで持って帰れば、税関の探知犬にも気づかれないいんじゃないかって言うんだ」

「城にいるアントワーヌっていう男はクソだな」

「待て待て。一体どの赤ワインだよ。売り場には二十ものワインの棚があるんだぞ」

「我々のせいで、古い天蓋付きベッドが壊れかけてしまっている。よく使わせてくれたものだよ。あんな貴重なものなのに。同じことがアメリカで起こってみろよ。貴重な家具にはみんな保険をかけさせられるよ。ここでは撮影に使うものを好きに選ばせてもらえるからな」

「フランス製のワインってまずいね。フランスワインって過大評価されているよね」

夕食まで、僕と蛾《モス》たちは一緒に歩き回り、会話を盗み聞きしていた。そうしていると気持ちが和んだ。みんなが僕らに笑いかけてくれる。エリザベスが言うには、フランス人の学生はアメリカ人から見るととても庶民的なのだそうだ。「あなたに友達ができて、ここに招いたということ自体が素敵なのだけど、母さんの仕事関係の小さな集まりに*je ne sais*《ジュヌセ》 *quoi*《クワ》（うまく言葉にできない魅力）を運んできてくれたことが素敵。オーセンティック（本物。信頼できる）だわ」

皿を持ってキッチンに並べてある料理を取るよう母さんが言い出す頃には、蛾《モス》たちはすっかり落ち着いて互いに話をしていた。そして僕にも話しかけてきていた。僕らは党の中の「親しい人たち」という感じだった。僕らは写真を撮った。楽しかった。

僕らはテーブルに座ってみんなで食事をした。ジルベルト（またはアリス）が隣に座ってきた。僕が処理したサヤインゲンを彼女が食べているところを想像してみた。奥ゆかしく指でつまんで、ひとかじり。実際は、ナイフとフォークで切って、パクっと食べてしまった。それを見たらまた、僕は彼女を抱きしめたくなってしまった。

母さんはそこでスピーチをした。今日のさよならパーティーの主役のピーターが実に素敵な男であり、歴史上のすごい女性二人が彼を奪い合ったのが納得できるという話をし、さらに、映画の中みたいに彼が馬上の一騎打ちで死ななくて良かった、と冗談を交えた。

すると、ピーターもスピーチを始めた。母さんがどんなに才能に溢れているか、母さんの明るさにどれほどクルーが助けられたか、母さんがどれほど居心地の良い場所を作ってきたか。

僕はそのスピーチを蛾《モス》たちに訳してやった。

後になって、ジルベルト（またはアリス）は言った。僕の通訳は素晴らしくて、まるで僕の言葉ではなく母さんとピーターの口から言葉が出ているかのように思えたと。彼女は僕の通訳のことを、effacé《エファセ》というフランス語で表現した。英語の"erased"（消される）に当たる言葉だ。そして彼女はとても素敵なことを言ってくれた。「通訳をしてくれて本当に助かったわ。でも、きっと骨が折れたでしょう」と。僕にとって通訳は大変ではなかったので、それは正しくはなかったけれど。

テーブルの下で、彼女は手を僕の膝の上に置いてきた。僕も気持ちを落ち着かせるために、手を彼女の手の上にのせた。

「通訳は勝手にできてしまう感じなんだ」

ドキドキしてしまって、僕はこういうのが精一杯だった。

「努力は必要ない。〝君〟は通訳を普段から自然にやっている。通訳をやると〝君〟の気持ちが楽になるんだ」

「そうね。〝あなた〟の気持ちは楽になるんでしょうね。でも他の人にとってはそんな簡単なものではないのよ。あなたは有名人や映画の世界の近くにいて、スノッブになってもおかしくないのに、通訳してくれるなんて親切ね。骨が折れたでしょうというのは、そう言いたかったの」

「ありがとう」

僕は手を彼女の膝の上に動かして、優しくなでた。彼女の膝頭は丸くて、肌は柔らかかった。

彼女は僕に向かって微笑んだ。彼女は僕のジーンズ越しに、僕の膝をなでてくれた。自分たちがしていることについてお互い何も語らなかった。テーブルの下で密かに起きていること。それはまるで、海面の下でゆらめく海藻の葉と葉。静寂に満ちた世界。

「シモンの家のパーティーは全然こんな感じではないわよ」彼女はまるでテーブルの下ではすごいことなど何も起こっていないかのように話した。

「シモンのにはそんなに大人が来ないんじゃないかな」

「そうね」彼女は頷いた。

「大人は一人も来ないでしょうね。でも同じタイプの人間ばかりというわけではないわ。来てみれば分かると思う。あなたがシモンのパーティーに来てくれると聞いて嬉しい。あなたがお友達でいてくれて嬉しい。あなたは……」彼女は僕の顔を見つめてきたので、僕は必死に見つめ返した。内心、心臓がバクバクだった。「あなたは他の人たちのように普通ではないのね。フランス人は、物事や人間が普通と違うと、とても動揺してしまうのよ」

「〝君〟はそれがよく分かっている。〝君〟の父さんにはフランス人の親戚がいるから」

膝を強く握りしめ過ぎたのか、彼女は顔をしかめた。慌てて彼女の膝から手をどけた。彼女は手を僕の太ももの上にのせ、じっと動かさずにいた。

彼女は困ったような顔をした。「今の会話、〝僕〟じゃなくて？〝僕〟のお父さんにはフランス人の親戚がいる、だよね？」この瞬間、口ごもって距離を置くことも、僕のことを理解してもらおうとすることもできた。僕は彼女に理解してもらおうと思った。

「僕は不安になると、代名詞をひっくり返してしまう。鏡で写したような話し方をしてしまうんだ。〝僕〟は〝君〟になるし、〝君〟は〝僕〟になる」僕は言った。

「変なの」

ショックだった。彼女は僕が変だと言った。普通ではないと。

僕はその場から脱走しようとしたが、彼女がこう続けた。

「変っていうのは褒めているのよ。私は普通なんて嫌だな。つまらないわ」

彼女が笑っている。だから僕も笑わなくちゃ。

マルセルとジルベルトはこういう時間を持つことはできなかった。『失われた時』のジルベルトは自分の世界を楽しむことに夢中で、マルセルの人柄にまで興味を向けている暇がなかった。けれど、僕のジルベルト（またはアリス）は、僕のことをどう思っているかちゃんと話してくれる。『失われた時』のジルベルトとはかけ離れている。原作とかけ離れているのは問題だが、これはこれで価値あることだ。

頭の中にこれまでとは違う新しいざわつきが感じられた。でも不安にはならない。恐怖でもない。土を突き抜けて何かが次々に芽吹こうとしている、そんな感じだ。

母さんがグラスをチリンと鳴らし、デザートの準備ができたことを知らせた。

デザートのベルナデッタのクラフティには、種が入ったままのチェリーがのっていた。僕は六つは種ごと飲み下し、二つは吐き出した。フランスの蛾《モス》たちは、チェリーに種が入っていることに気づいていないようだ。客がむせたり歯を痛めたりしないかと、母さんがピリピリするのではないかと僕は心配だった。母さんは心配そうにお客を見ている。二分経過したが、特に困ったことは起きなかった。母さんはみるみるリラックスした。僕はホッとした。ベルナデッタが自分のレシピを譲らなかったことには大して驚かなかった。

やがて、蛾《モス》たちに別れの挨拶をすると、アリスは僕の両頰にキスをし、その後唇にさっとキスをしてきた。マルセルはきっと、この瞬間が永遠であることを願っただろう。でも僕は、ちょっと違った。この世界が止まっていないことに驚いたのだった。こんなにすごいことが僕の身に起こったのに、パーティーは変わらず進行していたのだった。

蛾《モス》たちはモペッドに乗ってコテージから去っていった。モペッドは僕の部屋のハエみたいな音を立てた。けれど、テーマ曲や変奏曲の演奏もなく、モペッドの音はあっという間に夜の闇に消えていった。

母さんは村のカフェで働いている二人の女性を雇って、パーティーの給仕や後片づけを手伝ってもらっていた。彼女たちが皿を片づけている、皿のぶつかる音が耳に心地良かった。ほとんどの人が帰ってしまった。アスパラ男はキッチンに居残っていた。

母さんは腕の中に僕を抱き寄せて言った。

「素敵な友達ができたのね」

母さんの声は希望に溢れながらも、気だるげだった。

6月12日
(日)

午後
6時40分

パーティーはどうだった?

レイラからメッセが来た。

定型発達の蛾《モス》たちはどんな感じだった?

心残りな気持ちは落ち着いてきたよ。甘い夜の思い出に浸っている。

ノスタルジックにならないでね。それは中流階級の人間のやることよ。

彼女はグランサム伯爵夫人のセリフを引用し、僕はマルセルのセリフを引用していた。

僕らはどちらも引用という行為をするよね。だから、友達なんだね。

私たちが友達ですって? 本気で言ってるの? 最近の私たちのどこがどう友達だ

というのかしら。

もちろん本気だよ。僕がパーティーで蛾《モス》たちと一緒にいたから怒ってるの？

怒ってなんかないわ。そうじゃなくて、あなたは周りの人のためにがんばり過ぎているんじゃないかって心配なの。

周りの人って、母さんのこと？　母さんの人生は人との繋がりでできているんだもの。母さんは人と人を引き合わせるんだ。これが母さん流の気前の良さなんだ。母さんは僕が人と繋がっていれば、僕が変でも気にしないんだよ。分かるかな、レイラ。


レイラから返信はない。代わりに、「ニューロダイバーシティ」（神経多様性）運動の記事のリンクが送られてきた。僕はこの運動のことをもうとっくに知っていた。自閉症スペクトラム障害の人を治そうとするのではなく、ありのままの彼らを認める社会にして欲しいという運動だ。しかし、こんなに分かりやすい記事は初めて読んだ。なんだか信じがたい感覚が押し寄せた。ずっと白黒だった世界に突然色がついたような、そんな感覚だった。世界が違って見えてきたのだ。

僕はその記事を五回読んだ。ある箇所で、自閉症スペクトラム障害を同性愛であることになぞらえていた。かいつまんで言うとこのような議論である。自閉症は治すものではない。その人のあり方の一つなのだ。同性愛はもはや疾患とは捉えられていない。であれば自閉症スペクトラム障害も同じだろう?

記事には、自閉症者の権利運動を展開していたジム・シンクレア氏の言葉が引用されていた。

自閉症は(私という)人格から切り離すことはできません。

従って、あなたたちが「うちの子が自閉症でなければ良かった」と言う言葉は、すなわち「自閉症ではない、別の子が良かった」と言っているように聞こえます。この言葉をもう一度読んでみてください。これは、あなたたちが私たちの存在について嘆くときに言う言葉です。自閉症が治って欲しいと祈るときに言う言葉です。あなたたちがかなわぬ願いと祈りについて口に出すとき、それは私たちが私たちの人格を捨て、あなたたちが愛することのできるような誰か他の人の人格になってくれることを願っているということを私たちは思い知ります。

僕の周りの人はみんな僕が別の人間になることを願っていたのだろうか。

レイラにメッセしたとき、僕の指は震えていた。

記事を送ってくれてありがとう。君がいてくれて良かった。

すると、レイラはピアノを弾いている手の動画を送ってきた。曲は『Let It Be（レット・イット・ビー）』だった。

午後11時25分

今夜は過ごしやすい夜だ。僕、母さん、エリザベス、アーサー、アスパラ男の五人で、テラスでパーティーの残り物を食べた。僕はクラフティを二つ食べた。ベルナデッタがチェリーの種を取らなかったことをアーサーは評価していた。これを聞いて、僕は彼に好感を持った。僕にとって彼は毛玉ではなく、人間になりつつある。彼は痩せていて、それほど長身ではない。エリザベス同様、秀でた額をしているが、髪の生え際がV字型をしているわけではない。母さんはアーサーとエリザベスの年の差についてはもう何も言わなくなっていた。母さんもアーサーに好感を持ちつつあると言っている。

デザートを食べていると、アスパラ男が皿を洗いにキッチンに入っていった。シンクの上にあるテラス側に開いた窓のほうを向いて、水を流す音が聞こえてくる。彼は母さんが自分を太らせようとしていると言って、クラフティを食べたがらなかった。それをしつこく言い、そのたびに大声で笑う。

コテージにはディッシュウォッシャーがついているが、とても小さいし、使うことに価値はないと母さんは言う。このフランスの田舎町では何もかもが人間らしさに基づいているのだから、そんな所でディッシュウォッシャーを使うなんて品がないわ、と母さんは言う。アスパラ男も同感だと言っている。シンクで洗い物をしながら、彼は口笛を吹いている。

僕が彼を嫌だと思う一番の理由。それは、まるでここに自分の場所が常に用意されているかのように、あるいは僕らが彼の場所を空けて待っていたかのように、僕らの世界に押し入ってくるところだった。彼はリラックスし過ぎだというぐらいリラックスしている。人の家に来てすぐに、馴れ馴れしく振る舞うのは、一体どういう了見なんだろう。それほど親しい人間でもない。何度も来ているわけでもない。日常的にいるわけでもない。なのにこの態度。理解不能だ。「親しい」というのは、こういうことではない。定型発達と呼ばれる人びとにとってさえ、これはおかしいのではないか。アスパラ男はいかさま野郎に違いない。

奴は皿をすすいでガチャガチャと音を立てていた。母さんとエリザベスとアーサーはワインを飲んでいた。

僕はレイラがくれた記事の話をここでするべきか考えていた。そして僕は言った。

「母さん。僕がゲイだったらどうする？」

「あなたはゲイなんかじゃありません！」

母さんは必要以上に大声で言い返してきた。そんな大声を出さなくても聞こえるのに。母さんはヨガの呼吸法を何度かすると、少し優しい声で話した。「もちろん、あなたがゲイでも私は構わないわ。考えたことはなかったけれど、そうだとしても私は大丈夫よ。ええ大丈夫。マーティン、あなたはゲイなの？」

「ううん。僕は類似性を考えるために同性愛を引き合いに出したんだ」

「何と何の類似性なのかしら」

母さんは動揺している。

「ちょっと良く分からないわ」

「多くの自閉症スペクトラム障害の人たちは、社会が自閉症を治そうとすることに抵抗を感じていることが分かったんだ。大切なのは、同性愛の人と同じように、自閉症スペクトラム障害は治す必要なんてないと知ることなんだ。治療の対象じゃない。僕らはみんなそう信じているんだ」

「〝僕ら〟はみんな？　みんなって誰を指しているの、マーティン」

「自閉症スペクトラム障害の人たちのことだよ。自閉症がこの世界での存在の仕方だと思っている人たちのことだ。同性愛の人たちのようにね。同性愛も自閉症も、障害でも疾患でもないんだ。治療に抵抗を示している人たちもいる。僕らを治すことは、僕らの根底を否定することだとレイラは言っていた」

「つまり、あなたはこれからもずっと自閉症スペクトラム障害でいるってことね？」

母さんの顔が険しくなった。目には涙が溢れた。

「でも母さんたち、ずっとがんばってきて……」

母さんの声は細く小さくなった。彼女は即座にはいろいろ言いたくないようだった。

少々問題が複雑過ぎるし、僕の気持ちを傷つけたくなかったのだろう。

「あなたのアイデンティティの一つであることは素晴らしいと思ってる……。私たちはみんなああなたが幸せであって欲しい。そのためにあなたには道具が必要なの。それだけよ。何かを強制しようとは思ってない。幸せになる力をつけて欲しい。そのための道具を与えていきたいの……」

気持ちが高ぶってくると、母さんは同じことを何度も言うようになる。

「幸せになることはそんな大事なことじゃないと父さんは言ってた」

「あの人がそんなことを？」

母さんは驚いた蛇のように、頭を上げた。

「今、あなたの父親は人に助言できる立場にはないわね」

「母さんは父さんのこと嫌いなの？」

「嫌いじゃないわ。でもがっかりしている」

「母さんは理想が高過ぎるからいつもがっかりしているんだって父さんは言ってたよ。そんな高過ぎる理想は現実的じゃなかったって」

「そうかもしれないわね。でも、今は私の個人的な理想の話をしているわけじゃないわよね」

「母さんは僕を治したい？」

「マーティン。あなたの好きなようにやっていいのよ。本当は何が言いたいの？　学校のこと？　新しい友達のこと？　すごくうまくやっているじゃないの」

「母さんは僕が病気だと思っている？　僕に精神疾患があって、治さなくちゃいけないと思っている？」

「違うわ。違う。よくわからないけど」

母さんはふいに、エリザベスの手を握っているアーサーに目をやった。彼は空を見上げていた。周りの人に心配をかけたくなかったから、僕も同じように空を見上げてみた。人がいてもこうやって僕は心を無にする。

「ひとつ付け加えるなら、精神疾患はそれを精神疾患として認識する文化の中でしか存在し得ない、と言っていたフランスの哲学者がいたねえ」アスパラ男がキッチンの開いた窓から大声で話してきた。

「フーコーね？」

エリザベスが言った。彼女は物知りだ。僕はフーコーを知らないが、アスパラ男は舌を鳴らしたし、母さんは頷いているから、恐らくそれは正解なのだろう。僕はエリザベスにフーコーのスペルを聞いた。彼女は細長い指で空中に字を書いた。キッチンから青い布巾で手を拭いて出てくるアスパラ男のほうを振り返って、彼女はこう尋ねた。「精神疾患は、見る人によって作り出されるということかしら？」

「マーティンは精神疾患じゃない!!」母さんが大声で叫んだ。母さんは大きく深呼吸をした。そして息を吸いながらワインを飲むものだから、むせた。

僕は母さんの背中を叩いてあげた。背骨がまるで縄みたいだ。

「ねえマーティン」エリザベスの声は怒っているようだった。「あなたみたいに高機能自閉症で、ちょっととっぴな行動をしているっていうので通用する人は、ニューロダイバーシティ(神経多様性)について、そうやってすらすらとしゃべることができるわよね。でも重度の自閉症の人は？　おむつをして、壁に頭を打ちつけて自傷してしまうような人は？　そのままでいたいと主張するかしら？　それは違うと思うわ。私だったら、その人たちが自分で自分のことを決められるように支援したいわ」

「レイラはその〝とっぴな行動〟という言葉が大嫌いだ。〝とっぴな行動〟は遠回しな侮辱だって言ってた」

僕はエリザベスの言っていることの意味を考える時間が欲しかったので、レイラの話をした。

「この話にレイラは関係ある?」エリザベスがきつい口調で言い返してきた。そして、彼女は夜空を仰いでいるアーサーのほうを見た。彼はエリザベスの肩をさすってあげていた。言い返してすぐに、彼女は謝ってきた。「ごめん、マーティン」

僕はそっぽを向いたりしないようにがんばったものの、視線は空の星のほうへ向いていた。身体を揺らしたりうめいたりしないよう、星を数えた。

「大丈夫よ、エリザベス」母さんがエリザベスに言った。

「レイラはマーティンの親友よ。だからどんな議論でも、彼女のことが話題に出て当然だと思うわ」

「僕を治療するのかという疑問について誰も答えていないね」

僕は話を戻した。

すると母さんが言った。

「マーティン。私があなたにたくさんのセラピーを受けさせていたことを、主治医やガールフレンドや将来のお嫁さんに不満だと言われたとしても……。私は自分のやったことを後悔しないわ」

「ごめんね、マーティン」

エリザベスはまたそう言って立ち上がり、僕のほうに向かって歩いてきた。僕の顎を優しく掴んで下に向け、目を合わせた。

「ハハハッ!!!」

アスパラ男が耐えがたい大声を出して笑った。奴は再び同じことを主張しはじめた。僕らはとっくにそんな話はどうでも良くなっているというのに。

「俺は喧嘩をふっかけているつもりじゃないんだぜ。こんなのはレッテルに過ぎないんだよ。レッテルのつけ方によっては、マーティンのような人間が他とは違っているという学派があるんだっていう話をしているだけだよ。レッテルを貼らなければ、違いなんて存在しないんだよ」

「僕にはそれは理解できない」

僕はそう言って、星を数えるのをやめた。そのとき数えていたのは三十四個目の星だった。僕は自分のスニーカーに視線を向けた。

もちろん、アスパラ男の言っていることを僕は理解していた。だが、こいつと議論を交わしたくない。こいつの態度が不遜であることを分からせてやりたい。黙っていて欲しい。だから、こいつの気分を害してやろうと、よく理解できていない振りをした。これがよくいう「裏表のある態度」なんだろう。僕が初めて経験するものだ。

「もう夜も遅いわ……」

母さんはそう言って、立ち上がり、伸びをした。エリザベス、アーサー、アスパラ男も皆同じように立ち上がって伸びをした。僕だけがそこから動かなかった。

もう寝る時間だよ、と皆から言われた。しばらく外で星を数えているよ、と返事をした。それ以上、誰も何も言ってこなかった。

そして、アーサー以外はみんな家の中に入っていった。彼はエリザベスにキスをして、また明日、と言った。僕にも笑いかけてくれた。そして、地べたに置いていたバッグを肩にかけ、星を見た。まるで僕と一緒に星を数えようとするみたいだった。僕は胸がギュッと締めつけられた。放っておいてくれないだろうか。独りになりたい。

僕がこのとき感じた感情は、以下である。自尊心、審美、悲しみ、感謝、不安、怒り、恐怖、寂しさ、そして希望。

「マーティン。君の質問、なかなか興味深かった」

アーサーの声はあまり大きくなくて、周囲に響くコオロギの鳴き声を邪魔しなかった。

「どうも」

そう答えながら、夜空を見ていた。少しリラックスしてきた。

「僕自身も、人と違うなって思うことがあるんだ。物事を逆さから考えるところとかね」

「逆さから?」

「僕の仕事ってさ、撮影中は、完成版をまだ見ていないだろう? でもいつも、完成した映画を観客がどんな風に観るかな、って考えながら撮影に臨んでいるんだ。完成版を知らないままね」

「素敵だ」

僕は言った。

「でもそれだと、今起きていることを正しく認識することができなくなるよね」

「だね」

僕は星を見るのをやめて、彼の顔に視線を向けた。

「今この瞬間を見るようにって、エリザベスに言われた?」

彼の口がひげの中で笑った。

「言われたよ」

そこで僕はこう言った。

「僕はいつもエリザベスの言うことを聞くようにしている」

アーサーはこう答えた。

「いいと思うよ」

コオロギの声が急に賑やかになってきた。けれど、アーサーは競って声を大きくすることはしなかった。そういうところに好感が持てる。

「一人になりたいかな。そろそろおいとまするよ」

彼は言った。

「ここにいてくれて構わないよ」

本心だ。

「そうか、良かった」

僕とアーサーはしばらく一緒に星を数えた。五十一まで数えた。五十一と言えば、プルーストが亡くなった歳だ。僕は言った。

「僕の今日の疑問には、答えがあるのかな?」

彼は優しく笑うと、こう言った。

「もちろん。ありとあらゆる答えがあるよ」

僕とアーサーはその後しばらく黙っていたが、僕は星を数えるのをやめて、今日の疑問に対する考えられ得る答えをリストにしていった。ただただ疲れた。

アーサーは一緒にいて楽しかったよ、おやすみ、と言った。

おやすみなさい、と僕も言った。彼が車のほうに向かっていくのを眺めていた。車のヘッドライトが点灯するのが見えた。それはまるで大きくて優しい目のようだった。

6月13日（月）

午後
5時45分

蛾《モス》たちをパーティーに招き、その場に溶け込めるようにしたことで、みんなと友達になったと思った。それは間違っていた。僕は間抜けだ。

スワン氏がオデットのことを信じようとするたびに、彼女はひどいことをしてきた。ヴェルデュラン夫人のサロンに一緒に行けないとスワン氏に言ってきたり、公衆の面前でスワン氏のことをからかったり、どこで誰と一緒にいたか嘘をついたり。マルセルも、ジルベルトがシャンゼリゼ公園で自分に会いたいと思ってくれていたら、とうっとり考えだすたびに、彼女はどこか別の場所にいたがっていると彼に思い知らせていた。

ランチの時間、マリアンヌがパーティーのお礼を言ってきた。彼女は僕がフェイスブックもインスタグラムもやっていないのが信じられないと言った。彼女は療育センターにいるこだわりの強い子どものように、何もかもを動画にしてアップしている。マリアンヌのことはまだよく分からない部分もある。はっきり分かっているのは、紫色のメッシュが入った髪、透き通るような肌、たまにとどろく低い声。彼女はまた声をとどろかせた。

「マジで？　SNSやってないとかあり得ないでしょ。ねえマジで？　冗談じゃなくて？」

本当にやりたいと思わないんだ、と僕は言った。そういうものは、僕には情報過多だ。害毒にしかならない。

他の人にはおかしいと言われる。SNSは人の気持ちから距離を置いて使うことができるので、僕にも使いやすいはずだと。そうは思えない。頭の中は今でも十分いっぱいいっぱいだからだ。

マリアンヌは聞く耳を持たなかった。僕の顔の前にスマホを突き出し、「やり方を教えてあげるってば！　今ここでアカウントを設定してあげるわ。絶対楽しいから」

僕がSNSをやらないのは技術的な問題じゃないんだ。やろうと思えばアカウントの設定も簡単にできるんだし。彼女は僕の言うことなどお構いなしだ。彼女はやると決めたらもう抑えられないようだ。彼女は他の人の投稿を僕に見せようと、画面をスクロールしていった。「どう？　ここでみんなと交流できるし、怖がることはないでしょ」。マリアンヌは、僕に初めてインスタグラムの存在を教えるつもりではりきっている。

失礼なことはしたくなかった。かといって彼女のフィードを見ていると吐き気がしてきた。

そのとき、ジョットの絵に描かれたような少年たちとシモンが、トレイを持ってテーブルにやってきた。これに救われた。すると、マリアンヌは僕の顔の前にスマホを突き出して、シモンが投稿したらしき、僕とシモンのパーティーのときの写真を見せてきた。その写真の奥にグロリア・シーガーが映り込んでいる。「やばい、これすご過ぎる」彼女は甲高い声を上げた。写真の中のシモンは僕の肩に手を回していて、僕はこわばった笑顔をしていた。実際にそのときに感じていたよりも、居心地が悪そうな顔に映ってしまっている。

次の瞬間、マリアンヌは突然スマホを遠ざけたが、僕はもうシモンが写真の下に載せていたコメントを読んでしまった。そこには“*Le robot et moi*《ルロボエモワ》”（ロボットと俺）とあった。

目の前の現実に打ちのめされた。

僕は、ロボット。心の中には燃えたぎるような感情が湧き上がっていても、この人たちには、ぎこちなく動くロボットのように見えるのだ。シモンはこれを面白がって載せたのか。アリスもきっと面白がっていたのだろう。

この人たちは、僕に感情があると気にかけてもいない。僕には解き放つような感情なんて、何もないと思っているのだ。

僕は立ち上がった。マリアンヌはカフェテリアの中をずっとついてくる。

「ごめんね、マーティン。気を悪くしないでね。シモンのことは気にしないで」

彼女はまた低い声をとどろかせた。

「シモンはみんなを笑わせようとしただけで、悪気はないの」

「どいて」

僕は顔も見ずに彼女を押しのけた。そして、校庭に向かって思いきり走った。食事の途中で外に出るのは褒められた行動ではないが、僕がルールに従えないのは、ここにいる人たちのせいだ。僕はパニックになって、自分がコントロールできなくなっていたかもしれない。

特別支援校ではない学校に通うという僕が見ていた夢は、やっぱり単なる夢だったのだ。パーティーでも、僕はすごくうまくやれたと思った。それなのに、あの人たちにとって僕は単なる変わり者でしかなかったのだ。僕が人のことを気にかけるようになったということ以外は、何も変わっていなかった。

僕は学校を出て、家にあるサンザシの生垣を目指して歩き続けた。エリザベスにメッセで助けを求めることはしなかった。説明することすらつらかったのだ。

僕はお気に入りのソナタを大音量でかけた。『失われた時』を開く。スワン氏は、美しくないものを見た後はそこからしばらく目を逸らし、美しい絵画を鑑賞する。それと同じように僕は咲いている生垣の花々を鑑賞した。僕はフランス人の蛾《モス》たちと、ここで僕を取り巻く全ての出来事に心を掻き乱されてきた。でもとにかく安心できる場所に戻ってこられた。僕にとって安心できる場所とは、『失われた時』とヘッドフォンだ。

僕は生垣の花を見ることに集中した。指でフレームの形を作って、他のものが目に入らないようにした。ひたすら花の数を数える。何度も途中で数が分からなくなってしまい、また最初から数え直した。

全てが始まる前のあの頃の僕に戻りたい。

アリスからメッセが届いた。彼女はもうジルベルトじゃない。いや、元からジルベルトではなかったのだ。彼女はこう送ってきた。

マリアンヌが何か誤解があったと言っているけど、何があったの？

誤解だと？　誤解など何もない。分かりやすい話だろう。あいつらは僕が感情を持たない人間だと決めつけたのだ。これが結末だ。僕のことを少しでも分かっていたら、あんな失礼な言葉を使ってからかったりしないはずだ。

僕は返信しなかった。

6月14日（火）

午後12時20分

僕は学校に行かないことにした。学校は僕にとって失敗体験となった。

僕は家でふさぎ込んでいた。ミルクティーの入ったコップを眺め、コテージの天井の古びた梁にできたひび割れの箇所を覚え、準備に繰り返しの多い料理に打ち込んでいた。オニオンをみじん切りにし、炒ったヘーゼルナッツの皮を剥き、オルガノの葉をむしった。昨晩はジュリア・チャイルドのレシピにあったサーモンのアーモンド焼きを作った。食べたのは僕だけだった。それから、父さんと僕のレシピでクオータークオーツを作った。学校のカフェテリアのものよりも千倍は美味しい。機械で作ったあんなまずいケーキは好きじゃない。

誰も僕の料理を食べない。シュノンソー城での撮影は予定より遅れているらしく、母さんは夜遅くまで出ずっぱりだ。家にいる僕のことを気にかける暇はない。療育センターに提出する課題さえ済ませていれば、僕に何も強制しないと母さんは言う。昨日は最終課題として、微分積分のテストの答案と『ライ麦畑でつかまえて』（僕はこの本に『インチキ野郎どものルール』と別名をつけている）の小論文をメールで提出した。

ここ三日間、アスパラ男は僕らの家に来ていない。エリザベスはほとんど食べ物を口にしなくなっていた。

ダイエットは、アーサーとの喧嘩への「つまらない反応」だと、母さんは今朝エリザベスに言った。母さんは群衆シーンの撮影に遅れてしまうと言ってコーヒーを一気に飲み、口をすぼめた。熱いブラックコーヒーで、口を火傷しそうになったのだ。それから母さんは手櫛で髪を大急ぎで整えた。父さんは母さんの髪が大好きで、絶対にカラーリングして欲しくないと言っていた。今のところ母さんはカラーリングしていない。それが僕に希望を与えている。

エリザベスは母さんの言葉にものすごく怒った。「自分の反応をコントロールできるはずだっていうの？　精神分析の教科書でも持ってきて、もっとふさわしい感じ方を選んでこいって？　母さんみたいに完璧な人ばかりじゃないのよ。私は母さんみたいにはなれない。母さんの期待に応えられなくて、悪かったわね」

エリザベスの言いたいことはこういうことだろうか。悲しい出来事に対する人間の反応は、必ずしもロジカルにはいかない。元カレのジェイソンの新しい彼女が痩せこけたビッチ女優だというのも耳にした。だからエリザベスが僕の料理を食べようとしないのを母さんが心配するのも分かる。

母さんはエリザベスには返事をしなかった。かわりに、シモンがエキストラで葬式のシーンに出るのに本当に見に来なくていいのか僕に聞いてきた。声は穏やかだったが、眉間にシワが寄っていた。母さんは心配ごとがあるとこの顔をする。

シモンなんか友達じゃない、とは言わなかった。ちょっと気が向かなくて、と言っておいた。嘘は言っていない。

シャトーの庭園で〝ジルベルトの〟両親に会うと考えただけで気分が悪くなった。頭のなかで、彼女の両親が植えているのを思い描いていた植物を列挙した。ペチュニア、タバコ、ダリア、インパチエンス、バーベナ、ベゴニア。グリーン・ガーデンにある木は、プラタナス三本、ブルーシーダー三本、モクレン二本、スペインモミの木一本、キササゲ一本、チェスナット一本、ダグラスモミの木二本、セコイアの木二本、樹齢二百年のトキワガシの木一本、白アカシアの木一本、黒クルミの木一本。

　この植物リストはもう古くなって腐りかけている。

　少女とその両親が住んでいる伝説の場所シュノンソーなど、存在しないのだ。間抜けなコスチュームのエキストラ集団に会いに行かなくても、自分がどんなに間違っていたかは自覚している。もうはっきりしているじゃないか。

「どうしても、どうしても行きたくないんだ。分かってよ」

　母さんはため息をつき、「本当に？　マーティン。撮影で友達を見てみたくないの？」と聞いてきた。

「放っておいてあげれば」エリザベスが言った。

　母さんはしばらく顔をしかめていたが、元の顔に戻った。他の人の顔もこんな風に動くのだろうけど、僕は他の人たちの顔をきちんと見ていない。こんなにすぐに違う顔になったり元に戻ったりするのは、僕の知っている中では母さんだけだ。きっと母さんは、僕のことが気がかりだったんだろう。母さんと一緒に撮影場所に出かけて、当時のコスチュームに身を包んだシモンに挨拶をすれば、母さんは安心したんだろうに。そして、母さんは全部がうまくいっているとしたら目にしただろうに。僕に普通の友達関係があって、その友達が母さんの映画に出て、たくさんの人が出演する大規模な撮影で僕が普通に振る舞っている、そんな感じのこと。それはレイラが言う「統合」された瞬間というものなんだろう。レイラはその表現を『ダウントン・アビー』から引用している。例えば結婚式。あるいはクリスマスパーティーや地元のお祭り。グランサム家の人びとと使用人たちが一堂に会して交流する時間だ。僕が撮影についていったら、母さんは最高に嬉しかっただろう。でも僕は行けない。たとえ母さんのためだとしても。

プルーストが言うところの「無意志的想起」（訳注　匂いや手がかりによって記憶が思い出そうという意図を伴わずに想起されること）をすることが僕にもある。それは会話の記憶だ。僕にとってそれは、十五歳のとき、父さんが出ていってしまう二カ月前に、父さんと母さんが言い合いをしていたときのことだ。僕がその会話を想起するきっかけは三つある。

一．エリザベスが生物学のテキストをめくるときの音。それが、リビングで父さんが第二次世界大戦について書かれた歴史書をめくっていた音のように聞こえるとき。

二．家政婦のベルナデッタのやかんが、母さんのやかんと同じようなピーッという音を立てるとき。

三．頬にナプキンを当てるとき。父さんと母さんが言い合いをしているときにシーツに顔をうずめていたことを思い出す。

第二次世界大戦について書かれた歴史書のページをめくったかと思うと突然閉じて、父さんは本をそばにあるコーヒーテーブルの上に置いた。「サマンサ、ヒトラーがユダヤ人虐殺の前に、障害児を虐殺していたのを知っていたかい？」父さんの声が詰まった。「何万人もの障害児を安楽死させたんだ」

「マーティンは障害児じゃないわ。手足が不自由なわけではないでしょう。昔のことを引き合いに出して気に病むのはやめてちょうだい。いつもそういう風な話の持っていき方をするのもやめて。とにかく何もかも勘弁して」母さんの声は怒りに満ちていた。

父さんは母さんの話を聞いていないかのように話し続けた。

「マーティンが生まれる前は、障害児の親になりたいなんて思ったことはなかった。でも今は彼をとても愛していて、自閉症は素晴らしいものだと思えるようになった。だからこそ、ヒトラーの障害児虐殺は本当に許せない。子どもが元気に育つことを望む以外にどんな人生があるというんだ？　サマンサ、マーティンは僕を生まれ変わらせてくれたんだよ」

「もうたくさんよ。いいわね」

母さんは叫んだ。やかんが蒸気を噴き出す音を立てた。やがて止まった。

「なぜそんなに怒るんだ」

父さんは一層悲しそうに言った。

「ねえ、ポール」母さんは押し殺した声で言った。

「そうやってあなたが道徳哲学を説くのがすごくイラつくのよ。人様のお金を使い込んだことを正当化するために、マーティンを使わないで。別に療育にお金が必要だったわけではないのにね。だってあなたは、ハリウッドの勝ち組女性の一人、つまり私と運良く結婚しているんだから。あなたが自分に言い聞かせているだけなのよ。自分の行動を正当化しているだけ。だって、あなたはいつもマーティンの困難を勝手に想像して助けようとしていただけ。吐き気がする。マーティンの気持ちとズレを感じることはなかったのかしら？」

僕はベッドに寝転がりながら、父さんと母さんの会話を全て小声で繰り返していた。十五歳になる頃には、聞いたことを大声で繰り返さないぐらいの分別はついていた。そして、父さんが犯したことは僕のせいだということも分かるようになっていた。父さんは僕を救おうとしたのだ。僕のことを救おうとするあまり、現実を見失ってしまったのだ。

母さんの言葉の後に沈黙が続き、その間に僕は母さんの質問を繰り返した。

「ズレを感じることはなかったのかしら」

父さんが次の言葉を発するまで、僕はこれを三回繰り返した。

父さんはやっと口を開き、こう言った。

「僕をナチスになぞらえないでくれ。僕は誰も殺していない」

「そうかしら？　分からないわよ」

母さんはまた怒鳴った。

「お金を使い込まれたら自殺する人だっているのよ。人生が崩壊するの。自分が何をしたか分かっていないんだわ。これがあらゆる方面に影響があるなんて、あなたに分かるはずないものね。何てことをしてくれたのよ……」

僕はここで盗み聞きをやめた。シーツの中に顔をうずめて、母さんの言葉を繰り返した。何てことをしてくれたのよ……何てことをしてくれたのよ……、やがて言葉の意味が消えていくまで、僕は繰り返した。

6月15日
（水）

午後
2時10分

アリスは今朝また僕にメッセを送ってきた。十六の横にマドレーヌの絵文字。そしてクエスチョンマーク。十六時（午後四時ともいう）に会って一緒にマドレーヌを食べないか、ということだろう。

彼女は詐欺師だ。相手にしてはいけない。友達なんかじゃない。けれど本当のところ、僕は彼女に死ぬほど会いに行きたい。僕は矢がハートを貫いた絵文字を送り返した。彼女が恋しくて僕の身体はうずく。僕の膝は彼女の手を求めている。彼女にキスしたい。

僕のポストカードのコレクションに、十九世紀の画家シャルル・グレールによって描かれた『失われた幻影』という絵がある。古代ローマ人らしき人びとが描かれているロマン派の絵画だ。空には三日月。ヴァイキングのボートに乗りこむ人びと。マルセルは、グレールの風景画の月は、空にくっきりと浮き出てまるで銀色の鎌のようだと言っていた。このポストカードは父さんが選んでくれたものだ。裏側には父さんのメッセージが、本来アドレスを書くためのスペースにまでびっしりと書いてある。五年間収監されるため家を出ていった日、父さんはこのカードをキッチンカウンターに置いていった。僕は今それを左手で持っている。足はプールの中だ。

父さんからのメッセージはこうだ。

マーティンへ

僕がしてしまったこと、本当に申し訳なかった。何よりも、君を残して出ていかなければならないのがつらい。僕は君を素晴らしい子だと思っている。コミュニケーション能力というのは僕らの多くが動物のように無意識に身につけてしまうものだが（その多くはくだらないものばかりだ）、君は訓練をし、本を読み、深く物事を考えることで身につけていったね。ある本を読むことで、他の人がどう感じるかを学んでいったね。そして、君は共感ができるようになった。僕は君にも、『失われた時』が

君に与えてくれた成果にも、全幅の信頼を置いている。一つだけ覚えておいてくれ。マドレーヌの中に答えはない。君自身の中にあるんだ。愛しているよ。

父さんより

父さんからのカードを読んでいると、エリザベスがプールにレモネードを持ってきてくれた。隣に座ってレモネードをくれると、冷たい水の中、僕の足の横でつま先を揺らした。今日のエリザベスはサンザシ柄のワンピースを着ている。裸足で、髪はおだんごだ。目の下にくまができていたが、顔は笑みを浮かべている。

「どうして何か思い出そうとするみたいに私を見つめるの?」

エリザベスが聞いてきた。穏やかだが、少しからかうような口調だ。アーサーとの悶着が解決したのだろうか。

「僕のポストカードに出てくる人と紐づけられないか考えてる」

「あら、じゃあボッティチェリとかどうかしら。セクシーよねえ。彼女がいいわ。ジョットの〈慈愛〉はやめてね。ごつくて不格好だもの」

これはジョークだと気づいたので、僕は笑った。

僕はアリスのメッセのことばかり考えていた。彼女と会ってマドレーヌを食べるところを想像すると、眩しい映像が浮かぶ。けれど僕は、行くべきかどうか迷っていた。

顔に迷いが現れていたに違いない。エリザベスがこう言った。

「難しい顔ね。何か心配ごとでも？」

僕はパーティーのときに来ていたアリスを覚えているかと聞いた。もちろんエリザベスは覚えていた。僕はこんな話をした。アリスやシモンや他の人たちは、みんな魅惑の炎に惹きつけられる蛾《モス》で、僕が新しい靴を買うたびにレイラがコンバースに描いてくれる絵のようなものだということ。そしてなぜ初めのうちアリスが『失われた時』のジルベルトだったのか。段々と本の中の登場人物との違いが出てきて、彼女はジルベルトではなくアリスになり、それでもやっぱり彼女が好きだということ。母さんの映画や俳優たちに近づくことが目的で僕の友達の振りをしていたという手紙をアリスからもらったこと。その後トイレで「ファック」と叫んだけれど、それは僕のオリジナルの言葉じゃないと気づいたことも説明した。そしてそれがきっかけで、オリジナルの会話なんて幻想に過ぎないということが分かったこと。パーティーで通訳したこと、他の人のために世界の扉を開けてあげるのが心が震える体験だったこと。だがマリアンヌのインスタグラムのフィードで「ロボット」と揶揄されているのを見てしまったこと。ロボットには感情がない。ロボットは普通の教育を受けていないし、ニューロダイバーシティ（神経多様性）でもないこと……。

「ロボットには……」

僕は言った。

「ロボットには神経《ニューロ》なんて存在しない」

エリザベスはプールの水で、太陽が反射している場所をじっと見つめている。彼女がこういう目つきをするのは、僕のセラピストになろうとしているときだ。

「あなたを裏切っていると向こうがはっきり言ってくれていたら、その裏切りをそれほど思い煩うことはなかったのよね。だって、アリスの手紙のときも〝話が違うじゃないか〟とはならなかったものね」

僕は頷いた。

それより人をロボットとからかうほうが許せない、シモンが僕を人間扱いしていないということだから、とエリザベスは言った。そして自分の言っていることは間違ってないか聞いてきた。

エリザベスの言っていることは正しいが、許せないことについては対処できるから大丈夫だ、と僕は言った。許せないことや苦痛に対処する、素晴らしい文学的モデルがあるのを僕は知っている。いじめられることには耐えられる。でも、存在しないように扱われるのは耐えられない。

「マーティン」

エリザベスは言った。

「他人のデリカシーのなさを見逃しちゃダメよ」

デリカシーのなさを見逃すのは僕の得意技の一つだ。

「あなたが思っているよりも、ロボットという表現は悪質だと思うの」

彼女はためらってから言った。

「ちょっといろんな見方を試してみてもいいかしら」

エリザベスは僕の手を握った。

「人は名前を縮めてニックネームにしたりするでしょ。そのニックネーム自体に特に大事な意味があるわけではないわ。あなたのお友達は冗談のつもりで、親しみを込めて〝ロボット〟（*le*《ル》 *robot*《ロボ》）と言ったのかもしれない。マーティンはきちんとした言葉遣いでフォーマルな話し方をすることがあるからね。ロボットは、あなたの話し方をからかっているだけで、あなた自身のことじゃないと思う。単なるジョークで、あなたはロボットじゃないということよ。でも、最悪のシナリオとして、侮蔑の言葉だった可能性もある。けど、それを言ったのはシモンで、アリスではないわよね。アリスはあなたに手紙を書いてきてくれたもの。〝彼女〟は素敵な子よ」

「僕の間違った思い込みだったたっていうことだね？」

「悪いことをしたみたいな言い方をしないで、マーティン。思い込みは人間なら誰にでもあるわ」

エリザベスは水中で透き通る足を見つめ、つま先を伸ばした。つま先には、ラベンダーのネイルポリッシュが施してあった。

「私とアーサーは昨晩、ほとんど寝てないわ。お互いの誤解について、ずっと話していたの。彼は、私が元カレのジェイソンとよりを戻したいと思っていると勘違いしていたんですって。私がガリガリの今カノにジェラシーを燃やしているような話し方をしてしまったから。確かに今カノの存在は気になっていたけど、別にジェイソンとよりを戻したいとか、今カノから奪いたいとかそういうことではなかったんだけどね。ジェイソンには我慢ならなくて。アーサーはほんとに素晴らしいもの。アーサーになら、私は自分の中にあったネガティブな考えを全部話せる。彼を信頼しているから。こういうことは私だけの問題でもないし、彼だけの問題でもないのよ。分かるかしら」

「分かる」

　僕はこう答えた。でも理解できたからではない。今の話は彼女の問題で、僕の問題ではないと思ったから、分かると答えた。

「じゃあアーサーとは仲直りできたの?」

　僕が聞いたのは、心配だったからだ。僕はアーサーが大好きだから。

「ええ、私たち、すっごくうまくいってる」

「すごいね」

　エリザベスは僕の手を握りしめて聞いてきた。

「さあ、アリスのことはどうする?」

「今日会いたいって言ってきたんだ。パン屋で、マドレーヌを食べようって。そこのパン屋には二人で一度行ったことがあって、すごく楽しかった。というか、少なくとも僕はね。もう一度行くべきかな」

「当たり前じゃない。行ってらっしゃいよ。彼女はロボットがどうのという話を知っているの？」

「みんな知っていると思うよ」

これは少し誇張した表現だった。僕は普段は誇張表現を使わない。以前はあり得なかったことを口にするのは、自分をばらばらに壊すような、変な感じだった。

「彼女から誘ってきているんだから、行かなくちゃ。彼女にチャンスをあげて」

エリザベスがこう言ったとき、時刻は十四時だった。僕は、十五時三十分に街まで送って欲しいと頼んだ。

もちろんよ、と彼女は言った。

午後
3時45分

初めて会ったとき、マルセルは子どもたちとナニーたちがたくさんいる公園のほうから、

「ジルベルト！」と呼ぶ声を聞いた。それまで何年もの間、彼女のことを夢で見続けてきた後では、まるで魔法のようだった。彼女の名前は、空気を引き裂いて的《まと》めがけて飛んでくるボールのように、彼に向かってくる。

ジルベルトという名を呼ぶ声を聞くたびに胸が躍る。だがそれは、その名を呼ぶのは自分ではないのを思い知らされることでもある。その名を呼ぶのは、彼女を実際に知る人だ。それはマルセルではない。そして彼女の名を呼ぶ人は、なんと気楽な気持ちでその名を口にしていることか。マルセルはただ聞いているしかない。マルセルはジルベルトとの距離を少しずつ縮めてはいたけれど、まだ部外者だった。まるで僕のようだ。ブーランジェリーの外の小さな緑の一画でアリスを待つ僕。僕はロボットの中に閉じ込められてしまった少年。

6月16日
（木）
午後
10時30分

アリスが君にキスをしている。冗談ではない。本当だ。ベンチで、唇に。「ロボットはキスなんてしない。だからあなたはロボットなんかじゃないわ」彼女はそう言って笑った。キスはあまり心地良いものじゃない。その居心地の悪さは、不安にさせると同時に、無性に欲しくもなってしまう何かだ。耐えがたいほどくすぐったいのに、やめた途端にもう一度したくなるのだ。強烈に。

アリスは、君が彼女に怒り狂って、もう二度と会ってくれないのではないかと思って初めて、どれだけ君のことを好きだったか、気づいたのだという。人は失って初めてその大切さに気づくものだ。

そして、シモンのことを説明した。「私たち、パーティーや映画の撮影目当てであなたを利用してたのに、あなたは腹を立てなかったわよね。シモンはそれがどうしても理解できなかったの。シモンはあなたが人に腹を立てたことがないんじゃないかって言ってたわ。妙に冷静で、まるでロボットみたいだって。シモンはしょっちゅう腹を立てる人だから。彼は人を殴ることもあるし、モノを壊したりもするでしょ。だから、あなたが私たちに利用されていたのに冷静でいることが理解できなかったのよ。これで怒らないなんて、本当は人間じゃないんじゃないかって。私たちは、くだらないわねってシモンに言ったの。そして、マーティンは優しいロボットよね、って。スターウォーズのR２-D２みたいな、小っちゃくて可愛くて優しいロボット。そう思うと可笑しいでしょ。特にあなたは背がすごく高いから」

アリスはそこで口をつぐみ、真っすぐ君を見つめる。「だから、ロボットの件ではそんなに心配しないで」

もう大丈夫だから、それよりマドレーヌを買う時間だよ、と君は言う。

彼女はまた笑って「いいわね」と言う。

君はベーカリーに入り、袋入りのマドレーヌを買った。外に出ると、アリスは君の手を取り、ベーカリーのある一画から歩き出した。彼女はシュノンソー城でのアンリ二世の葬儀のシーンを見学したいと言う。そのシーンは撮影日二日目のはずだ。シモン、ミシェル、ジョルジュ、ケヴィンがいるだろう。母さんがみんなをキャストに割り当ててくれたのだ。シュノンソー城まで徒歩で三十分ほどだ。アリスは君の手を終始握り続けていた。彼女は爪を噛んでいて、緑のネイルポリッシュは、ほとんど剥げてしまっていた。

城、雲、木々。それら全てが川に見事に映り込んでいる。まるで絵画だ。君とアリスが近づいて庭園に足を踏み入れた途端に、その場所は現実の世界としての息吹に満ち溢れていく。

シュノンソーにいる多くの人びとが、母さんの映画のためにルネッサンスのコスチュームを着ていた。君の学校の友達は、タイツとブルマーとブラウスを着ていた。母さんはシャトーの大きな並木道沿いにいるエキストラの中に彼らを配置したのだ。アスパラ男が母さんのそばに突っ立って、画面の映像を見ている。奴は君にウィンクしてきたが、君は気にも留めない。

君はアーサーに挨拶をした。忙しそうだ。

君は今、以前なら絶対しなかった行動をしていた。この映画を、レイラと一緒にあの地下の部屋《ベースメント》で観ているところを想像しているのだ。未来のいつか。シュノンソーで過ごした日々を回想しながら。これがよく言われる「シークエンシング」（訳注　ストーリーのバラバラのシーンを順序だててエピソードを構成すること）か。先のことを想像できるのは、君が普通の人に近づいているということかもしれない。あるいは君はやっぱりユニークな存在なのかもしれない。だって、世界中で君以外の誰が、アスパラ男のウィンクや、タイツ姿のクラスメイトの雄姿を思い出しながら、レイラの地下の部屋《ベースメント》で母親の作った映画を鑑賞するものか。しかもそのクラスメイトは皆、アンリ二世が死んで悲しむ演技をしているが、実際は母さんの映画に出られてかなり興奮気味なのだ。

休憩時間、君とアリスの元にシモンがやってきた。彼の履いている靴はドクターマーチンではない。くすんだ茶色の革靴だ。君は必死の思いで彼の顔に視線を向ける。シモンの視線はせわしなく二カ所を行ったり来たりしている。君を見ながら、母さんと話をしているグロリア・シーガーも気になって仕方ないらしい。グロリアは黒いシルクドレス姿で、髪全体が黒いビーズで飾られていた。

"*Ça va?*《サヴァ》"

シモンがこう言ってきた。この"*Ça va?*《サヴァ》"には「怒っている？」という質問が込められている。君はこれに驚きを感じていた。

君は固唾《かたず》を飲む。本当の友達でないなら、こんな風に父さんの教えてくれた*Ça va*《サヴァ》ゲームはできないはずだ。

“*Ça va*《サヴァ》,” 君は答えた。「僕はもう怒っていないと思う」という意味を込めて。そして“*Et*《エ》 *toi*《トワ》*, ça va?*《サヴァ》” と続けた。これには「君のほうはどうだい？　申し訳ないと思ってくれているかい？」という意味を込めている。

“*Ça va*《サヴァ》,” このシモンの返事は「申し訳ないと思っているよ」ということだ。

Ça va《サヴァ》のやり取りが終わり、君とシモンは仲直りした。

君はアリスの母親にも会うことができた。オデットとは似ても似つかない。フランスちりめんの紫色のショールも、パールネックレスをつけたピンクのシルクドレスも着ていない。緑のカーゴパンツを履き、ワークブーツを履いている。そして、スノッブのような振る舞いもしない。太陽に晒されて仕事をしてきたせいか、日焼けしてシワが刻み込まれた顔をしている。そばかすもある。アイコンタクトを強要してくることもない。

アリスが君に声をかけた。

「カトリーヌ・ド・メディシスのプライベートガーデンに、薔薇とオレンジの木を見に行かない？」

君はアリスと一緒に人ごみから抜け、城の堀に向かって斜面になっているラベンダーの丘にやってきた。彼女は君の好きな音楽を聴きたいと言う。そこで片方ずつイヤホンをして、二人で空を仰いで手を繋いだまま地面に寝転がった。

ソナタが終わると、アリスが君のほうに顔を向けて口を開いた。

「聞きたいことがあるの」

君はうん、と頷いた。アリスの質問が何か興味はある。けれど、それより彼女ともう一度キスをすることのほうに心惹かれた。

君の顔がとても近くにあるので、アリスは優しく話しかけてくる。「ロボットと言われて嫌だったのは分かっているわ。でも、あなたは他の人と違っていたい？　それとも自分が他の人と違っていると感じてしまう？」

「……君はキスがしたい」

君はこれしか答えられなかった。これを答えたときのイントネーションは尻上がりではなく、平坦だった。

君の反応がズレていることについて、彼女は別に気にしていないようだ。

「うん」

それだけ言うと、アリスは唇をこちらに向け、君に息がかからないようにして、君が彼女を引き寄せるのを待っていた。だから君はそうした。彼女を引き寄せて抱きしめた。アリスの身体の全ての部分が君と重なっている。二人の間にあった小さな壁は消えた。

「あなたのことが大好き（I really like you）」

アリスがキスとキスの合間に言う。

アリスは僕のことを「あなた（you）」と呼んだ。「あなた」は「君」ということだ。だから、今日の僕の代名詞は「君（you）」なんだ。

6月17日（金）

午後
4時30分

僕はまた学校に行きはじめた。

そして、明日はシモンの家のパーティーに参加するつもりだ。僕が一緒にいられる知り合いがたくさん来るし、アリスも僕を助けてくれるはずだ。彼女は、シモンがどんなに彼の父親に会いたいと思っているか教えてくれた。だから、シモンはたまに酒を飲み過ぎてしまうのだ。彼の母親は外出しているから、シモンが飲み過ぎて泥酔しないよう私たちが見張らなくちゃ、と彼女は言う。

僕は蛾《モス》たちのパーティーのことをその後レイラに伝えていない。僕がシモンのパーティーに行くことにしたのをレイラは知らない。レイラがニューロダイバーシティ（神経多様性）運動の記事を送ってきて以来、僕は普通の学校の人たちの話はしないようにしている。土曜の夜にシモンのところでビールを飲むなどと話したら、彼女は僕が定型発達の人たちの世界を「疑似体験しているだけ」と揶揄するはずだ。

僕やレイラのようなタイプの人間は、他者の世界を疑似体験して生きているのだと言い返そうとも思った。でもやめておいた。

レイラには、週末のいかにもティーンエイジャーっぽい予定は秘密にしておき、うさぎ肉をプルーンで煮込む料理の話をした。エリザベスがアーサーと仲直りした後、最初に口にしたのがこの料理だった。他にも、ハエの羽音の音楽の話、朝食のルバーブジャムつきバゲットの話、今も毎日訪れているサンザシの生垣の話などをした。僕は何も変わっていないということを信じて欲しかった。

しかし彼女は騙せない。

フランス人の蛾《モス》たちはお元気かしら。ここのところあの人たちの話をしないけど、どうしてかしら。ジルベルトはお元気？　あなたにとって電話は伝達の手段？　それとも拷問なのかしら？

レイラは療育センターで学習した質問式会話法をしっかり習得している。だからこの通りパロディーにすることができる。僕が彼女に秘密にしていることがあるので、僕をからかっているのだ。

僕はこう返信した。

蛾《モス》たちは映画の重要なシーンでエキストラをやったんだ。馬上の一騎打ちで殺された王の葬儀のシーンでね。死んだ王を演じたのはピーター・バード。グロリアは王妃の役。フューシャは愛妾。蛾《モス》たちは喜んでいたよ。ジルベルトだけ出演しなかった。あ、そうだ。ジルベルトの本名はアリスだから。

彼女はお元気？　ところで、普通の学校の人たちが集まるシモンの家のパーティーには行くの？

行動療法をやってきた僕は、単刀直入な質問に返事をせずにいることができない。でも、何とかした。彼女の質問には答えず、自分の質問をし返してみる。これも、共感や関心を示す一つの方法なのだ。

シーズン三で一番好きなエピソードは何？　ビートルズの中でどの人が一番好き？エピソード七よ。ベイツが刑務所から出されるシーン。ビートルズで好きなのはポールよ。で、ジルベルトについてのお返事がまだよ。普通の学校の人たちのパー

ティーではどんな感じでうまいことやるつもりかしら？　それともうまくやらずにいるつもりかしら？

“*Merde*《メールド》,”（クソっいまいましい）

父さんだったらフランス語でこう言っただろうな。

ジルベルトの本名はアリスだって今言ったよね。彼女は本の中の人じゃなかった。でも僕は気にしない。パーティーには幻想を持たずに参加するつもりだよ。心配無用。

するとレイラは、大きくて美しい手で『Yesterday』の弾き語りをしている動画を送ってきた。“Oh, I believe in yesterday.”と歌っている。

彼女の歌声を聞いていたら、療育センターの音楽室にいるような錯覚に陥る。映画業界から僕らのようなスペシャルニーズの子どもたちに寄付があり、僕らのセンターの音楽室の施設は最高水準だ。スタインウエイの小型グランドピアノもある。これがレイラには一番大切なことだ。彼女がこのピアノで弾き語りをすると、その声は防音の壁に反響してよく響く。彼女は『Yesterday』は僕の歌だと言う。しょっちゅうノスタルジーに浸る、プルーストじみた人間だからだ。彼女は僕にこの歌をよく歌ってくれる。彼女流の冗談で、決しておかしくないというわけではない。

でも、レイラだってノスタルジーに浸る人間ではないのかと僕は思いはじめている。彼女こそ、僕らが変わって欲しくないと思っているのだから。

6月18日（土）

午後
3時20分

僕は一日中ヘッドフォンをつけっぱなしにしたまま、ほとんど誰とも顔を合わせることができずにいた。母さんとも、エリザベスとも、アーサーとも、もちろんアスパラ男とも。

シュノンソーでは、街の一大イベントが行われるので、街中がざわめいている。今日は撮影も休みにするようだ。バクスター・ウォルフはもう一つのシャトー、シャンボール城でのプライベートツアーを企画したが、参加希望者はゼロだった。皆疲れきっていたのだ。

今朝は全員、十一時まで寝ていた。朝食は味気なく、金属のような味がした。ルバーブジャムさえも味を感じなかった。

シモンのパーティーには行けない。そのことで神経が高ぶってしまって、僕は何時間もつま先を見ながらコテージの周りをうろうろと歩き回っていた。レイラの描いてくれた銀色の蛾《シルバーモス》の縁取りが、僕の目に焼きつく。

笑い者にされることは嫌でも何でもない。混乱に陥ることが怖いのだ。基本的なソーシャルスキルが頭から飛んでしまうことが怖い。言葉のキャッチボールのやり方を忘れてしまうと、僕は何もかも分からなくなってしまう。アリスはそんな僕を見捨てるだろう。そして僕はカオスに陥ってしまうだろう。

シモンのパーティーに行かずにいれば、ロボットの話がただの冗談だったのに僕には通じなかったと蛾《モス》たちは思うだろう。そして僕に許してもらえていないと感じてしまうに違いない。アリスのキスも意味がなかったことになってしまう。そうではないのに。それから僕の家族もがっかりさせてしまう。エリザベスは僕をパーティーに送って、いつでも迎えに行くと言ってくれている。もし行かないといったら、彼女はきっと悲しい顔を僕に見せまいと必死になる。そんなエリザベスを見たくない。アーサーは、もし同年代だったら、僕みたいな子と友達になりたかったと言ってくれた。その言葉が僕に何も響いていないと思われたくない。母さんが「本当に行かないつもり？」と聞いてくるのもつらい。そしてアスパラ男がフーコーを引用するのがほんとに嫌だ。

でも、パーティーなんて行きたくない。今晩は家にいたい。自分の世界にこもって、誇らかな気持ちで今を過ごしたいのだ。僕は僕なのだと。

6月19日（日）

午前3時10分

結局僕はパーティーに参加した。そのときの顛末をまとめよう。

コテージを何時に出発するかエリザベスが聞いてきたので、行けるかどうか分からない、と返事をした。彼女がどんなリアクションをしても大丈夫なように、僕はしっかり心の準備をしていた。けれど、彼女は何のリアクションもしなかった。説得してくることもなかった。もし気が変わったら言ってね、とだけ言ってきた。抑揚のない話し方だったが、苛立っている感じもしなかった。そして、いろんな色のフラッシュカードに書かれた化学化合物のテストをしてもらおうとアーサーのところに戻って行った。

母さんは、今夜バクスターのところで何人かのキャストと夕食会があると言ってきた。

バクスターは評判のシェフを雇い、パレオ料理に挑戦したらしい。パレオというのは先史以前の人間の食事のことで、穀物と乳製品とでんぷんはほとんど使わずに、魚、肉、野菜を料理する。最近流行っているのだ。母さんはこの流行を面白がっている。シェフはパレオの食習慣の制約内で料理をしなければならないけれど、料理のでき上がりは本当に素晴らしいと思う、と母さんは言う。それはまるで「ソネットの制約の中で物語を書いたシェークスピア」のようなものらしい。シモンのパーティーを欠席するなら、ジョー（アスパラ男）と一緒にバクスター邸のディナーに行きましょう、と母さんが言った。良い経験になるから、と。

アスパラ男は僕がパレオ料理の会に行くことに賛成した。

僕はアリスからメッセを受け取った。パーティーに気が乗らなかったら、すぐに二人で適当に抜けちゃえばいいよ、と書いてあった。

パーティーに行くようプレッシャーをかけてくる人は誰もいなかった。そうしたら突然、僕は気が変わった。自信に満ち溢れてきた。アリスが僕に会えるのを楽しみにしている。きっと他の人も楽しみにしてくれている。

シモンはラシーヌ通りにある住宅団地の一画に住んでいる。白い家だ。庭に弟のための錆びたブランコが置いてある。

　エリザベスが家の前に車を停めると、道沿いにある低めのコンクリート塀に沿って、八台のモペッドが横づけされていた。庭にはプラスチック製の緑のテーブルがあり、その上にジュース、ビール、チップスが山盛りのボールが置いてある。他に、ガトー・アペリティフと小さなオレンジのクラッカーが入った小さめのボールが並ぶ。ガトー・アペリティフは、小さなプレッツエルのような形の、薄茶色の塩辛いクラッカーだ。酒のつまみに食べる。母さんはガトー・アペリティフは安っぽくて嫌だと言う。夕食前のつまみには、ピスタチオや生野菜のほうがいいと言う。マルセルの祖母も同じ意見だろう。どちらもシモンのパーティーに来ることはないだろうけれど。

「初ブームじゃないの」エリザベスはスマートカーを駐車しながら言った。

　ブームは、パーティーを表すフランス語のスラングだ。

「そうだね」

「さて、今はお勉強タイムじゃないわ。がんばってやってらっしゃい！　でも一つだけ。飲み過ぎてはダメよ。あなたの身体はお酒に慣れてないからね」

「うん」

「行ってらっしゃい。帰りたくなったらいつでもメッセして。今晩はパレオ料理の会は参加しないで課題をやっているから。アーサーは課題に付き合ってくれるって言ったけど、パレオ料理に行きたければ行ってちょうだいって言ってあるわ」

彼女のスマートカーは行ってしまった。車だけではなく、エリザベスも目の前からいなくなった。僕はこれ以上彼女をここにとどめることはできない。彼女は僕から離れていく。スタンフォード大学に行って、医師になるのだ。エリザベスについての僕の夢想も、きっと段々と萎《しぼ》んでいくのだ。

シモンの家の小さな庭には、スナックが置かれている緑色のテーブルの隣に、堅い茶色の芝生があって、そこによく見知った靴が集まっていた。シモンが僕にビールをくれる。タブを開けるとビールが溢れてきた。足の横に泡が落ちるのを、僕はじっと見つめた。

テクノ・ミュージックが流れはじめる。サウンドシステムはあまり良くない。その方が僕には都合が良かった。繰り返しが心地良いとはいえ、単調なビートが容赦なく鳴らされ続けていると発狂しそうになる。

最初の一口目でビールが全身に染みわたり、音楽がどこか遠くで鳴っているような感じになった。もう一口飲むと、音楽はさらに遠くなっていった。テクノ・ミュージックのストレスからくる肌のうずきが消えていく。いい気分になってくる。もう数口飲めば、この不快極まりないテクノ・ビートなど気にならなくなるだろう。僕は地面から視線を上げて、みんなの顔を見る。ジョットの絵に似た少年が僕に笑いかけてきた。ケヴィンだ。

アリスはどこ？

どのぐらい時間が経っただろう。太陽が沈んでいる。午後九時を過ぎていることは確かだ。僕はビールを三杯飲み、大きく三つかみほどチップスを食べた。

シモンは泥酔状態だった。僕は母さんの開催したパーティーで、酔っぱらっている人が分かるようになった。スキンシップが激しくなり、話すときの距離が近くなるのだ。それが僕にはたまらなく恐ろしい。気持ちの悪い愛情表現だ。でもシモンの細い腕が僕の肩に回されていることは問題ない。僕も生まれて初めて酔っぱらっているので、シモンにこうしておいてもらわなければバランスがうまく取れないからだ。

シモンはR2-D2というあだ名はそんなに悪いもんでもないだろ、と冗談めかして言う。

「大丈夫。分かっているよ」

「いやいや」

シモンは言う。

「君は分かってないね。俺が君をロボットと呼んだ理由も、どうせちゃんと分かってないだろ?」

いくつか思い当たる理由はあるがどれが正解か分からない、と僕は言う。そして違う話をしよう、とシモンに提案する。

けれどシモンは話題を変えようとしない。パーティーのことでアリスに手紙をもらったときに怒りを感じなかったはずがない、と言う。怒らないなんて、人間とは思えないという。僕をロボットと呼んだことについては謝るが、それは本心だと。

「君は自分を守らないのか」

シモンは言う。

「君は何かが欠損しているよ、人格的に」

僕の頭のねじがゆるんでいると言いたいのか。僕が喚き散らしたりしないから? 僕が怒り狂ったりしないから?

このシモンの言葉にどう切り返していいものか、頭が真っ白だ。

誰かが音楽の音量を大きくしている。そのせいで僕の頭は再びパニック状態になった。

ようじがささっているチーズキューブに手を伸ばす。穴がたくさん空いている。これは恐らくアッペンツェルチーズだ。

シモンはまだ言い続ける。彼は父親のせいで常にむしゃくしゃしているという。だから、僕の物事を許す行動を理解できないのかもしれない。

「父親が刑務所にいるってどんな気持ちか、君には分かんないよな」

「前に言っただろう！　〝僕の〟父さんも刑務所にいる‼」

僕は怒鳴った。僕らは似た者同士だということを、分かって欲しい。

シモンは僕の肩に回していた腕をほどくと、敵意をはらんだ目で、僕を睨んでくる。

「そうだ。〝僕の〟父さんは刑務所にいるよ。なんで俺の言葉をオウム返しするんだ。バカにしてんのか、何なんだ？」

「違う！　君の真似をしているわけじゃない」

僕は必死に気持ちを落ち着かせながら言う。

「〝僕の〟父さんも刑務所にいるんだよ。本当にそれが言いたいんだ」

シモンは僕に背を向けてしまう。

僕は愕然とした。父親が刑務所にいる同年代の人と繋がりを持ちたかっただけなのに。

共通点を見つけたのに。今回は代名詞を間違えずに使えたのに。

シモンも体をこわばらせていたが、しばらくして振り向いた。

「本当なのか?」

僕は頷いた。

「信じて欲しけりゃ、お前の親父が何をしたのか最後まで話せ」

「父さんは金融で働いていた。そこで誤ってお金を盗ってしまったんだ。故意にじゃない。

君のお父さんは何をやったの?」

「誤ってなわけないだろ。君の親父はクズだったんだよ。故意に決まってる。俺の親父は覚せい剤をトラックから持ち出して売りさばいていたんだ。家族には一銭も渡してくれなかったけどな。奴はあの金で女を買っていたんだろうな。ヤク中だったんだぜ。悪夢だろ」

「そうか、つらいね」

僕がそう言うと、シモンも呟く。

「君もな……」

そこにアリスが現れた。白いジーンズに白のホルタートップを着ている。大きなリングのイアリングをして、緑のリキッドアイライナーを引いている。唇にはグロスを塗っている。ああ、やっぱり彼女はジルベルトじゃない。

彼女は周りをサッと見回すと、僕に素早くキスをしてきた。グロスが僕の唇についてしまった。来てくれて嬉しい、キッチンで二人になりましょう、と彼女が言う。テクノ・ミュージックがキッチンの方から聞こえてくるので、このまま外にいてもいいか聞くと、別にいいわよ、と彼女は言う。僕たちは隣の家とシモンの家を隔てる垣根の奥に移動した。

そこでアリスは僕の両方の手を取って、キスをした。彼女のキスはもう習慣になりつつあり、取り上げられてしまったらきっとつらいだろう。

「シモンに変なことを言われたりしてない？　なんだかしばらく、怒鳴っているように見えたけど」

「いや、大丈夫だよ。何もない」

僕はどう説明したら良いものか考えはじめた。僕とシモンの父親は両方とも刑務所にいるという共通点があること。それぞれ犯した罪は異なっているということ。

けれど彼女のおしゃべりが止まらないので、僕は言おうとしたことを忘れてしまった。

「あなたは悪くないわ、マーティン。あなたのせいじゃないの。シモンは何に対しても怒っていて、みんなに怒りをぶつけてくるの。だから私は彼と別れたのよ。あんまりいつも怒っているんだもの」

「シモンと付き合ってたの？」

「知らなかった？」

僕は頷いた。

「まあいいわ」

アリスは言う。

「たった数週間よ。全然うまくいかなかった」

「そうか。それは残念だったね」

僕は反射的にそう答えた。でもこれは本心ではない。アリスがシモンと別れたことは、残念でもなんでもない。これからは絶対奴と出かけたりして欲しくない。僕は欲望でこめかみがずきずきとしている。アリスを近くに引き寄せた。しかし力が強過ぎた。

「大丈夫だから」

アリスは言う。強く抱きしめたが、彼女はそれを突き放しはしない。

「ずっと前の話だから。昨年だったかな」

スワン氏とは違って、僕は彼女が嘘をついているか疑ったりしない。サーバーつきのボックスから注いだ赤ワインをプラスチックのグラスに入れて、ケヴィンとマリアンヌが近づいてくる。僕はアリスから身体を離し、彼らの後についてパーティー会場に戻った。

同じ学校ではないのにどこかで見たことのある人たちが何人かいる。プールで会ったことがある人たちに違いない。みんなぼさっと突っ立っていた。僕は彼らに話しかけなかった。シモンがかつてアリスにキスをしたということが、僕はどうしても受け入れられない。僕は彼女がやたらと庭をキョロキョロしながら誰かを一生懸命探していることに気づいた。それはともかくとして、今夜アリスの手を握っているのは僕だということが素直に嬉しい。スワン氏はパラノイア（偏執狂）だったが、僕は違う。

マリアンヌがタバコの箱を開き、僕以外は皆タバコを吸いはじめた。夜半の空に煙が立ち上る。アリスが僕に自分のタバコを渡してきた。僕は頷いて、他の人の真似をして指と指の間にはさんでみる。それを吸ってみると、僕は激しくむせ返り、さっきまで飲み食いしていたビール、ワイン、チップス、チーズをみんなの輪のど真ん中に嘔吐してしまった。ビールの炭酸のせいで、嘔吐物は海水のしぶきのように激しく噴き出した。何人かの人の靴を汚してしまった。そこにいた誰もが後ずさりし、靴を芝生に押しつけて汚れを取ろうとしていた。

「落ち着いて」

アリスはそう言うと、僕の手を離した。

「タオルを持ってくるわ」

僕は恥ずかしくて逃げ出すこともできない。いや、そうじゃない。僕は安全な場所に行って一人になりたいから、逃げなければ。僕の嘔吐物の周りにいた人たちが散り、アリスがタオルを持ってくるのを待たずに僕はそこから逃げ出し、シモンの家の反対側と塀の間の狭くて静かなスペースに身を隠した。さっきアリスと一緒に話をしていた場所だ。彼女はきっと分かってくれるだろう。僕の居場所をきっと見つけ出してくれる。

シモンの家の屋根と、隣家の玄関から伸びるプラタナスの木の枝に隠れていたら、僕はやっと呼吸ができるようになった。何とか、身体の震えと揺れを止めることもできたので、僕はスマホを取り出してエリザベスにメッセを送った。

エリザベスは、今コテージを出る、十五分で着くわ、と返事をしてきた。

僕は大急ぎで走るランナーの絵文字を送る。「お願い、急いで来て」という意味だ。

暗がりでエリザベスを待っていると、アリスがモペッドの後ろにまたがって、他の男子とパーティーから抜け出すのが見えた。二人は楽しそうに笑いながらしゃべっている。何を言っているのか細かくは分からない。ラシーヌ通りに出ると、アリスは運転席の男子の腰にしっかりと手を回し、頭を彼の首に押しつけた。

『失われた時』で読んで知っていたので、裏切りについて予測はしていたものの、驚きを隠せなかった。僕が体験しているのは『失われた時』と違う物語ではなかったのか？　僕の夢想などではなく、アリスと僕は恋に落ちているんじゃなかったのか？

どうも違ったらしい。

突如、僕は『ダウントン・アビー』の過去のエピソードを地下の部屋《ベースメント》で一人楽しんでいるレイラを思い浮かべた。僕の新しくできた友達、特にアリスにやっかんでいるレイラ。僕は彼女に伝えなくちゃ。やっかむことなんて何もないと。全てまがい物だったのだ。友達も、アリスも。

僕は低く呻く。そして血が出るまで指の関節を掻きむしった。

午後 11時30分

今日の午後一時五分。シモンからこんなメッセを受け取った。

アリスが昨晩事故にあった。病院に来てくれ。

僕は叫んだ。そして、泣きわめいた。

そしてエリザベスのところへ飛んで行った。

シモンのメッセを見せると、彼女はオンライン試験の真っ最中だったのに中断した。彼女は僕を抱きしめると、ティッシュを渡してくれた。そして、病院まで車で連れて行ってくれた。病院は家から二十分のところにあった。到着したのは午後一時四十分。今日のはそんなに重要な試験じゃないから、とエリザベスは言った。アリスと僕のことが心配だと言う。エリザベスは僕に何も聞いてこなかった。僕が何か答えられる状態ではないことを分かっていたのだろう。

僕がアリスについて質問されても何も答えられない理由は以下の二つだ。

一．彼女の身に何が起きたのかよく知らない。シモンのパーティーを抜けたモペッドで、事故にあったことだけは確かだ。

二．僕と彼女の関係がはっきりしない。

彼女は僕にキスをして、僕を褒めてくれた。パーティーについて素直な気持ちを手紙に綴ってくれた。ロボット事件の後に仲直りした。そして僕らは恋に落ちた。こんな感じだろうか。『失われた時』で描かれていたような失恋ネタは僕の身には起こらないと思い込んでいた。でも僕は失恋した。かつてシモンと付き合っていたという話をしたうえに、彼女は僕を残してモペッドで他の男子と一緒にパーティーを抜け出した。地球上で最も普通の教育を受けている人間になったとしても、僕はモペッドには絶対乗らないだろう。

エリザベスが、一緒に病院に来てシモンたちを探すと言ってくれた。僕はお願いした。知らない人だらけの受付、廊下で、どうやってもシモンたちを探せる気がしなかった。壁に頭を打ちつけたり、プラスチック椅子でゆらゆら揺れていたりするのを病院のスタッフが見たら、アリスの元に行かせてもらえなくなるだろう。

　エリザベスが車を停めていると、シモンから四階にいる、とメッセが来た。アリスの部屋番号も書いてあった。四二五四号室。それを聞いて、手術はしてなさそうね、安定しているんだわ、とエリザベスが言った。どうしてそう言えるのかは謎だったが、訊かなかった。僕の頭はアリスに会わなくちゃという気持ちでいっぱいだった。僕の心臓は高鳴り、手のひらは汗ばんでいる。車から出ると駐車場を大急ぎで駆け抜けた。エリザベスは僕を止めたりせず、後ろから走ってついてきてくれている。ありがたい。

　病院は古くてわびしい雰囲気が漂っている場所だった。コンクリートで作られている。僕とエリザベスはうら寂しい廊下を思いきり走った。アリスがとても苦しんでいるような気がした。きっと痛みにもだえているのだ。僕がその痛みを取ってあげなくては。エリザベスが病室はどこか尋ねていた。僕は廊下で子どもたちがゲームで遊んでいるのを横目に、何も考えずに走った。

　四階の待合室でシモン、マリアンヌ、ジョットの絵に似た少年たちを見つけたのは午後二時七分のことだ。スリングに赤ちゃんを入れて抱いている男性もいた。彼はナイキの黒スニーカーを履いていた。アリスの父親だった。母親は病室でアリスに付き添っていた。両親以外は面会謝絶のようだ。

僕とエリザベスが来ると、待合室で彼らは何が起きたのか話してくれた。みんながてんでばらばらに話をし、誰かが話すと誰かが遮る。僕はエリザベスのために英語に訳すことで、話の流れに集中した。エリザベスはフランス語を理解していたが。

彼らの話をまとめるとこうだ。アリスはシモンのパーティーで僕を探していた。けれど、あんな場所で嘔吐して動揺してしまい、その場から離れたのだろうと思った。だから、アリスはいとこのマックスとタバコを買いに出たのだ。マックスは泥酔状態だった。その状態で運転したため、バイクは道から外れて転倒した。マックスはかすり傷で済んだが、アリスは岩に打ちつけられて脳震盪を起こしてしまった。だから彼女は光や音の刺激のない部屋で安静にしていなければならない。彼女のあばら骨は二本折れていた。医者は肺に穴が開いているのではないかと疑ったが、レントゲンの結果、肺は無事だった。脳の損傷もなく、心配はないだろうが、念のため安静にして欲しいと言われている、ということらしい。

エリザベスに全部通訳する必要はなかったが、僕にとっては聞いたことを整理するために通訳することが有効だった。考える時間を稼ぐことができるから。

どんなに心の中でうめきまくっていても、僕は何もない振りで、石のような無表情を貫き通すことができる。今どんな顔をしているだろうと自分の顔に触れてみたけれど、分かることは皮膚がいつもよりかさついていることぐらいだった。

僕は聞いた。

「ジルベルトは起きている?」

「ジルベルトって誰?」

マリアンヌが聞いてきた。

「アリスのことだよ」

シモンはそう言って僕の顔を真っすぐ見ている。

「マーティンがアリスをジルベルトという名前で呼ぶんだ。昔の知り合いに似ているんだろ」

シモンはなんていい奴なんだ。僕も真っすぐ彼の血走った眼を見つめた。すると彼は笑いかけてきた。アリスは大丈夫だ。アリスが死の危機に瀕していたら、彼が笑っているはずがない。

そう分かっただけで、僕はひどく安心した。シモンにとても感謝して、笑みを返した。僕とシモンのやり取りは、傍から見れば普通の学校の人たちのそれと変わらなかったかもしれない。でもそれは違う。このやり取りには、もっと深い特別なものがあるのだ。

アリスは今日のところは面会謝絶だが、病院にこのままいるかどうかエリザベスが聞いてきた。面会謝絶だろうとなんだろうと僕はここにいたいと言った。じゃあ迎えに来て欲しいときはメッセして、とエリザベスは言った。

僕の他に、シモン、マリアンヌ、ケヴィン、ミシェル、ジョルジュが待合室の椅子に座っていた。みんなほとんどの時間スマホを覗き込んでいる。

マリアンヌはこうしている間にスナップチャットのストーリーを三つも上げていた。僕らは茶色の小さいカップに入った味気ないコーヒーを自動販売機で買って飲んだ。僕は砂糖が大量に入ったそのコーヒーを二杯飲んだ。コーヒーを飲んだせいで心臓が破裂しそうなほどドキドキした。構うもんか。今はアリスが怪我をしているという状況だ。心臓の鼓動が速くなるのもこの状況には合っている。

午後三時十分。他の人たちはタバコを吸いに外に出ていった。そして午後三時四十二分に戻ってきた。

僕はお気に入りのソナタを何度も繰り返し聴いた。

午後六時。レイラに事の顛末を教えようと思い、音楽を聴くのをいったんやめた。

午後六時二十五分。レイラから返信。


　ジルベルトは大丈夫なの？　彼女は死にはしないわ。今の病院での状況を聞くに、マシューの事故やシビルの妊娠高血圧腎症のときのような要素は皆無ね。あの病気は、登場人物をうまいことドラマの中で死なせたわよね。ジルベルトは死なないわ。


レイラはわざとアリスのことをまだ「ジルベルト」と呼ぶ。レイラは変わろうとはしない。それについては何も言わないようにした。そして、ありがとうレイラ、とだけ伝えた。

午後六時四十分。レイラはビートルズの『Here《ヒア》 Comes《カムズ》 The《ザ》 Sun《サン》』の演奏動画を送ってくれた。僕はヘッドフォンをスマホから外し、友達にその動画を見せた。すげえ、とか、じいちゃんとばあちゃんがこの曲好きだったわ、と皆、口ぐちに感想を言った。

午後七時二十分。アリスの母親が待合室に来て、アリスが目を覚ましたわ、と言った。けれどもまだ目を開けたり話をしたりすることは禁止されているという。アリスの母親はだぶついたピンクのＴシャツと柔らかいグレーのズボンを着ていた。事故の連絡が来たとき、母親は寝ていたのだな、と予測がついた。彼女の母親は僕に、夫のブルーノ・コローを紹介してくれた。僕はこの父親とスワン氏の大きな違いについて考えないようにしようと固く誓っていた。というのも、彼はスワン氏とは違い過ぎた。スワン氏がスリングに赤ちゃんを入れて抱えているわけがない。それだけで十分、比較をやめる理由になった。アリスの母親マダム・コローは、父親ムッシュ・コローに僕のことを「アリスの友達」と紹介した。『失われた時』でいうところの「親しい人」だ。

アリスの両親の目の下には深いくまがあって、肌はくすんでいたけれど、それは恐怖を感じさせるようなものではなかった。

僕は以前、療育センターから飛び出し、路上の娘に駆け寄る父親を見たことがある。娘が道で車に轢かれたのだ。僕は彼女が車に轢かれる現場は見ていなかったが、他の子どもたちは見ていた。歯が口から吹っ飛んだという。その子の父親は泣き叫んでいた。その顔はゆがんでいた。生まれて初めて見る恐ろしい形相だった。

ムッシュ・コローとマダム・コローの顔はゆがんではいない。ただ、疲れ果てて不安そうだった。彼らの振る舞いはまるでいつもの僕のようで、震えていたが、感謝してもいた。

マダム・コローは赤ん坊を連れてその場から離れた。赤ん坊が目を覚ましたのだ。ムッシュ・コローはアリスの病室に行くためホールのほうに姿を消した。

待合室に長いことといたら、その状況に段々慣れてきた。プラスチック製の青いソファが二台。プラスチック椅子が六脚。額入りのシュノンソーのポスターが二枚。窓からは駐車場が見える。半数は小ぶりなヨーロッパ車で埋まっている。

午後八時五十六分。外は薄暗くなってきた。看護師が待合室にやってきて、二十一時以降の面会は許可できないので、そろそろ帰って欲しいと言ってきた。感じの良い声だ。看護師はまた明日いらっしゃい、でも、面会謝絶が解けているかは分からないけれど、と言った。

僕はメッセでエリザベスに迎えをお願いした。一緒に駐車場で待つよ、とシモンが言ってくれた。

「ありがとう」と僕はお礼を言った。

駐車場で僕は尋ねた。「お父さんに会いたい?」

シモンは僕を見た。その顔に一瞬怒りの表情が見えたが、それはすぐに消えた。

「会いたい。でもその気持ちが嫌だ」

そこで奇妙なことが起きた。エリザベスが青いスマートカーで来るはずが、アスパラ男が現れたのだ。でかくて黒い機材運搬用のヴァンに乗っている。史上最悪のサプライズだ。

僕の内臓が変な方向に引っ張られた。頭の中に、アリスが道の端っこで死んでいる画像がくっきりと浮かんできた。そんなはずはないのに。こんなのは意味不明だ。エリザベスも事故に遭ったのだとしたらどうする？　エリザベスが死んでしまっていたとしたら？　最近やっとアスパラ男が家の周りをウロウロすることに慣れてきた。奴は風景の一部だと思うことにしたのだ。僕らがそこを離れれば見えなくなってしまう風景みたいなものだ。僕は折り合いをつけていた。それでも、僕が一人で奴の隣に座るというのはどう考えても無理だ。エリザベスは一体どこだ？　彼女に何が起きたんだ？

「よぉ、マーティン！」

アスパラ男が窓ごしに僕を呼んだ。気持ち悪いほど親しげな声で。「君の姉さんはアーサーと食事だ。俺が君のお迎えを仰せつかったよ」

僕は硬直した。

"*Ça*《サ》 *va*《ヴァ》*?*"

シモンが尋ねてきた。この場合は「何かまずいことでも？」という意味だろう。

僕は"*Ça*《サ》 *va*《ヴァ》*,*"とは返さず、シモンの耳元でこう呟いた。

"*Non*《ノン》*,* *ça*《サ》 *ne*《ヌ》 *va*《ヴァ》 *pas*《パ》*.*"（ああこれはまずいね）

「母親の彼氏とヴァンに乗るのが嫌なのか」

シモンはアスパラ男に聞こえないように小さな声で言った。アスパラ男はバカみたいに自信満々で、別にじれったそうでも居心地が悪そうでもない。

僕にはまだ実際のところは分からなかったが、シモンはアスパラ男が母さんの彼氏だと理解していた。けれども、シモンはもう察してしまっていた。レイラが言っていた。蛾《モス》たちは活動範囲において、どうでもいいようなことを重視するという。だから、シモンがそんな情報をつかんでいたとしても別におかしくない。アスパラ男は母さんの彼氏。そういうことなのだろう。それを知ったことで、ますます僕は奴のヴァンに一緒に乗りたくなくなった。

僕は車のテールパイプを見つめた。そこから自分の世界に入り込んだ。後になってこのことをどんな風に思い出すのだろうと考えてみた。

どれだけ眺めていたか分からない。シモンが「マーティン、目を覚ませ!」と叫んだ。僕が腕時計に目をやると、午後九時三十一分だ。「一緒に車に乗ってやるよ」とシモンが言った。

この状況はまるで、家じゅうに靴を脱ぎ散らかした客を彼の母親が呼んで、彼のルバーブジャムを全部平らげてしまったかのようだ。僕と同じく、彼もそういうシチュエーションはものすごく嫌なんだ。「いいかマーティン、君は後ろに座れ。俺が奴の隣に座ってやるから」

シモンは不慣れな英語で、「やあ、ジョー。このトラックで僕もマーティンの家に行ってもいいかな」と聞いた。

「いいんじゃやないか。サマンサも君が来たら喜ぶよ」

アスパラ男は言った。

ああ、人に殴りかかることのできる人間になりたい。

家に帰る途中、アスパラ男はシモンにアリスの事故のことや容態などについて聞いていた。僕には聞いてこない。

コテージに着くと、フューシャがキッチンで母さんと赤ワインを飲んでいた。「お友達、大変だったわね」とフューシャは言った。彼女の目は異様に大きく、潤んでいる。

「大丈夫だったの？」彼女の感情表現は強調という意味で適切な表現だ。まるで心配という表現を練習している療育センターの子どもみたいだ。

シモンがアリスについて説明してくれると、フューシャの頭はシモンの話に合わせて動く。景観に合わせてパン（首を振る）していくカメラのようだ。フューシャは下唇をすぼめ、ボトックスに影響がない程度に、額にシワを寄せた。そして三回ため息をついた。

母さんはシモンに夕食を食べていくよう誘った。そして、帰りは誰かに家まで送らせるから、と言った。シモンは喜んで、と返した。母さんは、シュノンソーでの王の葬儀のシーンの撮影は楽しかったか聞いた。最高でした、とシモンは答えた。

夕食は、羊肉、ニンジン、ズッキーニ、かぶ、キャベツ、トマト、ひよこ豆の入ったベルナデッタお手製のクスクスだった。

一口目で「うまい！」とアスパラ男は言った。

僕の身体は硬直した。

隣にいたシモンが、肘で僕のことを突っついてきた。そして小さな声で言った。「何も考えるな。落ち着けよ」。たぶんシモンはこんな推測をしていた。僕の父さんはクスクスが好きで、僕はアスパラ男ではなく父さんがここにいたら良かったのにと思っていると。細かいことは分からなくても、僕が父さんを恋しく思っていることだけは理解してくれているようだ。シモンはいろんなことを察することができる人だ。彼のことは素直にすごいと思う。

6月21日（火）

午後
6時00分

午前九時。僕はシモンからメッセを受け取った。アリスの両親から、今日は見舞いに来ないで欲しいとお願いされたという。彼女の容態が悪化したのではないかと思い、怖くなった僕は、シモンに電話をかけた。大丈夫だよ、回復に向かっているよ、とシモンは言ってくれた。でも脳震盪を起こしていたので、アリスの両親は余計な刺激を与えたくないと思っているとのことだった。アリスの両親は、僕らが学校を休んだのに何もできないことにも申し訳なさを感じているらしい。明日見舞いに来てくれると嬉しいとのことだ。

僕はレイラにメッセで最新の状況を伝えた。

するとレイラは新しい YouTube チャンネルへのリンクを送ってきた。僕はそこにあった【マーティンへ】という文字列をクリックした。

画面にピアノを弾くレイラの手のアップが映し出された。その指は、ほんの数秒鍵盤の上で静止していた。震えている、と思ったら、あっという間に奏ではじめた。僕はその曲が何かすぐ分かった。

レイラはこっそり僕のお気に入りのソナタのサビの部分を練習していたのだ。キーボードでヴァイオリンパートを演奏していた。この曲のメロディだ。奇跡だ。

初め、僕はこの動画を部屋で何度も繰り返し再生し、彼女のきゃしゃな手首と大ぶりな手を見つめていた。そして一時間後、スマホをサンザシの生垣のところに持っていき、そこで立ったまま曲を聞いた。レイラのこと、アリスのこと、そして世の中に評価してもらえなかったソナタの作曲家、ヴァントゥイユのことを考えながら。スワン氏はヴァントゥイユと個人的に知り合いだったが、この曲と結びつけて彼を見ることは決してなかった。ヴァントゥイユはあまりにも平凡な雰囲気だったので、こんな傑作を生み出す人間には思われなかったのだ。

今、いろんなものが交錯している。遠いロサンゼルスにいるレイラが、『失われた時』を読んで、物語に出てくる曲を練習してくれていた。おかげで僕はフランスのサンザシのそばでこの曲を聞くことができている。このサンザシの生垣は、いつか僕がジルベルトの視線を感じた場所だ（ジルベルトではなくアリスだが）。僕の生活のあらゆる要素がひとつに収斂《しゅうれん》しているのだ。僕の頭は大混乱になるはずだが、そうでもない。これは僕にとって『失われた時』でいうところのマドレーヌなのだ。

父さんは、カテゴリーというのは僕らが思っているほど絶対的なものではないと言う。父さんが僕に一番望んでいたのは、物事を決めつけない人間になることだった。

僕のコレクションの中に、ピーテル・デ・ホーホ（Pieter de Hooch）が一六七〇年から描き始めたフランドル絵画のポストカードがある。ゆりかごの傍らに座っている女性が描かれた絵だ。後ろのドアが開いていて、開いたドアの向こう側に長く白いエプロンを着けた幼女が立っている。父さんが僕にこのポストカードをくれたのは、『失われた時』の中でスワン氏がヴァントゥイユのソナタを聞いているときの様子が、こう描写されていたからだ。「半開きのドアという狭い框《かまち》が奥行を生み出しているピーテル・デ・ホーホの描く絵画のように、はるか遠くから、まるで違う色彩をまとい、差し込む光のビロードのような光沢に包まれて、小楽節が踊らんばかりに、牧歌的に、挿入された逸話のように、他の世界のものであるかのように思えてくる」

このポストカードを見つけると、裏返して白い面を出した。僕はこう書いた。

父さんへ

僕は父さんに会いたいよ。父さんがそばにいてくれれば、事故にあった知り合いの女の子の話ができたのに。最初、彼女の名前はジルベルト・スワンだと思っていた。でも、本当の名前はアリス・コローだ。僕が「物事を文字通りに捉え過ぎる」ことがないように、父さんが僕をあきらめずに導いてくれていなかったら、大変なことになっていたと思う。父さん、僕を教えるのに必死になったことで、いろいろ頭が混乱してないといいけど。僕はいつも父さんのことを想っているよ。だって、僕が今幸せなのは父さんのおかげだもの。

マーティンより

ポストカードの両面をそれぞれスマホで撮影して、刑務所にいる父さんにメールで送った。刑務所の図書館でメールチェックができる日に、読んでくれるはずだ。

父さんが刑務所にいるのは僕のせいだ。

父さんは、僕が厳密に物事をカテゴリー分けし過ぎることを心配していた。だから、僕に物語と現実世界の違いを教えてくれようとした。「現実世界のニュアンスを理解する」ためには、「物語の世界に没頭すること」だと父さんは教えてくれた。どちらか一方だけの世界というのは存在し得ないのだと。「物語と現実世界は、互いに補完し合っているのだよ」と。

最初の頃、物語と現実世界は白と黒のような対照的な世界なのだと父さんは言った。しかし、話をしていく中で、父さんは両者の間にそんなに大きな差異はないような気がして混乱してしまったのだ。父さんは僕が「物事を文字通りに捉え過ぎる」ことがないように、もう少し「融通がきく」人間になって欲しいと思っていた。彼の投資事業の現実的な部分と想像の部分とが混乱するようになってしまったのは、僕に良くなって欲しいと思うプレッシャーがあまりにも強かったからなのだ。

文字通りの言葉と技巧的表現でも同じことが言える。文字通りの言葉は言いたいことをストレートに表し、技巧的表現は比較やメタファーを使うと父さんは教えてくれた。普通の人は、説明することはできなくても、この二つの違いを本能的に理解している。でも僕は『失われた時』の例をたくさん挙げてもらって、そこから学ばなければ理解できなかった。例えばマルセルがサンザシの林の前でその香りをかぎながら、「目に見えないながら執拗にまつわりつくその匂いを、思考はどう把握して良いか分からず、ある種の音楽の音程《インターヴァル》を連想させる間隔《インターヴァル》を置いたうえで、若々しい陽気さを発揮して、ここかしこに花々の香りを投げつけてくる（サンザシの）リズムに自分を一体化しようとする」と言ったシーンなど。父さんと僕はサンザシの花と音楽の音階について書かれた長い文を一緒に読んだ。何度も何度も、数え切れないほど読んだ。そして父さんは、花は音楽のメタファーであり、音楽は花のメタファーなのだ、と分かったのだという。僕にはよく理解できなかった。けれどもし僕が、技巧的表現と文字通りの言葉の間に結局違いなどないと言ったら、父さんが喜ぶだろうことは理解できた。それが分かれば、僕は融通がきくようになったということだからだ。父さんががんばってくれたのが分かっていたので、僕は父さんの言ったことに同意しておいた。

型と中身についても同じように学んだ。父さんと一緒にクオータークオーツを焼くと（母さんはそのたびに怒りが抑えられないようだったが）、父さんはフライパンからとても丁寧にケーキを外していく。その形は完璧だった。料理家のジュリア・チャイルドは「料理は見せ方で九割が決まる」と言っていた。物というのは、それそのものと同じぐらい、見せ方が大事で、むしろ、「見せ方」が全てだったりするのだ。父さんは、ケーキを作るには型と中身の両方が必要で、それを組み合わせるのだと教えてくれた。小麦粉、バター、卵、砂糖を混ぜ合わせるのと同じだ。そしてその材料をオーブンに入れて変化させ、新しい物体を作るのだ。「僕たちは型と中身を組み合わせて、美味しく焼けたケーキにしてしまうんだよ」と父さんは言ったものだ。

実体とイメージには違いがない、という考え方では僕は混乱した。これは父さんにとっても難しい命題だった。父さんはどうすればお金をメタファーにせずにいられるのかが分からなくなってしまった。多くの人にとって、お金はすごくすごく現実的なものなのに。

父さんはクライアントからお金を盗むつもりなどなかった。後でちゃんと返そうと思っていたのだ。けれど、そのお金が手元からなくなってしまったとき、父さんはそれをクライアントに正直に言わなかった。そして、利益分を戻して欲しいと言われて、父さんは別のクライアントからのお金を充てた。八年もの間、父さんは上司のフランクにそのことを隠していた。フランクは父さんの大学時代からの友人だ。フランクは、父さんが僕の面倒を見ることができるよう在宅勤務を許可してくれた人だ。父さんの見通しがうまくいけば、クライアントにきちんとお金を返して、フランクの小さな会社（ブティック型投資銀行と言われている）にも利益を還元できるはずだったという。けれど父さんが逮捕されて、フランクの会社は倒産した。

母さんは父さんに怒鳴り散らした。「あなたは現実が見えなくなってたんじゃないの？」

家族はみんなキッチンにいた。その日、父さんはケーキを作るか聞いてこなかった。上司のフランクは「正確な事の成り行き」だけを伝えるために訪ねてきた。父さんがなくしたお金についてずっとフランクに隠していたため、もうどうにかできる段階を過ぎてしまったということ。父さんはフランクに頭を下げた。こんなことをするつもりはなかったんだ、ただもういろんなことがこんがらがってしまって……、と父さんは言った。フランクは涙を流しながら去っていった。

父さんは、フランクは「楽観的な態度だった」と母さんに言った。もがきながらがんばっていれば、打つ手がないなどとは思っていないはずだと。父さんは僕に対してもいつもそういう態度でいてくれる。

母さんは、現実が見えてないわ、もういいかげんにしてちょうだい、と繰り返した。

エリザベスも父さんにつめよった。

「私たち、お金が必要だって言った？　違うわよね。なぜそんなめちゃくちゃなことをしたの！　マーティンにお金が必要だとか何とかで盗んだの？　父さん、おかしくなっていたんじゃないの？」

父さんは肩をすくめて床に視線を落とした。

「父さんは悪くないよ。父さんは善人だ。僕のような子ども《キッズ・ライク・ミー》のケアに時間とお金を使い過ぎて、現実が分からなくなってしまったんだ。父さんは僕の融通のきかなさをゆるめてくれようとしてくれた。おかげで、僕は現実世界にうまく対処できるようになった。でもその分、父さんは自分の現実感覚を失ってしまったんだ。このことを理解できるのは、僕の他にはレイラだけだ。レイラは何百時間もの間、スクリーンの中の不合理な考え方に固執する登場人物を疑似体験している。だから僕の言っていることを分かってくれる。

裁判は三カ月も続いた。そして父さんは五年の実刑となった。父さんが釈放されるとき、僕は二十歳になっている。僕はまだ父さんの面会に行っていない。アメリカの家に戻ったら、エリザベスが連れていってくれると約束している。刑務所は車で北に四時間ほど行ったところにある。

最後に二人きりになったとき、僕と父さんは一緒に朝食をとった。そして、午前中ずっとプルーストの話をした。父さんがその日の午後刑務所に行ってしまうことよりも、プルーストの話のほうがずっと現実的に思えた。一緒によく読んだ箇所のおさらいをした。おかげでリラックスできた。トーストしたバゲットにバターとルバーブジャム。いつもと変わらない朝食のメニューだった。

6月22日（水）

午後
5時10分

今朝、病院の面会が許可された。エリザベスがまた病院まで送ってくれた。家を午前九時に出発。母さんはとっくに出かけてしまっている。撮影も遂に最終週で、母さんはずっと忙殺されている。

僕はエリザベスに途中のブーランジェリーに寄って欲しいとお願いした。面会が可能なら、アリスにマドレーヌを一袋持っていってあげたかった。僕はアリスにマドレーヌを持っていくことで頭がいっぱいで、カウンターにいるのがいつものピンクのエプロンの女性ではなく、男性のパン職人だったことを気にする余裕もなかった。知らない人間に話しかけようとすると普段なら吐き気がしてしまうのに、僕は躊躇なくドアを開け、カウンターへ向かった。

ここに来た頃の僕は、アリスのことを既に知っていて、だからアリスが僕の夢想の中に存在していたのだと思い込んでいた。けれど僕は、自分の世界の外側にいる誰かに恋をすることのできる人間なのだと分かった。

僕はカウンターで、マドレーヌを六つ注文した。ほとんどの物事はたやすいように思えた。

『失われた時』が僕に何かを教えてくれたとしたら、それは恋は苦しみだということだ。パン職人が“*Vous*《ヴ》 *désirez*《デズィレ》 *autre*《オートゥル》 *chose?*《ショーズ》”と聞いてきた。「他にご注文は?」という意味だ。僕はこのとき突然言葉を失ってしまった。

“*Vous*《ヴ》 *désirez*《デズィレ》 *autre*《オートゥル》 *chose?*《ショーズ》”僕はオウム返しをした。そしてその言葉がループしはじめた。

“*Vous*《ヴ》 *désirez*《デズィレ》 *autre*《オートゥル》 *chose?*《ショーズ》”“*Vous*《ヴ》 *désirez*《デズィレ》 *autre*《オートゥル》 *chose?*《ショーズ》”“*Vous*《ヴ》 *désirez*《デズィレ》 *autre*《オートゥル》 *chose?*《ショーズ》”

パン職人が途中で割り込んだ。

“*Ça*《サ》 *va?*《ヴァ》”

僕はこの平坦なイントネーションの“*Ça*《サ》 *va?*《ヴァ》”に返事をせず、ひたすら彼の言葉を繰り返し続けた。“*Ça*《サ》 *va?*《ヴァ》”“*Ça*《サ》 *va?*《ヴァ》”“*Vous*《ヴ》 *désirez*《デズィレ》 *autre*《オートゥル》 *chose?*《ショーズ》”

しばらくして、やっと僕は黙った。そして お金を支払った。“Merci《メルシ》!”と礼を言うこともできた。

“Merci《メルシ》!”

彼も笑いながら返してきた。

マドレーヌはまだ温かい。

車でエリザベスにこんな話をした。僕が周りの人の言葉をオウム返ししていても、そんなに嫌そうな態度を取らないように、と父さんが母さんをたしなめていたこと。そのとき僕は十二歳だった。確かに僕は母さんの性格の激しさにひどく怯えていて、父さんは母さんにそれを注意してくれていたのだ。

「エコラリア（訳注　他者の言葉を繰り返すこと。自閉症スペクトラム障害の子どもによく見られる特徴だと言われる）はモラルに反することではないだろう」

母さんはため息をついて言った。

「そうね。モラルの問題ではないのに、私はそう扱ってしまっているわね」

母さんが自分の間違いを認めた。滅多にないことだ。

「私、自分の息子のことが怖くなっちゃうのよ。恐怖を感じると、頭が回らなくなっちゃうものでしょ」

「大丈夫。君の気持ちは分かってるから」父さんは言った。

僕のこの昔話を聞き終わると、エリザベスは言った。

「マーティン、私も父さんに会いたいわよ」

午前十時六分、車は病院に到着した。ここからは自分で行けるから大丈夫、とエリザベスに言った。

待合室にはムッシュ・コローもマダム・コローもいない。蛾《モス》たちはみんな学校で、来るのは夕方になるだろう。これはチャンスだ。僕は看護師にアリスは面会できるか聞いた。マドレーヌの入った袋を抱きかかえていた。不審者と思われないように、ナースシューズから目線を上げて看護師の顔を見た。かなりつらかったが、がんばった甲斐があった。

マドレーヌからバターと甘い、いい匂いがしてくる。看護師は手元のマドレーヌの袋を見た。そして笑って言った。*"Ça sent bon,"*《サ ソン ボン》（いい匂いね）そして、ついてくるように言った。

看護師はアリスの病室のドアを開けた。中はかなり薄暗い。アリスはベッドで上体を起こしていた。目にはアイマスクを装着している。ドアが開く音を聞いて、顔を向けてきた。

"Maman?"《ママン》（母さんなの?）

不安そうな声だ。何も見えないのは不安に違いない。

「違うよ。僕だよ。マーティンだ」

アリスが僕の声を認識しているかどうか、看護師は観察していた。彼女の友達を装った不審者という可能性もあるからだ。すると、アリスは輝くような笑顔を向けた。アイマスクの下に隠れた目は、きっとキラキラしていたに違いない。

「来てくれるなんて」

「来るに決まっているじゃないか」

「もしかしたらって思ってたけど……」彼女の言葉は続かなかった。

僕は彼女に触れてもいいものか分からなかった。

彼女は両手を伸ばして、空中を掻く仕草をして僕を探した。僕は彼女の両手を取り、マドレーヌの入った紙袋を握らせた。彼女の手は以前にも増して柔らかかった。まるで手も彼女と一緒に休息を取っていたかのようだ。

「マドレーヌ、持ってきたんだよ」

“Merci《メルシ》,”

そう言うと、彼女はしばらく黙り込んだ。

「何も言わずにシモンのパーティーを抜けてごめんね。あなたを探したけど、見つからなかったの。すぐに戻ってくるつもりだったのよ。ショックだったでしょう？　いろいろ考えてしまったわよね。でも私はあなたを裏切ったりする人間じゃないわ」

「ちゃんと分かっているよ。君は何も悪いことはしていない。ショックなんか受けていないよ」

アリスが眉をひそめたのを見て、僕はこう言った。

「というか、みんなの前で吐いてしまってごめん」

「そんなこと……ちっとも構わないわ」

このあと、僕らはお互い何を言おうか考え込んでしまった。そばに看護師が立って聞いていたから。しばらくして僕は口を開いた。

「頭は痛む？」

「少しね。だいぶマシになったけど。アイマスクを取りたいわ。でも脳震盪を起こしたから、向こう二日はつけておかなきゃいけないの。アイマスクが取れたら、もう大丈夫よ。肋骨が折れているから胸がまだ痛いけど、それもじき治ると思う」

「僕らの大好きな曲、聴きたい？」

「もちろん！」彼女は笑った。

僕は彼女のベッドの端に腰かけて、イヤホンの片方を彼女の右耳に、もう片方を僕の左耳に入れた。

僕らはいつものソナタを聞いた。まるで家に帰ってきたような気持ちになった。

突然話しかけられるまで、そこにいた看護師の存在をすっかり忘れていた。

「ごめんなさいね、アリスは休養を取らなければいけないの。今はここまでにして、また今度にしてくれるかな」

「私、休んでいるわ！」アリスが言った。

「マーティンを帰らせないで。毎日一人でここにいると退屈なのよ」

彼女はイヤホン伝いに聞こえる曲に合わせて声を出している。

看護師は聞く耳を持たなかった。「また今度にしてちょうだい」と譲らない。

アリスはちょっとした作戦を考えついたようだった。

「待って！　まだ持ってきてくれたマドレーヌを食べていないのよ。マーティン、マドレーヌいらない？」彼女はマドレーヌの入った袋を上に掲げて、僕を探すようにその袋を動かした。

「マーティン、マドレーヌいらない？　僕はマドレーヌが食べたいよ、アリス」

僕はそう言って袋を受け取った。

看護師にも一つどうぞ、と差し出した。いりません、と看護師は言った。でもとりあえず僕はもう何分かはこの病室にいることができることになった。

僕はマドレーヌをアリスの手のひらに置いて、彼女の指がそっとそれをつかむのを眺めていた。彼女は手のひらで数秒間マドレーヌを包み、点字を読むように指でなぞった。そして口に入れた。

僕もマドレーヌを口に入れた。

二つ目のマドレーヌは手のひらではなく、彼女の口のほうに近づけて唇をなぞった。彼女は笑って、それを食べた。そのとき僕の指の端っこが彼女の口に入った。ジワジワした感覚が僕の指に走った。

「おいし」

アリスが言った。僕はもうこれ以上食べないことにした。あとは全部彼女にあげよう。

僕はアイマスクの下にある彼女の頬っぺたをなぞった。そして指を何本かなめさせてあげた。僕の指は変な感覚で脈打っていた。まるで何かが芽吹いてきそうな感覚だ。

部屋から出るよう看護師が再び言った。

午前十時五十分、アリスの両親がベビーカーに乗った赤ちゃんを連れて待合室にやってきた。アリスの母親はあの柔らかい寝間着を着ていなかった。今日はダークグリーンの長ズボンに庭土のついたワークブーツを履いている。ワークブーツについた庭土を見ていたら、ブーローニュの森でオデットを尾行するマルセルのことを思い出してしまった。そのときオデットは周りの皆から後ろ指を差されていた。僕はかつてマダム・コローが剪定《せんてい》した通路を歩くことを夢見ていた。でも今や、マダム・コローは僕の目の前にいて挨拶をしている。さらに、僕がアリスを元気づけていることが分かるのか、「明日も来てね」と言ってくれたではないか。なんだかまるで、太陽と友達になれたような感じだ。

それから二時間、座って『失われた時』を読みながら音楽を聴いていた。

「僕はスワン氏よりもマルセルになるのが理想かも」

僕はスマートカーで迎えに来たエリザベスに言った。時間は午後一時五分だった。

「え？　どういうこと？」

エリザベスは曲がりくねった道に注意を払いながら運転していた。声もどこか上の空だった。

「自閉症という面から考えると、マルセルとスワン氏はだいぶ違うんだよ。スワン氏は〝参照〟（訳注　関連づけた情報を用いて記憶を整理すること）以上のことができない。世界をそれ以上に広げられない。だからいつも失望している。でも、マルセルは〝参照〟することで想像を広げているんだ。マルセルにとっては名前や場所は想像力を掻き立てるための材料なんだよ。だから、マルセルは〝参照〟しかできないわけじゃないんだ。想像の力を使って、彼はどこへでも行けてしまう。ここが二人の違いだ。アリスの生活は僕に想像力を与えてくれるんだ」

「素敵じゃない、マーティン！」

エリザベスの言葉に皮肉は感じられなかった。とはいえ、彼女は心ここにあらずな感じがした。僕は話すのをやめた。でも黙ったからといって不愉快なわけではなかった。

午後 11時45分

ベルナデッタと僕はラタトゥイユを作った。まず、トマトを玉ねぎと一緒に水気がなくなるまで炒めるよう彼女は言った。僕は今までトマトを最後に加えていた。だから僕の作るラタトゥイユは水っぽかったのだと分かった。ベルナデッタのラタトゥイユは最高だ。ただ、野菜を小さく刻み過ぎるところだけ不満だ。彼女は肉切り包丁を使って全部みじん切りにしてしまう。僕は具が大きいほうが好きだ。

僕とベルナデッタ以外にも、エリザベス、アーサー、そして母さんもこのラタトゥイユを食べた。アスパラ男が入っていない、貴重なメンバーリストだ。エリザベスとアーサーは午後八時に僕と食事をし、食べ終わった後、二人で映画に出かけた。母さんが帰ってきたのは午後九時二十分だった。運転席と助手席、両方のドアが開くかと思ったが、運転席側のドアしか開かなかった。ホッとした。もう随分長いこと母さんと二人だけで話をしていなかったからだ。

母さんは、黄色と白のストライプのテーブルクロスをかけたキッチンの小さなテーブルの椅子に腰を下ろした。朝食のコーヒー用の、象耳風の取手つきの緑色のカップに二杯、ラタトゥイユを食べた。

「猛烈に忙しかった日の終わりは、こうしていたいのよね」母さんはそう言って僕に笑いかけた。顔をくしゃくしゃにさせるその笑い方は、ピリピリした感じではなかった。「あなたがいつも作るラタトゥイユと違うわね。味も沁みているし、風味も豊かだわ。良くできたじゃない」

「ベルナデッタのやり方で作ったんだ。今日教えてくれた。まず最初にトマトを炒めるんだ。今までは最後に加えてた」

「いつものやり方と違っていても抵抗はないの？」

「大丈夫。こっちのほうがいい」

「素晴らしいじゃない！　ベルナデッタと協力して料理をするなんて！　絆を深めてるのね！」

「まあそうなるね」

僕は付け加えた。

「ベルナデッタは素晴らしい料理人だよ」

「マーティン！　あなたすごく成長したわね！」

母さんは拍手をした。

「母さんは僕が普通に近づいたって言いたいの？」

僕の質問に母さんの表情は変わった。笑顔に頬骨が浮き出てきた。不安な気持ちに対処しようとしているのだ。彼女は僕のほうに寄ってきて、僕の手を握りしめた。母さんの手は柔らかい紙のようで湿り気がない。

「誤解よ、マーティン。そんな風に捉えないで。あなたに普通になって欲しいんじゃないの。あなたに楽しい気持ちでいて欲しいの。最近すごく楽しそうでしょう。母さんが嬉しかったのはそのことよ。新しいレシピでラタトゥイユを作ったのね。ベルナデッタを信頼できて、彼女に教わったのよね。学校では新しい友達ができたでしょう。それが素晴らしいと言っているの。前よりも楽しいと思わない？　アリスのような友達がいて、楽しいでしょう？」

「楽しいかどうかはよく分からないな」

そして僕はこんな言葉を思いついた。

「アリスのそばにいると、失うものの大きさを思い知らされる」

「父さんみたいなこと言うのね……」母さんの嫌味は耳を素通りした。母さんはまたいつもの笑顔に戻った。

「父さんと同じようなことを言っているって？　それは悪いこと？　それとも良いことなの？」

「最近のあなたのことを客観的に話しただけで、善悪を判断しているんじゃないのよ。細かいことをガタガタ言う人間にはならないようにしてるの」

「僕のせいで父さんは間違いを犯したんだ」

「どういうこと？」

「僕と長い時間を過ごしたから、父さんは現実が見えなくなってしまった」

母さんの目から涙が溢れだした。それぞれの目から涙の筋が一本ずつ。ゆっくりと頬を伝っていく。

「あの人が、あなたにそういう風に思わせてしまっていた？」

僕はしばしの間考え込んだが、首を横に振った。

「もちろんそんなことないわよね」

母さんは言った。

「父さんはあなたとの時間を本当に大事にしていたもの」

「でも父さんが償わなくてはならないのは僕のせいだろう。そんなのあんまりだよ」

「あなたはまだ子どもだから分からないの。何もかも自分のせいみたいに思えるかもしれないけど、父さんの犯した罪はあなたとは関係ないのよ。今度彼に聞いてみなさい。教えてくれるわ」

「本当なの？　母さん」

「彼は財務がよく分かっていなかったの。でもあなたのことはよく分かっていたわ」

正直、母さんの考えは追えなかった。けれども、その声色から、僕は自分が悪くないということについて自信を持つことはできた。

「このこと、レイラと話し合ってみる」と僕は言った。僕の父さんへの想いを一番理解してくれているのはレイラだからだ。

また母さんの目から涙が一筋ずつ零《こぼ》れ落ちた。

「レイラはあなたのことが大好きなのよ。彼女は自分のいないところであなたが変わっていってしまうのが怖いの。レイラがそう思ってしまうのはごく自然なことだわ。でもあなたは彼女の夢想の中にはもう戻れないわ」

母さんは顔を自分の手の中にうずめた。「ああ神様……。私ひどいことを言っているわね！」

「僕が生きているのはレイラの夢想の中だけじゃない。いろんな人の夢想の中にいる」

「いろんな人の夢想？」

「ああ、いろんな人の夢想の中や外に僕は生きている。一カ所の夢想にとどまっていなければいけないなんて誰が決めた？　みんな夢想しながら生きているんだから」

「みんな夢想の中で生きている？　そう言った？」

「そうだよ！　父さんも。僕も。母さんもね！」

僕は話しながらワクワクしてきた。

「誰だって夢想の中にも外にも同時に存在することができる。だから僕がレイラを切り捨ててしまう必要なんてないんだ。別の人間に生まれ変わる必要もない。成長するということは別の人間になるということじゃないんだよ」

「そうね。私は今のあなたが大好きよ」

僕は思わず母さんを抱きしめた。母さんはむせび泣いている。

「母さん、僕ね、あのね……」

「もう大丈夫って言いたいのね」

「そうだよ」

母さんを抱きしめながら僕は言った。

6月24日（金）

午後10時15分

推論とは、「読書や生活の中で得たエビデンスやヒントに基づいて形作る意見やアイデア」のことだと父さんが教えてくれた。

僕はアリスに、レイラが療育センターのピアノで弾いたソナタを聞いて欲しがっていることを伝えた。これは推論と嘘のはざまの発言だった。レイラはアリスに向けてピアノを演奏するとは一言も言っていない。でも、僕はそうであって欲しいと願ってしまう。

今日午後四時三十分にアリスはアイマスクを外す予定だったので、僕はスマホでレイラの手の動画を見せてお祝いすることにした。それから、みんなで食べられるよう、マドレーヌがたくさん入った袋も病室に持って行った。午後五時三十分、全員がアリスの病室に入室を許可された。ベッドの周りを大勢で取り囲み、みんなでオランジーナを飲みながらマドレーヌを頬張った。僕はアリスに言った。

「僕のロサンゼルスの友人のレイラっているでしょう。僕の靴に蛾《モス》の絵を描いた子。彼女が僕らにお祝いを送ってくれたよ」

僕はスマホの画面を彼女に向けた。シモンや他の友達も見ていた。アプレイボタンを押して数秒待つと、キーボードの上に置かれたレイラの手が映った。アリスの目は大きく見開かれた。アイマスクをしていなかった頃の彼女の目と変わっていないか、僕はじっと見て確かめた。ああ、同じ目だ。彼女の目だ。あのソフトブラウンのアリスの目。なんて美しいのだろう。

他の人たちは僕とアリスほどは熱心に動画を見ていなかった。セザール・フランクのソナタなど、この人たちにはどうでもいいのだろう。彼らはこの曲を知らないのだから。これはアリスと僕だけの曲。もちろんレイラの曲でもある。レイラがいなかったら、僕はこうしてアリスと一緒にいることはできなかっただろう。こんな風に自信を持って付き合うことはできなかっただろう。

演奏が終わると、カリフォルニアに帰るのは楽しみかとシモンが聞いてきた。カリフォルニアの生活や、友達や、ハリウッドの喧噪が恋しいだろう、と。

僕が答えようとすると、アリスが話を遮った。

「いつ発つの?」

「三日以内には」

みんなが一斉に僕を見た。僕は通常物事のスケジュールがはっきりしている。けれど、フランスを発つ日程については何も話をしていなかった。恐らく、僕自身も考えないようにしていたのだ。

「えー。何で言ってくれなかったんだよ。ロサンゼルスに帰ったら、この退屈な街のことなんて現実味がなくなるだろうなあ」

シモンが言った。

「何言っているんだよ。僕には全部大切な思い出だよ」

僕は言った。

そこにいた全員が笑った。そして、歳を取ってお互いが分からなくなってしまわないうちに、フランスに戻ってくるよう約束させられた。高校を卒業する前に絶対一度来いよ、と言いながら、どうせ来ないだろうなあとみんなは言うのだった。

みんな、ふざけているわけではない。この瞬間は永遠には続かないのだ。誰もがそのことを分かっている。

午後六時になると、看護師が退室するよう言いにきた。アリスは明日の朝退院する予定だ。そして月曜日にまた学校に来るはずだ。僕も月曜日は学校に行こう。そしてその次の朝、パリ行きの列車に母さんとエリザベスと一緒に乗り、パリからロサンゼルスへと飛び立つ。

病院から帰る途中、レイラのメッセを受け取った。

ロサンゼルスに戻ってきたら、うちに来て一緒にシーズン五を見ない？　来週の金曜日の予定はどんな感じかしら。療育センターのサマーセッションは七月四日から始まるわ。あなたも参加するのよね？

療育センターでは一年中授業をやっている。休みで後戻りしないようにだ。僕は返信した。

サマーセッションには出られるよ。シーズン五も一緒に見るの、楽しみだ。誘ってくれてありがとう。

本当はレイラにどうしても言いたいことがあった。アリスのことでやきもきさせてしまって申し訳なかったということ。それからレイラのソナタの演奏にはすごく助けられたこと。そして、僕らの脳が共通していてよかったということ。でも僕はそれを口に出す必要はないと感じた。ロサンゼルスに戻ったら、茶色のカウチにいる彼女の隣に座ろう。ただそれだけでいいのだ。

6月25日（土）

午後7時00分

父さんからメールの返信が来た。

マーティンへ

ポストカードの写真を送ってくれてありがとう。音楽の旋律が記憶を運ぶ、という『失われた時』の一節が父さんは大好きだよ。連絡をくれて嬉しいよ。返事に数日かかってしまって悪かった。知っての通り、ここではコンピュータをそんなにしょっちゅう使えるわけじゃないんだ。週に二回、各三十分きっかりだ。父さんはアリス・コローさんのことを聞いてすごく嬉しかった。彼女の具合はどうだい。時間と気持ちに余裕があるなら、彼女のことをもっと詳しく教えておくれ。『失われた時』発祥の地で『失われた時』で学んだことを最大限活用できているようだね。

母さんと離婚することになったということは聞いたかな。君とエリザベスの資産を守ってあげるためというのが理由の一つだ。父さんはいろんな人に訴訟を起こされていて、離婚して財産を分割しておいたほうがいいということになった。そうすれば、母さんのお金が取られることはない。君とエリザベスのために使ってもらえる。母さんはもう踏ん切りがついたようだ。それからもう一つ。マーティン、君は何も悪くないんだよ。君のせいで父さんがおかしくなってしまったというようなことを言っていたけれど、それは違う。父さんがおかしくなったのは父さん自身に原因がある。でもこれからは、もうみんな幸せになるよ。父さんのおかげで君が楽しく生きていられると言ってくれたね。今こそそれが役に立つときだ。

父さんが釈放される頃には、君はプロのパン職人になっているだろうね。そのときには、昔を思い出して一緒にクオータークオーツを焼こう。次は片づけもちゃんとやるよ。

愛を込めて　父さんより

幼少期の僕は、何か嫌なことを聞くと逆のことを言ったりしていた。例えばエリザベスが怪我をしてしまったら、「エリザベスは怪我をしていない。エリザベスは無事だ」と言った。あるいは、雨が降っているから公園には行けないと母さんが言ったら、「雨は降っていない。公園に行くことができる」と言った。父さんが「新聞に嫌なニュースが載っていてつらい」と言うのを聞いたら、「父さんはつらくない！　父さんは楽しい！」と大声で言った。

セラピストたちはこの逆さま言葉について、僕のオリジナルの言葉ではないが、「何か大事なこと」を意味しているのではないか、と言った。

セラピストたちには結局、物事は僕のしたいようにコントロールすることはできないということを教えられた。もう僕は赤ん坊ではないから、物事を思い通りにできると考えるのはふさわしくない、と。僕が逆さま言葉をやめることができたのは十歳半になってからだった。でも今でも現実の見通しが崩されたりすると、とてもつらい思いをする。僕は嫌なことを徹底的に見ないようにしている。アスパラ男の存在や、父さんと母さんの離婚もそうだ。母さんは離婚について四度も僕に伝えようとしてきた。離婚に反対したわけじゃない。でも了解したわけでもない。そしてそのことついて、僕は誰にも話さなかった。

今日の今日まで誰にも。

僕はアリスに会いに行った。アリスは庭に置かれた白いプラスチック椅子に腰かけていた。彼女の家の庭はシモンの家の庭と同じぐらいの広さで、どちらも似たような四角形の形をしている。アリスは短く切ったズボンにストライプのTシャツを着て、サングラスをかけている。頭に包帯を巻いている以外は、以前と変わらない。アリスは濃いグリーンのミントシロップを入れたスパークリングウォーターを大きめのグラスで飲んでいる。僕にも注いでくれようとしたが、いらないと断った。僕はミントが苦手なのだ。彼女はもうだいぶ体調はいいと言った。そして僕が元気か聞いてきた。

僕は両親が離婚すること、それから刑務所にいる父さんの話をした。

アリスは、残念ね、と言った。でもショックを受けている感じではなかった。おかげで僕は平常心になれた。彼女はこんなことを聞いてきた。

「あなたの脳の働きって独特でしょ。だからお父さんが逮捕されたことや、ご両親が離婚することを受け入れるのは他の人よりも大変なのかしら？」

「そうだね。そういう一面もある。僕は他の人と同じようには物事を理解していないんだ。

厳密には他の人とは同じ世界には住んでいないということなのかもね」

「うーん。えっと。一つ言わせて」

　アリスは目を細めながら言った。その様子がジルベルトを想起させた。もちろんアリスがジルベルトではないことを僕はもう理解している。ジルベルトは唇の上の産毛に緑の泡をつけて、緑色のスパークリングウォーターを飲んだりはしない。「私たちと違う世界に住んでいるっていうのは、プルーストの本から世界を学んでいるところとか、感じ方の違いとか、そういうところかな。そういう風に言われると、あなたのような世界に住む必要のない私たちが、すごく恵まれているみたいに聞こえるんだけど。あなたは自分の世界に閉じ込められていて、私たちは自由の身、みたいな。分かっていないみたいだけど、あなたは裕福で、アメリカに住んでいて、有名な人と普通に付き合えて、それってすごくラッキーなのよ。この土地を出ていった後は、あなたには数え切れないほど刺激的な毎日が待っているわ。自分の世界に閉じ込められているのはむしろ私たちなの。あなたじゃない」

「ごめん」

　彼女の言っていることを理解する前に僕は謝ってしまった。誰かの気分を害してしまったときは謝るのが適切だからだ。たとえその理由が判明しなくとも。あ、でもちょっと分かったかもしれない。

「僕らには共通点があるって言いたいんだよね?」

「違うわ。逆よ。共通点がないって言ってるのよ」

「いや、共通点があるよ。相手の方がラッキーだと思っているところだ」

僕らはそれから十分ほど話し続けたが、どこにも行きつかなかった。彼女はひたすら、僕のロサンゼルスの生活はとても華やかで、そのうち彼女のことを忘れてしまうだろうと言い続けた。そして僕はそれを否定し続けた。僕らの議論はまるでゲームのようだった。彼女は大笑いしながら、彼女の思い描いている、ジャクジーバスの中で映画スターと一緒にシャンパンを飲んでいる僕の「ハリウッドライフ」について話した。あまりにばかばかしくて、彼女はすっかり肩の力が抜けてしまったようだ。おかげで僕も肩の力が抜けた。そして僕らは手を繋いだ。

僕は彼女とキスがしたかった。けれども、マダム・コローが家の中から出てきた。夕食の時間なのでアリスを呼びにきたのだ。ドアの向こうから美味しそうなステーキの匂いが漂ってくる。それを嗅いだら、僕もお腹が空いてきた。一緒に食事をしたかったが、マダム・コローは夕飯に誘ってはくれなかった。仕方なく僕はアリスと別れて、コテージへ帰る曲がりくねった道を長いこと歩いた。歩いているうちに日も沈んでいった。

帰り道、レイラにメッセを送った。

僕らはいろんな人の夢想の中にいながらにして、さらに特別恵まれた夢想を与えられているのかな。

レイラからはこう返信が来た。

恵まれているということと華やかであることを混同する人が多いわね。でもそれは似て非なるものだわ。あなたにとって電話は伝達の手段？　それとも拷問なのかしら？

レイラという問題を金で解決しようとしたレイラの両親。僕という問題を解決しようとして刑務所行きになってしまった父さん。帰る道すがら、僕はそんなことを考えていた。考えながら、僕は道端で涙が止まらなくなってしまった。もう誰にも別れは言いたくない。アリスとも。レイラとも。蛾《モス》たちとも。家族とも。

僕は何か演奏を送ってくれとレイラに伝えようとしたが、メッセを送る前にレイラからYouTubeチャンネルのリンクが送られてきた。クリックしてみると、レイラの演奏動画だった。ビートルズの『I Will』だった。

6月26日（日）

午後
4時00分

母さんとアスパラ男は破局したらしい。二日前の話だ。午後にエリザベスが教えてくれた。エリザベスは破局の理由は良く分からないし、母さんも話そうとはしないと言った。これを聞いて最初に押し寄せた感情に、僕自身が驚いてしまった。それはホッとした気持ちでも嬉しい気持ちでもなかった。

この話を聞いたあと、僕はマエヴァに電話をかけた。彼女は緊急用に携帯番号を教えてくれている。ロサンゼルスは午前六時だったが、彼女はすぐに電話に出てくれた。彼女の声は寝ぼけた感じではなかった。僕から連絡が来て嬉しそうだった。

マエヴァが電話に出るとすぐに出てきた僕の言葉は、母さんが悲しんでいるのではないか心配だ、というものだった。僕は、母さんが付き合っていた男性と破局したことをマエヴァに説明した。

「どんな人なの？」

「どういう人かというのはうまく説明できないけど、僕にとっては悪夢のような人間だった」

「じゃああなたの世界からいなくなって嬉しいんじゃないの？」

「でも僕の世界の話じゃない。母さんの世界の話だ。母さんが悲しんでいたらどうしよう」

　僕は言った。

「お母さんは取り乱してらっしゃるの？」

「ううん、とても忙しそうにしている。でも仕事に没頭することで感情を隠しているってエリザベスが言っていた」

「お母さんは本当のところ、どう感じているのか、どうやって調べればいいかしら？」

「母さんに聞いてみればいいのかな」

「そのとおりよ。それが一番の方法だわ」

午後
6時35分

アーサーがあごひげを剃った。僕はそれを見て落ち着こうとしているが、僕の世界を揺るがしている。僕は彼が好きだ。彼のことを目と笑顔と毛むくじゃらの体以外の部分でも認識できるようになっていた。それでも全部つるんとしてしまった彼の顔は、生まれたての生物のようで怖かった。いろんなことが一気に起き過ぎた。

エリザベスは、僕が何かの変化に対してパニック状態になっていることに気づいていた。それで、シュノンソーに別れを告げてロサンゼルスに帰ったら、故郷が以前とは違って感じられるかもしれないのが不安なのかと聞いてきた。僕が以前と同じではなくなっているかもしれないということで。興味深い質問だ。だが、僕はアーサーの青白い顔を見て気分がおかしくなってしまっているせいで、シュノンソーもロサンゼルスもどうでも良くなっていた。

僕は彼のつるんとした肌から意識を逸らせ、聞きなれたその声に集中しようとした。もう夕方だ。僕らは城の庭園の外れのところを歩いていた。そばには川が流れている。川にかかる六本のアーチを一つ一つ数え、水面には六本のアーチが反射し、どれも完璧な楕円を描いていた。

僕が淡々と数を数えていると、アーサーがこう言うのが聞こえる。

「まだ夏休みはあるんだろう？　あっちに帰ってから何をして過ごすんだい？」

「療育センターのサマーセッションに行く。それから普通の学校にも行って授業を取る。来年そっちに行けるかどうか見極めたいから。融通がきく人になりたいとは思わないけど、なるべく努力はしている。それから水泳チームで毎日泳いで、料理と読書も目一杯やるかな」

「レイラに会えるのは嬉しい？」

エリザベスが言った。アーチの数をもう一度全部数えてからその質問に答えた。

「もちろん嬉しいよ。僕のスニーカーにもっと蛾《モス》を描いてもらわなくちゃ。前描いてもらったやつは剥げちゃったからね。でも、彼女と会うのは不安もある」

「なぜ?」

「君は彼女を傷つけてしまうかもしれないから」

僕は話を続ける。

「君も彼女もフランスで何があったか分かっているからね。別に構わないけど、不安もあるな」

エリザベスはスッと息を吸い込む。その仕草は「代名詞!」と言おうとするように見える。けれども何も言わない。

切り込んできたのはアーサーだった。「レイラに会うのかい?」

僕はこう返す。

「君は、困難に立ち向かわずにはいられない体質なんだ」

僕はベッドに行く前に、アーサーの新しい顔にはすぐに慣れると思う、とエリザベスに言った。エリザベスの話では、アーサーは母さんの映画編集の手伝いで、夏の間はロサンゼルスに滞在するという。それなら僕もエリザベスもアーサーにたくさん会える。スタンフォードに進学した後はアーサーとはどうするの、と僕が聞く。先のことは分からないわね、と彼女は言ったが、悲観的な感じの言い方ではなかった。さよならの前にアリスと何か特別なことはしないのかエリザベスが聞いてきた。火曜日、友達みんなが駅に見送りに来てくれる予定だ、と話す。アリスもそのとき一緒に来る。

　エリザベスはこれ以上無理にアリスのことを話させないようにしてくれていて、ありがたい。あの事故以来、僕はアリスにキスをしていない。ここを発つ前に、もう一度だけ彼女とキスがしたい。僕が望むのはそれだけだ。

6月28日
(火)

午後
5時30分

『失われた時』の「スワン家のほうへ」のラストシーン。マルセルはオデットの跡をつけてブーローニュの森を歩いている。周りの男たちはみんなひそひそとオデットの悪口を言っている。マルセルの中には二人の人物が同居している。一人は純粋でミーハーな少年だ。これがジルベルトの魅惑的な母親に認識されている彼の人物像である。もう一人は彼方から、憧れている女性について男たちがどう言っているかをしたためる年老いた小説家である。若き日のマルセルは、立場のある女性に対して滑稽かつロマンティックな感じに帽子を傾けて、相手を笑わせていた。そのシーンからそのまま年老いたマルセルのシーンに移行する。年老いてもなお、マルセルはブーローニュの森をうろついていた。かつてそこにあった公園は魔法のような芸術性を失い、平凡な普通の公園になっていた。それは、雑草を生えるに任せ、木々の剪定をしないで放っておいた状態のシュノンソー城の庭園のような感じだろうか。ただし馬車は車になり、女性の服装はマルセルにはなじみのないものに変わっている。女性たちは生花が飾りつけられた豪華で小さな帽子ではなく、ごてごてした飾りがついた大きな帽子をかぶっている。オデットを女王のような風貌に仕立て上げてしまう美しくてカチッとしたドレスも、もう誰も着ていない。みんな安っぽい壁紙のような感じの、すとんとしたリバティ柄の洋服を着ている。

この女性たちの洋服を見て、マルセルが気づいたことがある。自分たちの頭の中にあるイメージは、過去のある瞬間に対する哀愁の念でしかないということだ。自分たちの外側の世界に存在すると思い込んでいるもの、例えば家や道路や公園を突っ切る大通りなどは、全て「年月と共に消え去る束の間のもの」なのだと。それは、現実ではないのだ。

午後五時三十五分。ロワール渓谷とパリを結ぶ列車の四十五番シートに君は座っている。座席は二等席だ。一等席はお金がかかるだけで居心地が悪い。ここから見えるのは、一面のひまわり畑とビーツ畑だ。君は頭の中にあるイメージを反芻して、それらが消え去ってしまうかどうか試している。

頭の中にはこんなイメージがある。

学校のオレンジ色のドア。そこに続く廊下が果てしなく見えて、もうそのドアがひどくかすんで見えたりはしない。ドアの向こうに何があるのか、僕はもう知っている。教室。カフェテリア。体育館。フランス語と歴史の授業のときには、ドアの向こうにアリスが見えた。カフェテリアのドアの向こうにもよくいた。このカフェテリアでの最後の昼食で、アリスは大きなクオータークオーツの上にヌテラ（ヘーゼルナッツペースト）で蛾《モス》の絵を描いて、僕を驚かせる。羽の部分はスライスしたバナナで飾りつけている。素敵だ。

昨晩、シモンの家の裏庭に山盛りのチップス、缶ジュース、ビール、紙パックのワインが用意してあった。テクノ・ミュージックはかかっていなかった。ぐるりと円形をなすみんなの靴、身体、顔、そしてシモン、ケヴィン、マリアンヌ、ジョルジュ、ミシェル、アリス、みんな君の「小さな党」だ。君は役者や撮影スタッフのいるコテージのテラスに戻らず、ここでみんなにさよならを言うことにした。挨拶の練習はたくさんしてきたのに、さよならを言う練習はそれほどしてきていない。まだうまくできない。君はビールを持ってそこに立ち、みんなの方を向いてはっきりしない笑いを浮かべている。ちゃんとさよならを言わなければとは思っている。けれど、どうやったらいいのか皆目見当がつかない。

君はロボットにしては格好良過ぎるぜ、とシモンが言う。シモンは、君がちゃんと冗談だと理解しているか確認してこない。君はちゃんと笑っていたし、全然怒ってもいなかったから。パリで母さんの映画の試写会があるはずだから、また蛾《モス》たちみんなで集まろう、と君は言った。シモンの顔つきが明るくなった。だって君がロボットであるように、彼は蛾《モス》なのだから。

アリスは背中の紐が十字に交差している黒のコットンドレスを着ている。エリザベスもリリカルダンスのクラスで似たようなドレスを着ていた。アリスの腕は君に負けないぐらい細い。彼女は君の両手を握っている。

「来て。あっち側に行きましょう」

そして、キスをする。初めてのキスのときのような初々しい感覚はなかった。今回は、もう二度とこんな風にキスすることはできないのだという、何とも言えない感覚が押し寄せてくる。

君は彼女に言う。

「僕はかつて君にジルベルトという別の人間であって欲しいと思っていた。ほんとひどいね。僕自身は周りの人に別の人間になって欲しいと思われるのがすごく嫌なのにね。あのときは本当にごめん」

いいのよ、と彼女は言ったが、悲しい気持ちになるのでそのことはこれ以上触れないで欲しいと言う。君が悲しいのと同じように、彼女だって悲しいのだ。君はこのときそれをきちんと理解していた。

今朝、君は街のプールで何往復か泳いだ。プールの底には、六本の黒いタイルのラインがあり、大きなひび割れも七カ所ある。君はそれを記憶に残しておこうと思っている。

君は母さんとエリザベスとフューシャとみんなで、テラスで遅めの朝食をとった。クロワッサンとルバーブジャム。フューシャは帰ってしまい、エリザベスが歯を磨きに行った。君はそのとき母さんに、アスパラ男のことはもう終わりにしていいのかと聞いた。そんな大した話じゃないのよ、と母さんは言う。君がアスパラ男を好きではないことも母さんは知っていた。だから君がホッとしたのではないかと母さんは思ったそうだ。そして、母さんは思いきりシワを作りながら笑顔を向ける。

「あら、マーティンったら。最初に浮かんだことが、この年寄り母さんのことなの？」

と母さんが言うので、君は頷いた。

「でも母さんは年寄りじゃないよ」と君は言う。

ベルナデッタが君の両頬にキスをして、さようならと言った。君はそれにたじろぐこともない。

君は自分のポストカードコレクションを荷物にしまった。

今日もハエはいつもどおりコンサートをやっている。

今日は皿洗い担当のアスパラ男がいない。

アーサーは駅のホームでエリザベスに別れのキスをしていた。またすぐにロサンゼルスで会おう、と彼は言っている。

君の友人たちもみんなホームに来ていた。君とお別れをするために、午後は学校をサボって来てくれていた。列車が動き出すと、みんな手を振ったり、叫んだり、スマホで写真を撮ったりしていた。この人たちと、ロサンゼルスで会うことはないのだ。

アリスは僕にマドレーヌの入った袋を渡してきた。

“*Ça*《サ》 *va?*《ヴァ》”

これは「準備はＯＫ？」という意味だろう。

“*Ça*《サ》 *va,*《ヴァ》”

君は答える。マドレーヌはもったいなくて食べてしまいたくないが、傷んでしまうのも良くない。取っておくことで、永遠に失ってしまうものもあるのだ。だから君はゆっくりと噛みしめながら、一つずつ食べる。列車の車窓からは、ひまわり畑とビーツ畑が流れ去っていく。

エリザベスはサンザシ柄のワンピースを着ている。母さんは眠っている。君は昔ながらの帽子（すなわち僕にとってのドクターマーチンの靴）に想いを馳せるような、哀愁の念に囚われた年寄りとは違う。君は今を生きている。君の人生は始まったばかりなのだ。物事は万物流転だが、君という変わらぬ存在は常に変わらずそこにある。君の愛した人びとがいるあの場所は、はかなく消え去ったりしない。午後六時三分、四十五番シートにいる「君」、つまりマーティン。その場所にいるのは「僕」だ。

訳者あとがき

この『キッズライクアス』の原書をたまたまネットで見つけて取り寄せた頃、私は毎日の生活にとても疲れていました。私自身が発達障害の子どもを育てており、毎日の生活を回していくことに精一杯で、この子が将来どう生きていくかという長期的な展望を持つことなど到底できない状態でした。そしてそういった親御さんが結構多いということも周りを見て知っていました。その誰もが情報よりも休息を必要としていたように思いました。こんな時代ですから情報は溢れ返っているのです。むしろ私たちは溢れ返る情報を取捨選択することが必要なのですが、下手をすると情報に溺れ、我が子の将来がますます見えづらくなり、今この瞬間すらも見失ってしまうのでした。

私は翻訳を生業とする人間として、読む人がホッと一息つけるような、ちょっと涙を流して一日の疲れを忘れてしまうような、そんな休息を読者に届けることができないかと常々考えていました。そして突如訪れた本書との邂逅。読み始めてすぐにぐいぐいと引き込まれ、日常の景色は消え、自分がまるでフランスの田舎町で主人公たちと一緒に一夏を過ごしているかのような錯覚に陥りました。発達障害の子どもを育てながら長らく忘れていた「本を楽しんで読む」という感覚を久しぶりに味わったのです。それまでずっと、本は私にとって情報を集めるためのものでしかなかったのです。そして私がこれを訳さなくては、という強い想いに突き動かされることになりました。

この本はクラウドファンディングで製作費を皆さまからご支援いただく形で出版が叶いました。ファンディングを始めた当初は、発達障害の当事者や発達障害のお子さんを育てる親御さんからのご支援がメインだろう、と予想していました。しかし実際は、意外な形で期待が裏切られました。これまでずっとがんばって「普通」を装って生きてきた、あるいは生きづらさを隠して生きてきたというさまざまな立場の皆さまから、応援の声をいただいたのです。クラウドファンディングの間はさまざまな場所やメディアに対してご支援のお願いに参りましたが、そのときにまるで私は自分がカウンセラーになったかのごとく、たくさんの皆さまから貴重なライフヒストリーを聞かせていただくことができました。誰もがいろいろなものを抱えて生きてきたのだと、そしてこの本を訳すことは、いろいろな人たちに自らの想いや生き様を語るきっかけを与えることになるかもしれないのだと、身が引き締まる想いでした。

本書に出てくるマーティンは高機能自閉症（発達障害）の高校生です。ロサンゼルスのスペシャルニーズの子どもたちが通う学校で育ってきたマーティンは、母親の仕事で付いて行ったフランスの地で、初めて普通校に通い、そして恋に落ちます。物語を追っていくうちに突きつけられていくのが、自分と違う誰かを理解するということはどういうことなのか、という問いです。個性豊かで多彩な登場人物たちとマーティンとの関係から見えてくるのは、自分とは違う誰かを理解するということは、「定型発達（発達障害ではない人々）と発達障害」の二項対立では決して語ることができないということです。

私はかつて大学院で文化人類学を学んでいたことがあり、アメリカのロサンゼルスのチカーノ（メキシコ系アメリカ人）と呼ばれる人々のコミュニティで調査を行い、論文を書いていました。文化人類学とは、常に異文化理解や他者理解とは何かを問い返す学問です。そのときに私が感じたのは、他者理解は一筋縄ではいかない、ということです。理解できたような部分もあれば、これだけは絶対に理解できないというような葛藤があったり、あるいは理解できたと思ったことが単なる自分の解釈だったり、ということがしょっちゅうあるのです。それだけに、異文化の中でフィールドワークを行って論文に落とし込むという作業は、非常に慎重さを求められるものでした。

これはなにも違う国に行って違う文化の中に入っていかなくても当てはまると思います。マーティンの父母の葛藤を見るとそれがとてもよく分かります。マーティンの父親は、自分がマーティンを理解できているというそこはかとない自信が作中の言動の中に読み取れます。それに対して母親は、そんな父親の態度を思い上がりだと責め、自分自身は「マーティンの特性が理解できなくて怖い」と素直に認めています。マーティンと家族のやり取りを見ていると、発達障害に限らず、親（家族）だからといって自分の子どもを理解できるわけではなく、自分の子どもだって他者の一人に過ぎないのだということを読者に突きつけます。

また、同じ発達障害の子ども同士として深く理解し合っていたマーティンとレイラの関係の変化もこの作品の見どころです。フランスの普通校に通い、友情や恋という世界がマーティンの前に拓けていくなかで、レイラは激しい動揺と、怒りにも似た気持ちをマーティンにぶつけます。マーティンはこれまで一番の理解者であったレイラが、なぜ突然自分を理解してくれなくなったのかといぶかしがります。この二人の関係の変化から分かるのは、理解の形も程度も、時が経つにつれて変わっていくということ。年月が経てば、人は変わっていきます。状況も立場も変わっていくのです。永続的に同じ形で理解が続いていくわけではないのです。変化が苦手なマーティンやレイラにとって、これはとても残酷なことかもしれません。けれども、マーティンもレイラも、最終的にこの変化を受け入れていきます。「誰もが誰かの夢想の内外に生きている」というようなマーティンの気づきは、他者を理解するということの難しさを意味しているように思えてなりません。理解したかと思えばそれが自分の想像に過ぎなかったり、とても近くにいるのにどうしても理解ができない部分があったり、あるいは理解し合っていると信じていたにも関わらず、相手が変わっていってしまったり。他者と関わるということは、常にそのような難しさを内包するものです。

しかし、「他者を理解することは難しい」で締めくくってしまっては、本書を皆さまにお届けした意味が全くなくなってしまいます。マーティンが恋に落ちたジルベルト（アリス）は、マーティンのさまざまな行動に対して狼狽する態度を何度か見せます。作品の中で一貫して、彼女が「あなたのそういう部分、分かるわ」という風に理解を示すことはなかったように思います。彼女はマーティンの自閉症の特性に対して「そういう風に感じるのね。なるほどね」と、少し距離を取った態度でいます。そのうえで、マーティンに好意を寄せています。私はこの二人のやり取りを見ていて、ネット記事で読んだあるエピソードを思い出しました。親に性的マイノリティであることをずっと打ち明けられなかった人が、ある日意を決して打ち明けたときの話です。その人の告白を聞いて、ご両親はこう言ったそうです。

「理解してみるようがんばるけど、でも一生理解できないかもしれない。それでもあなたが私たちの子どもであることは変わらないから」

私はこのご両親の言葉を読んで深く胸を打たれたのですが、マーティンとジルベルト（アリス）の関係もまさにこれに近いものであるかもしれません。「もしかしたらちゃんと理解できていないかもしれないけど、それでも私はあなたが好きだよ」ということがもたらす救い。他者を理解することは難しいかもしれない、一筋縄ではいかないかもしれない、でも、それでも私はあなたが大好きだよ、と言えることの尊さ。何がなくともそれがあれば、私たちはきっと幸せに生きていける、二人のやり取りを読んで、私はそんな気持ちにさせられたのでした。本書を読みながら皆さまが優しい気持ちを共有してくだされば、本当に嬉しく思います。

なお、主人公マーティンの愛読書『失われた時を求めて』について書かれた箇所は、岩波文庫版（吉川一義訳）、光文社古典新訳文庫版（高遠弘美訳）を参考にしました。

最後になりましたが、本書の出版プロジェクト実現を支えてくださったサウザンブックス社の古賀一孝さん、安部綾さん、この作品にまさに命を吹き込んでくださった編集者の波多野公美さんと校正者の鹿児島有里さん、原書と訳書両方の世界観を大切に素晴らしい装丁を創ってくださったイラストレーターのこうのかなえさんとデザイナーの山口吉郎さん、山口桂子さん、そして何よりもプロジェクトにご支援くださった皆さまや拡散にご協力くださった全ての皆さまに、深く御礼申し上げます。本書の翻訳プロジェクトは、皆さまと共に創り上げた二十一世紀流の社会運動だったように思います。共に手を繋ぎ合えたことを誇りに思います。本当にありがとうございました。

林 真紀

著者紹介

Hilary Reyl（ヒラリー・レイル）

ニューヨーク在住の作家。ニューヨーク大学にてフランス文学を専攻し、19 世紀のフランス流行文学の研究で博士号取得。学位取得後にフランスに留学し、パリで数年間を過ごす。デビュー作は *Lessons in French* で、Oprah.com の編集者選書に取り上げられた。『キッズライクアス』(原題 : *Kids Like Us*) は著者が手がけた初のヤングアダルト小説。

訳者紹介

林真紀（はやし まき）

つくば未来リサーチ 代表（翻訳者／研究者）。慶應義塾大学環境情報学部卒業、一橋大学大学院社会学研究科博士後期課程中退。精密機器メーカー、国立大学法人の研究室にて翻訳者として勤務の後、独立。委託調査業務や企業翻訳の傍ら、LITALICO「発達ナビ」などで発達障害の子どもを育てる保護者向け記事を多数執筆。

キッズライクアス

2020年7月3日　第1版第1刷発行

著　者　ヒラリー・レイル
訳　者　林真紀
発行者　古賀一孝
発行所　株式会社サウザンブックス社
〒151-0053 東京都渋谷区代々木2丁目23-1
http:// thousandsofbooks.jp

装　画　こうのかなえ
装丁デザイン　atelier yamaguchi（山口桂子、山口吉郎）
編　集　波多野公美
校　正　鹿児島有里
D T P　アーティザンカンパニー株式会社
印刷・製本　シナノ印刷株式会社

Special Thanks
横張巧、法原亜希子、藤原恵美、飯塚友理、増本敏子
株式会社幸和義肢研究所、合同会社K＆Aホームズ

978-4-909125-21-7